Adulta

TIFFANY D. JACKSON

Adulta

Tradução de Karine Ribeiro e Rane Souza

Rocco

Título original
GROWN

Copyright © 2020 *by* Tiffany D. Jackson

Todos os direitos reservados, incluindo o de reprodução
no todo ou em parte sob qualquer forma.

Edição brasileira publicada mediante acordo com Taryn Fagerness Agency e
Sandra Bruna Agencia Literaria, SL. Todos os direitos reservados.

Direitos para a língua portuguesa reservados
com exclusividade para o Brasil à
EDITORA ROCCO LTDA.
Rua Evaristo da Veiga, 65 – 11º andar
Passeio Corporate – Torre 1
20031-040 – Rio de Janeiro – RJ
Tel.: (21) 3525-2000 – Fax: (21) 3525-2001
rocco@rocco.com.br
www.rocco.com.br

Printed in Brazil/Impresso no Brasil

CIP-BRASIL. CATALOGAÇÃO NA PUBLICAÇÃO
SINDICATO NACIONAL DOS EDITORES DE LIVROS, RJ

J15a

    Jackson, Tiffany D.
        Adulta / Tiffany D. Jackson. ; [tradução] Karine Ribeiro, Rane Souza. - 1. ed. - Rio de Janeiro : Rocco, 2023.

        Tradução de: Grown
        ISBN 978-65-5532-329-0
        ISBN 978-65-5595-179-0 (recurso eletrônico)

        1. Ficção americana. I. Ribeiro, Karine. II. Souza, Rane. III. Título.

23-82282   CDD: 813
                     CDU: 82-3(73)

Gabriela Faray Ferreira Lopes - Bibliotecária - CRB-7/6643

O texto deste livro obedece às normas do
Acordo Ortográfico da Língua Portuguesa.

"Todas as partículas de água têm uma memória perfeita e passam a eternidade tentando voltar para seu lugar de origem."
— Toni Morrison

Para as vítimas, para as sobreviventes,
para as corajosas que cresceram rápido demais...
Nós acreditamos em vocês.

AVISO SOBRE O CONTEÚDO:
Este livro contém menções a abuso sexual, estupro, agressão física, abuso de menores, sequestro e vício em opioides.

Parte um

Capítulo 1
SUCO DE BETERRABA

AGORA

Quando acordo, meus olhos estão no nível de uma poça de suco de beterraba no tapete, minha bochecha protegida pelas fibras macias. O suco de beterraba é escuro e fino, secando pegajoso entre meus dedos.

Droga, preciso fazer xixi.

Eu rolo no chão, a coluna doendo, e luto para ficar de pé, os joelhos trêmulos, a dor atravessando meu crânio como estrelas cadentes. Pela visão do olho que não está inchado, tudo não passa de um borrão brilhante. O sol ofuscante atravessa dezenas de janelas que acompanham o pé-direito do cômodo com vista para a cidade. Minha mandíbula é uma porta desaparafusada. Eu lambo o sangue do lábio inferior, sinto o gosto de metal e avalio o quarto.

Há sangue por toda parte.

Não, sangue não. Suco de beterraba. Talvez de cranberry. Ou molho barbecue diluído. Mas não, não é sangue. Sangue significaria algo muito além da minha compreensão.

As manchas de suco de beterraba estão espalhadas por toda a parte — no sofá bege, nas cortinas de cetim, na mesa de jantar marfim, respingadas pelo teto... Eu até consegui derramar um pouco no meu top e na calça jeans. Uma pintura impiedosa no que antes era uma tela branca intocada.

Uma brisa desliza pela minha cabeça careca, as pontas das orelhas geladas quando sou atacada por calafrios. Não é o suco de beterraba ou minha posição no chão que me incomoda; é o silêncio. Nenhuma música, nenhum barulho de televisão ou vozes... Caramba, estou um caos, e ele vai ficar tão bravo quando vir todas essas manchas. Só de pensar na reação inevitável, fico mais aterrorizada do que estou com o sangue ao meu redor.

Desculpe, sangue não. Suco de beterraba.

Passo por cima da Melissa, jogada para o lado como um cachorro morto, passando os braços ao meu redor. Cadê meus sapatos? Não entrei aqui descalça.

Espera... por que ainda estou aqui? Não fui embora ontem à noite?

Uma marca de mão sangrenta desliza pela parede em direção ao quarto. A porta está escancarada.

Korey está caído de bruços, pendurado na cama, o corpo coberto de suco de beterraba. Palavras urgentes estão presas no meu esôfago, mas meu corpo está congelado, enraizado no chão. Se eu me mexer... se ele me pegar... vai me matar.

Três batidas na porta da frente. Uma voz ecoa em um estrondo.

— É a polícia! Abra a porta!

O mijo escorre pela minha perna, encharcando a minha meia.

Capítulo 2
BOA NADADORA

ANTES

Na minha vida passada, eu era uma sereia.

Eu vivia no fundo do oceano nadando livremente, comendo crustáceos e cantando baladas de cinco oitavas. Minhas notas ondulavam as águas. As baleias, as tartarugas e os cavalos-marinhos se reuniam para os meus shows diários.

Mas em terra firme, luto para respirar. Os humanos não entendem minha dieta pescetariana. Além disso, cantar é um conceito, não uma aspiração.

Sentada a poucos metros de uma piscina de corrida quase olímpica, aqueço os quadríceps. A água da piscina não passa de água falsa. Nadar nela vai contra os meus instintos. Mas é o substituto mais próximo que consigo encontrar.

A Whitney Houston canta em meus fones de ouvido: "Where Do Broken Hearts Go."

A playlist de alongamento tem alguns dos meus clássicos favoritos — Mariah Carey, Aretha Franklin, Diana Ross, Chaka Khan, Nina Simone. Gostaria de poder conectá-la a um alto-falante à prova d'água e jogá-lo na piscina. Atletas de nado sincronizado sempre ouvem música debaixo d'água. Talvez eu devesse tentar no ano que vem. Me tornar uma bailarina subaquática que sabe cantar — uma grande proeza.

Com os braços estendidos para cima em uma reverência graciosa, eu me alongo e cantarolo; me alongo e cantarolo...

— Vai lá, Enchanted. Canta de uma vez!

Mackenzie Miller enfia seus longos cabelos loiros em uma touca de natação.

— Quê?

— Vai fundo, canta — ela repete, os lábios rosados se curvam em um sorrisinho. — A gente sabe que você quer cantar.

— Vai fundo — diz Hannah Tavano, que está tirando a calça ao lado da Mackenzie. — Você está cantarolando alto o suficiente para todo mundo ouvir.

Toda a equipe de natação concorda com a cabeça.

— Bem, eu estou sempre disposta a dar às pessoas o que elas tanto querem — digo, tirando meu moletom.

Vou até a beira da piscina e gesticulo como se estivesse agarrando um microfone invisível.

"Where do broken hearts go?
Can they find their way home?
Back to the open arms
of a love that's waiting there."

O segredo de cantar perto da piscina é a acústica. Minha voz se eleva, as notas ricocheteiam nos azulejos, no telhado da abóbada, e então pulam pela água como um seixo antes de voltarem como um bumerangue. Cada palavra pulsa e ecoa pela minha corrente sanguínea. Mas aí a música chega ao fim. A adrenalina me deixa sem fôlego.

Os aplausos me tiram do transe. Em seguida, me viro para os fãs, um grupo de oito rostos pálidos em seus trajes de banho azul-marinho do uniforme.

— Uau. Você, tipo... sabe cantar mesmo — diz Hannah, incrédula.
— Você canta tão bem quanto a Beyoncé!

As outras meninas da equipe concordam com a cabeça.

Meu coração murcha um pouco. Eu amo a Beyoncé. O problema é que elas usam essa comparação porque é a única cantora negra que elas conhecem.

— Meninas — uma voz ecoa atrás de nós. A treinadora Wilson se apoia no batente da porta de seu escritório, empurrando os óculos vermelhos para cima do nariz fino. — Se o show de vocês já acabou, poderiam, por favor, colocar as bundinhas na água? Agora! Dez voltas. Vamos lá!

O apito soa e eu mergulho, deslizando sob a superfície como se entrasse em uma cama recém-feita.

Nas pistas à minha direita e à minha esquerda, a Mackenzie e a Hannah praticam o nado peito. Meus óculos estão apertados, mas é de propósito. Odeio quando o cloro entra pelas fendas e acabo com os olhos vermelhos, como se tivesse fumado um baseado. Não que eu tenha qualquer experiência em fumar maconha. Mas sendo uma dos dez alunos negros de toda a escola, seria muito fácil para que fizessem esse tipo de suposição idiota.

Depois de um aquecimento rápido, a treinadora explica alguns exercícios práticos.

Eu bato os pés na parede na minha última volta e ganho velocidade. Fora da piscina, a treinadora Wilson aperta o cronômetro, o rosto sem expressão.

— Alguns segundos atrasada. Nada mal. Mas poderia ser melhor.

Eu fungo, secando o rosto.

— Grande elogio.

— Elogios não vão te ajudar a melhorar. — Ela ri. — Muito bem, meninas! Para os chuveiros. E depois direto para a aula. Não quero ouvir que nenhuma de vocês se atrasou. Jones, posso falar com você um minuto, por favor?

Entro na sala dela pingando.

— Sim, treinadora?

Ela me olha por cima dos óculos.

— Você está mostrando demais nesse maiô.

Eu me avalio de cima a baixo.

— Eu... estou?

— O bumbum e os peitos precisam estar totalmente cobertos. Talvez seja hora de você passar para um número maior.

O vestiário tem o cheiro forte de cloro e meias molhadas, e dá para ouvir um secador de cabelo ligado. Ainda bem que não preciso mais lidar com os problemas trazidos pelo cabelo comprido. Depois de um banho bem rápido, consigo me arrumar para a aula em menos de dez minutos.

A Parkwood High School é a única escola particular na região sem um código de vestimenta rígido, mas o guia do estudante diz especificamente que é proibido usar chapéus, minissaias e penteados "chamativos".

É, eu também sei bem o que eles estão deixando implícito aí.

Resolvi esse problema raspando meus dreads. Mesmo assim, minha presença ainda chama a atenção.

Na frente do espelho, corro a mão pela minha careca, o cabelo curtinho pinicando meus dedos. A camisa mais bonitinha que tenho parece simples na luz sombria do vestiário. Não queria exagerar na dose... chamaria muita atenção, e já estou nervosa demais pelo dia de hoje. Talvez mais tarde, com as argolas douradas da Gab e um batom rosa forte, eu fique gostosa.

Gostosa? Isso vai ser um desastre.

Mackenzie fecha o armário com um baque e um sorriso malicioso.

— Kyle Bacon.

Pressiono os lábios para me recompor antes de me fazer de sonsa.

— Quem?

— Kyle Bacon? Do último ano. Alto, hum, olhos escuros...

Sinto vontade de falar: negro. Ajudaria a preencher a lacuna que ela está tentando evitar.

— O que tem ele? — suspiro, sabendo o rumo que tomaria essa conversa.

— Olha, ele ainda não tem ninguém para ir ao baile. Você deveria ir com ele.

— Por quê? Nem conheço o cara.

— Vocês podem se conhecer. Tipo, num encontro às cegas.

— Não vou para o baile com um cara que nem conheço.

— Fala sério! Vocês ficariam tão bem nas fotos juntos.

— Por que você acha isso?

As bochechas da Mackenzie ficam rosadas, suas sardas em chamas.

— Ah, bom, ele é um fofo! E você é, tipo, até que bonitinha.

Eu dou uma bufada.

— Não acredito que você está praticamente citando o filme *Meninas malvadas* agora.

— Só estou dizendo que você precisa de companhia para o baile. Ele também. E, assim, vocês se conhecem. Ele te viu na mostra de talentos no ano passado. Na verdade, todo mundo te viu na mostra de talentos, mas ele se lembra de você.

— É mesmo?

— É! Ele até curtiu o vídeo que postei.

Ela pega o telefone e abre o Instagram, aumentando o som. Lá estou eu, cantando "Ain't No Way", da Aretha. Aposto que setenta e cinco por cento dos meus colegas de turma nunca nem ouviram falar dessa música antes.

Afasto a memória. A última coisa de que preciso hoje é de um lembrete do medo de palco que me atingiu minutos antes daquela apresentação. Mas, como Gab diz, eu não estava pronta antes, mas agora estou.

Dou de ombros.

— Bem, pode ser. Já que ficaríamos bem juntos e tudo mais.

— Legal! Vamos estudar juntas depois da escola? Se eu reprovar em biologia, minha mãe vai me matar. Ou confiscar meu telefone. Não sei o que seria pior.

Coloco minha mochila nas costas.

— Hum, não dá. Tenho uma parada para fazer hoje.

* * *

Apesar do aviso da treinadora para não nos atrasarmos, espero até que a barra esteja limpa antes de sair do meu esconderijo. Meus tênis rangem no piso molhado. Fecho as cortinas e configuro meu telefone. Abro um vídeo de aquecimento vocal de dez minutos no YouTube.

— Lá lá lá lá lá lá laaaaaaá.

A acústica da piscina é ótima, mas os chuveiros realmente superam qualquer coisa! A área dos chuveiros é a única cabine de som que já usei.

Ensaio minha música para mais tarde umas mil vezes. Tem que ficar perfeita, sem falhas.

Quem sabe quando terei essa chance novamente?

Capítulo 3
PÁSSAROS PRESOS NA GAIOLA
PRECISAM CANTAR

Como sempre, minha mãe está vinte minutos atrasada para me buscar. Papai diz que LaToya Jones vai se atrasar para seu próprio enterro. É por isso que ele se recusou a fazer um casamento tradicional e foram direto para o cartório alguns meses antes de eu vir ao mundo.

Então estou acostumada a escrever no meu caderno de músicas enquanto fico sentada nos degraus da escola, à espera dela...

"In your heart, it's a start.
And we can't grow when we're this far apart.
Let's take it to another level
I'll be a sunrise in your meadow..."

Duas buzinas me tiram do transe. *Bip! Bip!*

— Oi, Chanty! — chama minha mãe, ainda usando o uniforme do hospital, seus cabelos castanhos amarrados em um coque bem-arrumado. — Me desculpa o atraso. Cadê sua irmã?

— Cheguei — diz Shea, pulando atrás de mim quando subimos na caminhonete. — Tchau, Becky. Tchau, Anna. Tchau, Lindsey!

— Tchau, Shea Shea — um grupo de suas colegas calouras cantarola com um aceno.

Shea salta para o meio do banco de trás, sua carinha cor de chocolate cutucando o antebraço da minha mãe.

— Mãe, posso ir na casa da Lindsey Gray no final de semana?

— As tarefas vêm em primeiro lugar, só depois as meninas brancas. Coloca o cinto!

— Mãe — reclama ela. — A janela tá aberta. As pessoas vão te ouvir.

Mamãe fecha a janela enquanto dá a partida. Shea começa a tagarelar sobre seu dia. Ela se adaptou bem ao ensino médio. É mais fácil se adaptar tendo um grupo estabelecido de amigos do fundamental do que como uma aluna transferida de outra escola como eu, encaixando-se como um pequeno camaleão marrom em todos os círculos. Sou um baiacu fora d'água comparada à minha irmãzinha.

— Não se esqueça de dobrar a roupa. E de tirar o salmão do freezer — diz a minha mãe quando deixamos a Shea em casa.

— Não vou esquecer! Que saco!

— Não deixe os gêmeos tirarem todos os vegetais das fatias — lembro a ela. — E tem que cortar a pizza em quadrados, ou a Destiny não come. Além disso, hoje de noite estreia o novo *Love and Hip Hop*!

— Eu sei, Chanty, eu sei. — Ela ri. — Becky e eu vamos assistir juntas pelo FaceTime.

Minha mãe sai da garagem dando ré.

— Certo, está com o endereço desse evento de natação?

— Sim — digo, digitando nervosamente no GPS.

Ela franze a testa.

— Ah. É em Manhattan?

— Hum, é.

— Droga. Não pensei que fosse tão longe, lá na cidade. Nem que fosse tão tarde, e bem no meio da semana!

— A piscina é maior lá, acho.

Tento fazer com que minhas mentiras pareçam críveis, perfeitas como a superfície intocada da água.

— Tá. Mas então manda uma mensagem para seu pai avisando que chegaremos tarde em casa.

No caminho, ela rege a orquestra da nossa casa pelo viva-voz.

— Shea, qual foi a temperatura que você colocou no forno? Se ficar muito alta, a pizza vai queimar. Outra coisa: você tirou o peixe do congelador como eu pedi?

— Tirei, mãe! — Shea suspira. — Que saco!

É raro Shea cuidar dos Pequenos sozinha. Ainda considero que ela é um deles.

— O papai vai buscar a bebezinha na creche antes do trabalho. Cadê os gêmeos?

— Estão brincando de Kung Fu Panda na sala de estar.

— Oi, mamãe! — eles gritam no fundo.

— Oi, bebês! Como estão meus pequeninos? Qual foi a melhor coisa no dia de vocês hoje?

Minha mãe está sempre fazendo várias tarefas ao mesmo tempo, sua mente trabalha como se várias abas do computador estivessem abertas ao mesmo tempo. Ela passa a Shea as últimas instruções antes de desligar o telefone.

— Então, que evento é esse? Um encontro especial de natação, uma competição ou algo assim?

— Hum, sim. A treinadora me recomendou. Os recrutadores de faculdade vão estar lá e tudo.

— Sério? — Ela se ilumina, um sorriso crescendo no rosto.

Em seguida, aperta o acelerador com um pouco mais de força. Eu aumento o volume na 107.5 WBLS, uma rádio de R&B antigo. A música "Saving All My Love for You", da Whitney Houston, toca, e eu canto junto.

É um bom ensaio.

— Não entendo como ela pode ter se confundido — bufa minha mãe enquanto lutamos para atravessar o campus.

— Acontece — eu digo, verificando a hora assim que chega uma mensagem de texto da Gab.

E aí? Como estão as coisas?

Não cheguei ainda.

Menina! A fila fecha daqui a trinta minutos. Vem pra cá!

— Mas uma semana inteira? — continua. — Ela não entende que as pessoas têm empregos? Por que você está andando tão rápido? Calma!

Enquanto ela se arrasta atrás de mim, vasculhando sua bolsa gigante para encontrar as chaves, passo para a próxima fase do meu plano como se nada tivesse acontecido.

— Ei, mãe. Já que temos um tempo, quer dizer, já que estamos aqui... podemos parar em outro teste rapidinho?

— Que tipo de evento de natação seria tão tarde?

— Bem, na verdade, é uma competição de canto. Uma amiga comentou sobre essa competição... hoje. É bem rapidinho, nada de mais.

Minha mãe ergue a cabeça e estreita os olhos.

— Ah, é mesmo?

Dividida entre jogar limpo e insistir, eu me jogo na história.

— Por favor! Vai ser bem rápido. Fica só a uns quinze minutos daqui.

— E como é que você sabe disso?

— Eu, hum, pesquisei no caminho pra cá. Achei que, talvez, se terminássemos cedo, poderíamos dar uma passadinha. Não que eu esperasse que isso fosse acontecer, mas, sabe, só estou sendo... proativa. Como você sempre diz, certo? Pega bem nas inscrições para a faculdade.

Mamãe suspira.

— Chanty, já conversamos sobre isso. A escola vem primeiro, depois as atividades, depois o dever de casa, então as tarefas domésticas e, depois de tudo isso, cantar. São essas as coisas que vão abrir os caminhos da faculdade para você!

Ela está batendo nessa tecla há anos.

— Eu sei! E fizemos tudo isso, viu? Escola, confere. Atividades, confere. Fiz meu dever de casa no horário do almoço. A Shea está em casa cuidando das coisas em casa, então...

A mamãe balança a cabeça.

— Ah, tudo bem. Você tem uma hora.

Eu sorrio. É tudo de que preciso.

Um rugido de aplausos explode dentro do auditório, bombardeando o saguão agitado do Beacon Theatre.

— Você não tinha dito que era uma competição pequena? — comenta mamãe atrás de mim, boquiaberta frente ao enorme cartaz MUSIC LIVE: APRESENTAÇÕES.

— Hum, sim, era o que eu achava — murmuro, notando a placa de AO VIVO e as luzes das câmeras.

— Espera, Chanty, este evento é do *Music LIVE*? O programa do BET?

Finjo não ouvir enquanto caminhamos até a bancada de inscrição, poucos minutos antes do encerramento das inscrições.

— Oi. Sou a Enchanted Jones — digo, sem fôlego. — Estou aqui para me apresentar.

— Você está com sorte. Estávamos prestes a encerrar. Você se inscreveu?

— Sim, eu... Ah, me inscrevi pela internet.

Minha mãe resmunga alguma coisa atrás de mim enquanto a recepcionista desliza o dedo por uma planilha.

— Achei! Beleza. Aqui está o seu número. Você trouxe sua música pronta?

— Sim, tá aqui — eu digo, mostrando meu iPhone.

— Legal! Agora, quando te chamarem, entregue sua cédula aos juízes e suba no palco. Pode ir. Boa sorte!

— Obrigada — digo, e me viro para a minha mãe.

Ela está de braços cruzados. Sei que estou ferrada, mas ignoro seu olhar mortal. No final da noite, tudo vai valer a pena. Eu sei disso.

O teatro está lotado. Os holofotes roxos e brancos do palco nadam em um oceano de rostos. A música retumba no meu peito. Agarro a mão da minha mãe, olhando em volta, e encontro dois assentos de veludo vermelho vazios na parte de trás.

No palco, uma garota com megahair longo está cantando — arruinando, na verdade — "Cater 2 U", do Destiny's Child. O público está vaiando. Uma câmera projeta seu rosto em telões enquanto ela luta para manter seu sorriso corajoso.

Music LIVE é a versão de *American Idol* do BET, o Black Entertainment Television, o canal mais importante da cultura negra americana. Uma competição de três rodadas para cantores. O prêmio principal é de dez mil dólares. Se eu ganhar, seria o suficiente para alugar um estúdio pelo tempo que preciso para gravar meu disco. E, mesmo se não ganhar, é uma oportunidade para ser notada por gravadoras, produtores e empresários de entretenimento. É tudo um grande *e se*, mas ainda é melhor do que nada.

O que eu não sabia era que as apresentações eram abertas ao público. Gab não me contou esse detalhe importantíssimo.

Todo mundo está usando uma variedade de roupas chiques de festa e sapatos de salto, inclusive os outros competidores. Eu engulo em seco.

— Já volto — falo para a minha mãe, e saio correndo antes que ela possa fazer perguntas.

No banheiro, luto com o rímel e o delineador da Gab. Coloco seus brincos de argola de bambu dourados, passo um toque de rosa nos lábios e deslizo a mão trêmula pelo meu couro cabeludo. Tiro uma selfie rápida e envio para ela.

Esse rosa ficou horrível em mim.

**É o tipo de rosa que fica
bem na câmera! Você está linda!**

Quando volto ao meu lugar, mamãe olha para mim.

— Hum, eles já me chamaram?

— Não — responde ela, em tom cortante.

Tento não desejar que a vovó estivesse aqui comigo em vez dela.

Reconheço o perfil de Richie Price na mesa que fica de frente para o palco. Ele é um grande produtor musical que virou diretor de TV, ou algo assim. Li a bio dele no site do programa. Ao seu lado, está Melissa Short, uma executiva da RCA. Do lado dela, Don Michael, cantor.

— Certo. Em seguida, Amber B. Pode vir, Amber!

A multidão aplaude quando uma garota, que parece ter a minha idade, sobe no palco. Ela acena para os juízes e caminha com confiança até o centro do palco.

— Oi, querida — diz Richie.

— Oi! — ela responde animadamente.

Seus exuberantes cachos dourados saltam ao redor do rosto em forma de coração para todo mundo ver.

— O que você vai cantar para a gente esta noite?

— "Halo", da Beyoncé.

— Ok, linda, vamos lá!

Amber acena para o técnico de som e a batida ecoa nos alto-falantes. O público bate palmas, acompanhando o ritmo. Ela pega o microfone e fecha os olhos.

*"Remember those walls I built
Well, baby, they're tumbling down..."*

A voz dela é... majestosa. Uma mistura de tons doces e agudos. Uma voz feita para o palco. Me afundo no assento, os nervos disparando e o estômago retorcendo.

— Mãe — chio. — Mãe, vamos embora.

Mas ela não me ouve, porque está hipnotizada demais pela pele da Amber, que brilha como poeira lunar sob as luzes do palco. Nunca vou conseguir cantar tão bem quanto essa menina. Ou ser tão bonita quanto ela. Coloco o meu moletom e pego a mochila. Se eu sair agora, a minha mãe pode me encontrar no carro.

Quando me levanto, o caos irrompe pela porta. Uma nuvem de homens corpulentos vestidos de preto se amontoa, cercando alguma coisa... ou alguém. A pessoa, vestida em um moletom branco, escondendo o rosto com o capuz, para no meio do corredor.

Quando a pessoa tira o capuz, o público explode em gritos.

— Meu Deus! É o Korey Fields!

O sorriso magnetizante de Korey Fields ilumina o lugar. Ele vai quicando até a mesa dos juízes, cheio de ginga. Ele e Richie se cumprimentam, tocando os punhos fechados em um soquinho. Em seguida, trocam algumas palavras, alheios à comoção que tomou conta do lugar. No palco, Amber termina sua música, mas fica ali parada em estado de choque.

— Uau, Chanty! — mamãe grita, batendo palmas. — É o Korey Fields!

Estou sem palavras. Era para ser uma apresentação simples. Primeiro esse público imenso, agora Korey Fields em pessoa... todos para me ver fazer papel de boba.

— Mãe, vamos, antes que...

— A próxima é... Enchanted Jones!

Capítulo 4
MÚSICA DO CORAÇÃO

Meu nome ecoa nos alto-falantes. Alto demais para ignorar.

— Chanty, você é a próxima! Boa sorte, meu amor!

Mamãe me dá um beijo na bochecha e um tapinha na bunda. O teatro inteiro se vira na minha direção. Engulo em seco e vou para o palco.

Korey está sentado atrás de Richie, cercado por sua comitiva, composta por pelo menos uma dúzia de pessoas, enquanto a plateia se acotovela para tirar fotos dele. Eles nem percebem quando subo no palco. Sou invisível; é como sempre me sinto.

— Oi, querida — diz Richie.

— Olá — murmuro, e o microfone dá feedback. — Hum. Eu sou... ah, meu nome é Enchanted.

— Sim, já sabemos seu nome. O que você vai cantar para nós esta noite?

— Ah! Hum, "If I Were Your Woman", da Gladys Knight.

Os olhos de Korey estão fixados em mim. Ele parece uma grande lua em um céu sem estrelas.

Richie franze a testa.

— Hum?

Os juízes se entreolham, inseguros, e depois dão de ombros.

— Ok, vamos lá!

Dou um aceno de cabeça para o técnico de som.

Os acordes soam, a multidão em silêncio. Começo a cantar, mantendo uma lista de todas as dicas de performance que aprendi no YouTube:

Manter o queixo erguido.

Segurar o microfone com firmeza.

Manter contato visual com o público.

Mas a única pessoa que enxergo é Korey, que não tirou os olhos de mim.

"You're a part of me."

Korey se inclina para a frente na cadeira. E, de alguma forma, vê-lo — a única pessoa que consigo distinguir em um lugar cheio de rostos desconhecidos — me acalma. Então, canto para ele, e só para ele. Canto do jeito que costumava cantar para a vovó durante os meus shows na sala quando era criança.

*"And you don't even know it
I'm what you need
But I'm too afraid to show it..."*

Quando termino, o teatro explode em aplausos. Korey fica de queixo caído, me olhando com admiração, sem piscar.

Juíza nº 1 — Melissa: Você tem uma voz muito boa. Mas é um pouco instável. Precisa de mais aulas de canto.

Juiz nº 2 — Don: Hum, eu não gostei da música. Velha demais. Nada atual.

Juiz nº 3 — Richie: Vocês dois são loucos. Não ouviram esse talento natural todo? Mas pelo visto, sou voto vencido por aqui. Boa sorte para você no ano que vem, querida. Tenho certeza de que vamos nos ver novamente. Em breve.

Capítulo 5
BRIGHT EYES

Os bastidores do teatro estão escuros o suficiente para mascarar as lágrimas que se acumulam. É o lugar perfeito para se esconder quando você precisa de um momento ou dois para se recompor. Ou dez. Ou quinze.

Preciso de um tempo antes de voltar até a minha mãe e passar a viagem de quarenta e cinco minutos no carro em um silêncio constrangedor. Eu a enganei para me trazer para esta competição, e não deu em nada. Não entendo. Sei que cantei a música superbem. Fui muito melhor que os outros que assisti. Mas talvez não tenha sido por causa da música que escolhi. Talvez tenha sido todo o conjunto que fez com que me rejeitassem. Minha pele, minhas roupas, meu sorriso torto, minha falta de cabelo...

— Gostei da música.

Ele respira na parte de trás do meu pescoço, e me viro.

Korey Fields.

Minha língua parece morta na boca, meus lábios se entreabrem. Quando foi que ele apareceu aqui? E como... Espera, estou conversando com Korey Fields. Bem, não exatamente, eu não estou falando nada. Ele que está conversando comigo. *Diga alguma coisa, sua idiota!*

— Hum, obrigada.

O sorriso dele ilumina o lugar escuro. De perto, ele tem um cheiro distinto e almiscarado, de mel e óleo de bronzear. A roupa dele é impecável, sem uma única partícula de sujeira. Até os tênis estão limpíssimos.

— Escolha interessante — diz ele, balançando a cabeça como se estivesse impressionado.

— Interessante? — repito.

— Só estou surpreso por alguém da sua idade escolher... um clássico.

Não sei como lidar com o comentário, então dou de ombros e respondo honestamente:

— Era uma das músicas favoritas da minha avó.

Ele faz uma pausa, com um olhar surpreso no rosto por um momento, e aí dá uma risadinha.

— É, da minha avó também.

Ficamos em silêncio, olhando um para o outro. A nova concorrente já está no palco, cantando Beyoncé. Acho que perdi a lista de recomendações informando que deveria ter escolhido qualquer música do repertório dela.

Korey parece muito mais alto nos seus videoclipes. Sempre dá a impressão de estar bem acima de todas as garotas com quem dança. Mas, pessoalmente, ele é normal. Não que seja baixinho nem nada. Mas não é o LeBron James que imaginei. Está mais para Steph Curry.

— Você tem uma bela voz — diz ele. — Você faz preparação vocal?

— Mais ou menos — respondo, porque acho que o YouTube não conta. — Mas pratico o tempo todo! E escrevo minhas próprias músicas.

— Hum. Bem, você deveria fazer aulas de canto profissionais.

Eu pisco, sem entender.

— Eita. Cantei tão mal assim?

— Ah, não. Não é isso! — Ele ri. — Mesmo quem tem talento natural precisa de algum treinamento. É como nos esportes. Quanto mais você treina, melhor fica. Entende?

Penso na treinadora Wilson e sorrio.

— Acho que sei exatamente o que você quer dizer.

Korey observa meu rosto atentamente.

— Aqui, deixa eu te mostrar uma coisa rapidinho.

Solto uma lufada de ar quando ele dá um passo na minha direção, colocando uma das mãos na minha barriga e a outra no meio das minhas costas. Fico tensa, passando os olhos freneticamente por todos os cantos da sala.

Será que ALGUÉM está vendo isso? Korey Fields está encostando em MIM!

Mas só vejo os guarda-costas. E todos estão de pé, de costas e longe da gente, fingindo que são invisíveis.

— Relaxa, tá tudo bem. Você está segura comigo — diz ele com a voz rouca, e dá uma piscadela. — Você precisa respirar pelo diafragma. Vamos tentar juntos. Pronta?

Respiro fundo, minha barriga se expandindo enquanto ele passa a mão pelas minhas costas.

— Agora, solte a nota enquanto expira.

Faço como ele me instruiu, e a nota sai suave e sem esforço.

— Viu? Não é melhor?

— É! — dou uma risadinha. — É melhor.

Miro os olhos dele e... não consigo desviar o olhar. Então não desvio, porque ele está me olhando da mesma forma. Os lábios dele, apertados com força, se separam.

— Caramba. Você tem olhos lindos.

Meu coração bate forte nas costelas. Minhas mãos estão apoiadas nas dele, como se ali fosse o lugar certo para mantê-las para sempre. Enquanto nossas mãos se tocam, acaricio as partes ásperas de seus dedos. Então, cai a ficha. Estou tocando Korey Fields. O Korey Fields... e a minha mãe pode aparecer aqui a qualquer momento. Seria como voltar no tempo para o sexto ano de novo, quando fui pega no armário beijando Jose Torres.

Porém, Korey não é um garoto normal como Jose. Ele é... muito mais interessante.

— Eu, hum, tenho que ir. Minha... mãe deve estar me procurando.

Um lampejo de confusão atravessa o rosto dele. Ele hesita antes de tirar as mãos dele das minhas.

— Quantos anos você tem?

Engulo em seco.

— Dezessete.

Por um longo momento, o rosto dele permanece inexpressivo. Em seguida, ele volta a abrir um sorriso.

— Você vai no meu show, sábado que vem — diz ele. — Vou descolar uns ingressos VIP para você e pros seus pais.

A última competidora corre para os bastidores com um sorriso de orelha a orelha. Ela foi escolhida. Obviamente.

— Ah, tudo bem.

— Seu nome vai estar na lista — diz ele, enquanto pega o telefone antes de piscar para mim mais uma vez. — Até mais, Bright Eyes.

Ele dá um tapinha no ombro de um de seus guarda-costas, que me olha de cima a baixo antes de sair.

Meu peito está pegando fogo. Talvez eu esteja alucinando. Não tem a menor chance de Korey Fields estar interessado em mim.

Capítulo 6
NASCE UMA ESTRELA

Segundo a Wikipédia, Korey Fields tem vinte e oito anos.

Ele era um prodígio. Já era uma estrela infantil aos treze anos. Foi descoberto no YouTube, cantando músicas do Stevie Wonder.

Criado pela avó, sabia tocar vários instrumentos, incluindo: bateria, piano, violão e até trompete. Foi autodidata e ainda passava horas na igreja batista do bairro.

Ele já foi chamado de segunda encarnação do Michael Jackson e lançou hits de sucesso como "Invincible", "I Remember You", "Work It" e "Love Is a Verb".

Meus pais adoravam dançar uma música dele, "A Lifetime of Love".

Quinze músicas no topo da lista da Billboard. Vários discos de platina triplos. Shows e turnês sempre esgotados.

Ele ganhou seu primeiro Grammy aos quinze anos.

Falta só um Emmy para ele conseguir um EGOT (Emmy, Grammy, Oscar e Tony).

A capa do seu último álbum, uma foto dele sem camisa, é como uma pintura a óleo de um deus grego. A pele dele é marrom da cor da terra. Olhos escuros, queixo afiado, nariz perfeito, o peito como uma escultura em pedra âmbar, os músculos formando um V pouco acima do cós da calça jeans...

Korey Fields tem vinte e oito anos. Ele é jovem. Mas não tão jovem.

Capítulo 7
AMIGAS ATÉ O FIM

Gabriela mergulha um nugget de peixe no potinho de ketchup que está em cima de seu livro de biologia.

— Então nosso plano maligno funcionou — diz ela com um sorriso.

— Funcionou! Apesar de LaToya Jones quase ter me matado.

Como na maioria dos horários de almoço, relaxamos em um cantinho escuro do ginásio, perto da vitrine de troféus da escola, a pele encharcada pela iluminação fluorescente. Mergulho meu nugget de peixe no molho tártaro e roubo um pouco do ketchup dela para colocar nas minhas batatas fritas.

— E o batom? E os brincos?

— Perfeitos. Mas nada disso importa, porque conheci o *Korey Fields*. — Tento não dar um suspiro apaixonado. — Ele me deu um apelido. Já te contei isso?

— Já — ela bufa enquanto abre o caderno. — Você já me contou isso umas quatro vezes.

— Eu sei, mas foi o *jeito* que ele falou.

Ela revira os olhos e dá uma risada.

— Aposto que ele só estava sendo legal.

— Nada disso. Ele não falou do jeito que os amigos do meu pai me chamam de *querida*. Não, parecia... um jeito bem específico. Para mim.

— Eca, amiga, você está molhando o nugget depois de morder? Para de misturar sua maionese no meu ketchup.

— É mais gostoso assim! Beleza, ouve isso aqui: *"Soul eyes, souls rise. Be it a day or a lifetime. When the beauty comes alive. Would you be mine?"* Então, o refrão seria tipo essa melodia, mas cantarolada.

O sorriso da Gab se alarga.

— Uau. Que demais! Você escreveu isso hoje? Você é incrível!

Olhando de fora, nossa amizade parece compreensível: mesma altura, peso e pedigree. Mas Gab é um ano mais velha que eu e, em vez de careca, o cabelo dela tem fios castanho-escuros e grossos, lisos, que ela mantém em um coque alto desleixado. Mas para qualquer palavra que você pensar para me descrever, pense nela como o antônimo. Sou desajeitada e descoordenada; Gab é elegante e segura. Sou ansiosa e frenética; Gab é calma e sábia. Nada tira ela do sério.

No entanto, somos duas das poucas garotas de minorias em um mar de branquitude. Ela é a única garota em toda a escola com quem posso conversar sem precisar explicar minha existência. Esse fato traz certo nível de acolhimento fraternal. Para nós duas.

Acolhimento o suficiente para que eu possa exprimir meus sentimentos mais profundos.

— Ele disse que gostou de como eu canto.

Gab sorri.

— É óbvio que ele gostou. Porque você é talentosa, e o mundo precisa saber disso. Isso é só o começo. Em breve, você também vai cantar em shows lotados!

Dou de ombros.

— Pode ser. Quem sabe até com ele.

Ela arranca o pensamento da minha cabeça e franze a testa.

— Ele é velho demais para você.

— Ah... é... é óbvio — eu murmuro enquanto minhas bochechas pegam fogo. — Mas sonhar não custa nada, né?

Ela faz uma careta.

— Por que diabos você ia querer sonhar com aquele coroa?

— Coroa? Ele não é tão velho assim! Não tem nem trinta anos! Ele é só uns sete anos mais velho que o Jay.

Gab estreita os olhos por trás de sua lata de Sprite.

— A situação é completamente diferente, você sabe muito bem.

— Tudo bem, tudo bem! Calma, sua monstrinha — eu digo com uma risada. — Não acredito que você ainda fica incomodada com isso.

Jay é o namorado da Gab. O namorado da Gab que está na *faculdade*. Ela se contorce.

— É só que... É nojento o que as pessoas falam de nós dois.

Ok, então, realmente não é a mesma coisa. Jay tem vinte e um anos e namora Gab há três anos.

Passos no corredor me fazem engolir minha resposta. Dois calouros passam por ali, parando para nos encarar.

— O quê? — Gab surta. — Vocês querem alguma coisa com a gente? Se não, fora daqui!

Os dois meninos se entreolham. Em seguida, se viram para nós com os olhos arregalados. Gab fecha o caderno com força.

— Tô falando sério! Caiam fora!

A voz dela soa como um chicote. Eles dão um pulo de susto e saem correndo, resmungando.

— Caramba, Gab. Pega leve.

— Odeio como as pessoas olham pra nós como se fôssemos alienígenas, como se nunca tivessem visto uma pessoa negra ou latina!

Depois de quase dois anos, estou acostumada com os olhares. Os olhos azuis e verdes fazem parte da decoração. Gab não tem esse problema; ela poderia passar por branca e se misturar. Mas ela nunca diria isso.

— Por que você sempre quer ficar aqui no almoço? — eu pergunto.

O rosto de Gab está tingido de tons de verde pálidos sob as lâmpadas fluorescentes. O maxilar dela reflete em um troféu de hóquei empoeirado da década de 1990.

Ela dá de ombros e volta sua atenção para o livro.

— É mais fácil conversar com você aqui. Tem muita gente intrometida. Além disso, consigo fazer o dever de casa em vez de esperar até depois do trabalho. Ah! Trouxe esse moletom lindo para você! Estava na promoção: metade do preço no segundo. Vamos ficar iguaizinhas!

Ela trabalha na Old Navy na White Plains Galleria. Quando não se encontra por lá, está dirigindo até a Fordham University para visitar Jay. Gab tem carro, que ela mesma pagou com o próprio dinheiro. Não tem muito tempo para bobagens triviais como dever de casa. Ela não só está no último ano, como parece pronta para se aposentar.

Mas, pelo menos, tem um namorado. Tudo o que eu tenho é a natação, a música e os sonhos com Korey.

— Queria que você fosse no show com a gente.

— Aquela nova remessa de jeans Rockstar não vai se dobrar por conta própria — ela brinca. — Além disso, é sua hora de brilhar!

Ela sustenta uma nota até o limite de seus pulmões, cantando os versos que acabei de mostrar a ela. Nunca vou entender por que ela se recusa a dividir o palco comigo.

Penso no Korey novamente. A mão dele no meu estômago, a palma pressionando meu umbigo, me marcando profundamente. Imagino como seria estar *mesmo* com ele, vivenciando o tipo de amor sobre o qual ele sempre canta nas músicas.

— Ele foi... fofo.

Gab finge não me ouvir e continua copiando o dever de casa sobre células.

Capítulo 8
ATA DE REUNIÃO DO GRUPO WILL & WILLOW

Entre mudarmos para Hartsdale, com sua diversidade limitada, e frequentarmos uma escola particular de elite, mamãe pensou que a melhor maneira para os Pequenos e eu nos conectarmos com as pessoas negras da nossa região era entrar no grupo Will & Willow Incorporated. O objetivo do grupo Will & Willow, segundo o site, é: "criar um ambiente de contato para mães afro-americanas reunirem seus filhos em um meio sociocultural fortalecido através de desenvolvimento de liderança, serviço voluntário e dever cívico."

Meu primo diz que se trata de um grupo para as mães negras riquinhas exibirem os filhos negros igualmente riquinhos. Ele não está errado.

Há filiais do grupo em todo o país, divididos por faixa etária. Nós, da filial Westchester Teen, realizamos uma reunião mensal, dirigida pelo nosso conselho adolescente:

Malika Evens: presidente
Sean Patrick Jr.: vice-presidente
Creighton Stevens: tesoureiro
Aisha Woods: secretária

Enchanted Jones: apenas uma participante normal

Shea Jones: irmã mais nova de Enchanted Jones, membro mais recente do grupo.

Todos vivemos em um raio de dezesseis quilômetros de distância. Só que esse pessoal tem dinheiro de verdade. São filhos de cirurgiões, advogados, arquitetos, políticos — um deles é até parente do Denzel Washington. Em comparação, minha família sobrevive aos trancos e barrancos, e todo mundo consegue perceber isso.

Nossas reuniões são mais ou menos assim:

Creighton: Cadê o Emery?

Enchanted: Acho que ele precisou trabalhar.

Malika: É claro que sim. Ok, pessoal, vamos começar. Então, como todos sabem, no próximo mês, temos a Reunião dos Grupos de Adolescentes da Região Leste. Nossos quartos no Marriott já estão reservados. Creighton, todos acertaram as pendências?

Creighton: Só faltam as irmãs Jones.

Shea: Chant?

Enchanted: Minha mãe vai acertar na sexta.

Malika: Certo. Bem, enquanto o pagamento não for feito, vamos considerar que vocês não estarão presentes.

Enchanted: Ou você pode considerar que *vamos* estar presentes, já que acabei de falar que a minha mãe vai fazer o pagamento na sexta-feira.

Malika: Isso é só daqui a seis dias.

Sean: Caramba, menina, você não pode pegar uma grana emprestada com… alguém? Eu tava animado pra dançar com você.

Enchanted: Pra que pedir emprestado se a gente tem o dinheiro?

Malika: Só que vocês não têm o dinheiro.

Aisha: Não podemos ter uma comitiva cheia só de meninos. Precisamos de mais meninas!

Creighton: Ei, não se preocupe com isso, Enchanted. Já estou contando com a presença de vocês duas. Sua mãe pode acertar comigo na sexta mesmo.

Shea: Valeu, Creighton.

Malika: Então, como eu estava dizendo... a van alugada para Nova Jersey vai sair às sete e meia da manhã em ponto. O local de partida é o shopping. Sem atrasos. Minha mãe, a sra. Woods e o sr. Stevens vão nos acompanhar. Enchanted, a sra. Woods disse que você poderia cantar o hino nacional negro. Precisa da letra?

Enchanted: Não, tá de boa.

Malika: Está o quê?

Sean: Ela quer dizer que está de boa, tranquila, tudo beleza, tipo, já sabe a letra. Ela dá conta. Você sempre esquece que ela cresceu na cidade.

Malika: Enfim, pessoal. Estou enviando a lista de itens para levar e a programação. Precisamos usar roupa social no último dia do evento.

Shea: Chant...

Enchanted: Relaxa, tenho um conjunto antigo que vai servir em você. Vou usar alguma coisa da mamãe.

Sean: Galera! Na primeira noite vai ter festa no meu quarto! Já conversei com os caras das filiais do Brooklyn e da Filadélfia, eles vão...

Aisha: Acho que o Warren não vai gostar disso.

Sean: Quem é Warren?

Malika: O namorado da Aisha.

Sean: Ah, tá, aquele palhaço que te deixou aqui naquele carro caindo aos pedaços?

Aisha: Cala a boca, Sean! Nem todo mundo tem a sorte de ter um pai que compra uma BMW nova quando o filho bate a antiga.

Sean: Cara, tanto faz. Então, o que vocês vão querer beber? Posso pedir pro meu parça da filial de Danbury trazer algumas garrafas do bunker do irmão dele.

Malika: Olha. Não quero ser chata... nem dar uma de mãe do grupo, nem nada. Mas todo mundo precisa se comportar superbem neste ano.

Creighton: O que você quer dizer?

Malika: Nada de se enfiar nos quartos das meninas ou fazer festas. Nada de ficar bêbado no evento social.

Aisha: Nossa filial já está mal falada. Não vamos dar... mais motivos para reclamarem da gente.

Sean: Então temos que ficar pianinho? Isso é péssimo.

Enchanted: Temos mais alguma coisa a discutir? Preciso sair cedo.

Sean: Por quê?

Malika: Ainda nem repassamos o cronograma. Temos que preparar uma apresentação!

Enchanted: Vou no show do Korey Fields hoje à noite.

Sean: Ah, que maneiro! Ouvi dizer que estava esgotado. Como conseguiu?

Shea: Ele deu...

Enchanted: Meus pais tiveram sorte! Foi só isso.

Malika: Bem. Divirta-se nas arquibancadas.

Capítulo 9
VIP SIGNIFICA...

VIP significa Very Important Person, ou "pessoa muito importante". Pesquisei na Wikipédia.

Quando pegamos nossos ingressos na bilheteria especial do Madison Square Garden, o atendente nos entregou crachás VIP verdes brilhantes nos quais se lia *acesso aos bastidores*.

Meus pais e eu usamos os crachás com orgulho nos nossos assentos na primeira fileira. Nunca me senti tão importante ou reconhecida. Quero me sentir assim para sempre.

No momento em que ele pisou no palco e soltou a primeira nota, os gritos ecoaram no estádio.

Korey Fields é um deus gigante sem camisa.

Tento não deixar meu queixo cair no chão. Tento não babar no meu suéter rosa.

E, por uma fração de segundo, acho que ele me vê em meio à multidão e pisca para mim. Mas não é possível, devo estar imaginando. Faço isso de vez em quando.

Porém, desta vez, gostaria que fosse real.

* * *

Depois que o show termina, seguimos para a entrada dos bastidores, a multidão tentando entrar quase nos engolindo. Mas essas pessoas não têm crachás iguais aos nossos. Somos VIPs. Um funcionário acena para nós.

— Convidados do K? Venham por aqui.

Somos conduzidos por um labirinto de corredores até uma porta com uma placa que diz *Greenroom*, decorada com cortinas pretas nas paredes. Garrafas de champanhe geladas e bandejas de aperitivos chiques estão dispostas nas mesas. Sofás de couro branco acolhem outras estrelas da música.

— Uau — meu pai sussurra para a mamãe. — Dá pra acreditar nisso?

— Ai, meu Deus — ela diz, batendo no braço dele. — Terry, olha! *Discretamente*, mas olha. Aquele ali é o Usher!

As celebridades não param de chegar, todas com o mesmo crachá VIP. Somos tão importantes quanto eles!

Eu poderia ter uma sala assim um dia. Talvez algum dia em breve.

— Enchanted, quando o sr. Fields voltar aqui, lembre-se de agradecê-lo pelos ingressos!

Só de pensar em vê-lo novamente, vê-lo de verdade, fico toda animada. Mas está escuro aqui. E se ele não conseguir me ver? Calma, digo a mim mesma. Gab não se comportaria assim... tão boba. Ela ficaria tranquila, como se não fosse nada. Preciso aprender com ela.

— Puxa a sua blusa para baixo, querida — mamãe murmura, puxando minha blusa. — Não quero esses homens secando você.

Há uma onda de atividade antes de Korey entrar no recinto. Ele está cercado por um enxame de câmeras, segurança e... mulheres. Lindas, tipo modelos, com cara de quem tem mais de um milhão de seguidores no Instagram, com vestidos curtos e justos, os apliques perfeitos batendo nas cinturas finas. Dou um passo para trás, enjoada e pronta para sair, quando ele me vê do outro lado da sala. Sem hesitar, vem direto na minha direção. O enxame de pessoas o acompanha. O estádio inteiro fica em silêncio.

— Ei — diz ele, com a voz sensual, estendendo a mão. É macia, bem como me lembro. As pontas dos dedos fazem cócegas sutis na palma da minha mão. Fico hipnotizada por seus olhos.

E ele ainda está sem camisa. Depois de um instante, se vira para o meu pai.

— Você deve ser o pai dela. Meu nome é Korey — diz ele. — Me perdoe pela ousadia, senhor, mas sua filha com certeza puxou a beleza da mãe.

— Olha só, não tente roubar minha esposa! — Papai ri, apertando a mão dele. — Já ouvi muitas histórias sobre você!

— Tudo mentira, juro!

Mamãe cutuca meu braço e eu me lembro do meu único dever.

— Ah, obrigada pelos ingressos.

— Imagina.

— Seu show foi incrível! — exclama a mamãe, emocionada, batendo palmas. — Nossa garotinha aqui é sua fãzoca.

Morrendo de vergonha, estremeço com a palavra *garotinha*. Korey percebe e abre um sorriso simpático.

— Bem, acho que sua filha tem uma voz incrível — comenta ele com uma piscadela. — Ei, vocês já conheceram o Charlie Wilson?

Os olhos dos meus pais se iluminam.

— Charlie Wilson? — Papai suspira. — O Charlie Wilson?

— É, ele está bem ali.

— Oi, Tony? Leva esses dois aqui para conhecer o tio Charlie.

O guarda-costas que vi na noite em que conheci Korey dá um aceno silencioso. Começo a acompanhar minha mãe, mas Korey pega minha mão.

— Ei — ele fala de um jeito suave. — Onde você está indo, Bright Eyes?

Meu coração repete aquela vibração. Ele me chamou pelo apelido.

— Ah, o show foi ótimo — eu falo com a voz aguda.

— Então você aprova?

— Acho que você não precisa da minha aprovação.

— É verdade. Mas eu me importo com o que você pensa de mim.

Ainda chocada, digo a primeira coisa que me vem à mente.

— Seu show foi... de tirar o fôlego.

O sorriso dele se transforma em uma risada.

— De tirar o fôlego?

Em um instante, sinto vontade de cavar um buraco no chão e sumir.

— AI, MEU DEUS. AI, MEU DEUS. Eu tô tão... Foi tão... AI, MEU DEUS. Não quis dizer assim!

— Sim. Quis, sim. E eu gostei.

Por um momento, minha sensação foi a de que nós éramos os únicos naquela sala. Talvez os únicos no planeta.

— Então, fez algum outro show? — ele pergunta.

— Não, só cantando para os Pequenos.

— Os Pequenos?

— Ah, é assim que chamo meus irmãos. Tenho três irmãs e um irmão. Eu sou a mais velha.

— Caramba! São muitos filhos! Seus pais não tinham TV em casa.

— Ai, credo! Não quero pensar nos meus pais assim!

— Foi mal. — Ele ri. — Cara, sempre quis ter uma família grande. Essa coisa de filho único não é tão legal assim.

— É... complicado. E é diferente também. Na minha idade, você já estava fazendo turnês pelo mundo todo. — Estremeço por ter citado a diferença de idade, mas continuo. — Quero dizer, deve ter sido incrível, fazer o que você mais ama. Sem ninguém te proibindo ou mandando você tomar conta de uma criança ou limpar alguma coisa.

Ele ri.

— Bem, tenho a sensação de que vou ver você cantando em breve. Você tem... garra. Consigo sentir essa força em você.

— É o que... é o que eu sempre quis fazer — digo, sentindo meu peito mais leve.

Korey se inclina para trás com um olhar de admiração.

— Caramba. Consigo sentir essa energia.

Do outro lado da sala, meus pais estão entusiasmados por conhecer seu artista favorito. De alguma forma, Tony está bloqueando minha visão deles. Ou talvez ele esteja me bloqueando da visão deles.

— Aqui — Korey diz, se aproximando. — Me passa seu celular.

Ele olha ao redor, abaixando meu telefone na altura do quadril, aí grava um número e envia uma mensagem de texto para si mesmo.

— Beleza. Agora tenho seu número — ele diz, enquanto devolve o celular para o bolso da minha jaqueta com um leve tapinha no meu quadril. — Só não... conta para ninguém, beleza? Vai ser o nosso lance, Bright Eyes.

Minha respiração trava na minha garganta. Nós temos um lance.

A mamãe ressurge ao meu lado, com o rosto corado. Ela me abraça.

— Uau, ele é incrível pessoalmente!

— Sim, ele é um mentor para mim há muitos anos. Que é o que eu quero ser para sua filha. Como eu disse, ela com certeza tem um talento especial.

Capítulo 10
RATOS DE PRAIA

Antes da mudança para esta floresta densa, nossa família era rata de praia. A gente brincava na areia, nadava em águas agitadas, nossos ombros bronzeados pelo sol.

Meus pais cresceram perto de uma praia em Far Rockaway, no Queens, e se autodenominavam os primeiros peixes da família. Papai diz que evoluímos dos peixes, por isso somos tão atraídos pela água. Está na nossa memória genética. Isso fazia sentido para ele, embora a ideia de Deus não.

Durante o verão, levávamos nossos isopores e ficávamos na praia do nascer ao pôr do sol.

Morávamos em um apartamento de três quartos de frente para o mar, com a minha avó materna. De manhã, antes de ir para a escola, eu saía para a varanda e enchia os pulmões com a brisa que vinha do mar. Vovó se juntava a mim e olhava para a água agitada com saudade.

— Com certeza o dia está agitado hoje. Que tal uma música?

Ela me chamava de sua Pequena Sereia particular, já que eu nunca queria sair da água. Eu queria viver no mar e cantar na praia, mesmo no inverno, quando as ondas eram uma escultura de gelo. Ela dizia que minha voz era de outro mundo, enchendo nossa casa com melodias comoventes de Aretha Franklin, Patti LaBelle e Whitney Houston.

Mas nossa casa era um aquário minúsculo e nós, um cardume inteiro, esbarrando a cada curva, a tensão turvando a água, minha mãe e avó trocando mordidas como piranhas famintas.

Peixes morrem rápido em tanques, papai disse. Nós precisávamos de espaço para florescer, crescer, ir para a faculdade, mergulhar fundo e desbravar territórios que nossos pais nunca puderam.

Quando digo nós, quero dizer meus quatro irmãos e eu.

Não podíamos nos dar ao luxo de viver por conta própria. Mas enquanto nos afogávamos nas manias da vovó, que pioravam a cada dia, meus pais traçaram um plano. Ele pegou mais trabalhos na empresa de TV a cabo e ela começou a estudar enfermagem. Por três anos, eles economizaram para comprar esta casa que cheira a musgo molhado, a umidade que deixa a pele gelada, as árvores altas e ondulantes que bloqueiam todos os vestígios de sol. Sem ondas suaves ou ventos arrebatadores, apenas um coro de insetos e pássaros raivosos. Agora somos um cardume cercado por pescadores brancos.

O papai está sempre cansado — isso quando consigo vê-lo, o que é raro. Ele se filiou a um sindicato de eletricistas e faz bicos consertando cabeamento. Tudo para pagar a hipoteca e a mensalidade da escola particular. Ele não fala mais sobre ir à praia ou sobre sermos peixes. A mamãe se tornou nossa motorista particular. Quando os dois estão no trabalho, sou a única responsável em um raio de quilômetros. Sim, temos mais espaço para nadar, mas sem carro, flutuamos em um aquário burguês, em vez de em um oceano.

De manhã, antes de preparar o café da manhã para os Pequenos, coloco uma concha no ouvido e escuto os sons do meu lar.

Capítulo 11
PAPO DE BARBEARIA

No banheiro estreito, me sento de pernas abertas na tampa do vaso sanitário com a cabeça baixa e um avental abotoado no pescoço, observando o cabelo cair ao meu redor. Ouço um zumbido perto da orelha esquerda e estremeço.

— Fica quieta agora — papai diz, segurando minha cabeça. — Estamos quase acabando.

O papai comprou uma máquina de cortar cabelo quando decidi raspar a cabeça. Antes, ele fazia a barba com gilete, mas decidiu que a filha merecia coisa melhor. Além disso, economizamos dezoito dólares e idas semanais à barbearia.

— Ei, cuidado com o pescoço — digo com uma careta.

— Está tudo sob controle. Relaxa. Olha, sinceramente. O cabelo da sua mãe não cresce tanto. Você deve ter puxado a minha família.

— Você diz isso em relação a tudo. — Eu dou uma risada. — Cantar, nadar, altura, peso, pés... tudo vem da sua família.

Ele ri.

— Bem, é verdade verdadeira!

— Sério? Vai contar piada de tiozão agora? Você está passando tempo demais com os riquinhos daqui. A gente tem que voltar contigo pro Queens pra ontem.

— Você sabe que todo esse cabelo extra... vai pesar no seu bolso.
— Quanto?
— Cinquenta dólares. O mesmo preço da semana passada.
Eu sorrio.
— Pode colocar na minha conta.
— Papai! — uma voz grita.
Nós viramos para a porta aberta do banheiro, em direção à cozinha logo ao lado, e vemos Destiny no cadeirão, com a boca cheia de purê de batata. O papai desliga a máquina de cortar cabelo.
— Diga, filhinha.
— Mais bexinho?
— Termina o peixinho que está no prato primeiro. Você tem o olho maior que a barriga.
Pearl pula da mesa e sai correndo, com seus minidreadlocks balançando.
— Ei! — ele chama. — Aonde você pensa que vai?
Ela dá de ombros.
— Acabei.
— Você não acabou de comer se o seu prato ainda está na mesa. Não tem empregada à sua disposição por aqui.
— De qualquer jeito, é a sua vez de lavar a louça — Phoenix diz de algum lugar por perto (claro).
— Não é!
— Que tal os dois lavarem a louça? — papai sugere.
Pearl e Phoenix resmungam ao mesmo tempo, daquele jeito que só gêmeos fazem antes de começarem a arrumar a mesa.
— Papai, quero mais suco — diz Destiny, balançando o copo vazio para ele.
Com a mamãe trabalhando até tarde e o papai tendo uma rara sexta-feira de folga, tenho certeza de que ele não está acostumado a ser chamado tantas vezes. Ele esfrega a cabeça.
— Céus — resmunga. — Shea, você pode pegar mais suco para sua irmã, por favor?

Shea concorda com a cabeça, ocupada numa chamada de vídeo com uma amiga da escola, fofocando sobre um garoto qualquer.

— É isso que vocês fazem hoje em dia? Ficam em uma chamada de vídeo depois da escola apesar de terem passado o dia todo juntas? — Ele ri, ajeitando a máquina de cortar cabelo. — Não me lembro de te ver fazendo isso.

Eu olho para ele pelo espelho. Os olhos dele estão focados enquanto alinha meu corte.

— Papai — começo, com voz comedida. — Vocês poderiam me dar um carro? Por favor?

Meu pai levanta a cabeça e os olhos dele encontram os meus.

— Eu andei pesquisando — continuo antes que ele possa abrir a boca para recusar. — Podemos financiar um carro por só duzentos e vinte e oito dólares por mês. Vou poder ajudar mais com os Pequenos. Posso levar a Shea para a escola de carro.

Ele suspira e desliga a máquina de cortar cabelo. As paredes do banheiro encolhem.

— Não tem como agora. Com a escola, as mensalidades do Will & Willow, a colônia de férias ano que vem... estamos muito apertados. Além disso, o sindicato pode entrar em greve. Se isso acontecer... teremos muitas mudanças por aqui.

Já ouvi mamãe e papai conversarem sobre isso. Uma greve sindical significaria ficar sem pagamento, e greves podem durar meses, até anos. Shea e eu teríamos que sair da Parkwood. Na pior das hipóteses, poderíamos perder a casa.

— Mas quero arrumar um emprego.

Os lábios do papai se apertam.

— Você vai ter a vida toda para trabalhar. Por enquanto, só queremos que você seja uma adolescente normal.

Não tem nada de normal em ficar presa em casa, cuidando de crianças que não são minhas filhas.

— Ok... então você pode me ajudar a pagar pelas aulas de canto?

Os ombros dele esmorecem.

— Isso seria outra atividade, e precisamos muito de você aqui para cuidar dos Pequenos.

— Mas você ouviu o Korey Fields. Eu tenho potencial de verdade. As aulas de canto podem me ajudar a encontrar meu tom. Elas poderiam ser a minha chance de brilhar!

— Filha, já conversamos sobre isso. Cantar é... um grande risco. Não dá certo para todo mundo. Existem milhares de cantores por aí e só os sortudos conseguem se dar bem.

Baixo os olhos para o meu cabelo espalhado pelo chão.

O papai limpa a boca e remexe em suas ferramentas. Em seguida, usa uma escova para tirar os pelos dos meus ombros.

— Então, qual é a próxima atração no clube Disney? — ele pergunta com esperança na voz. — O que vocês vão assistir hoje à noite?

Eu arranco o avental do pescoço.

— *A pequena sereia* — murmuro, enquanto jogo o tecido na banheira.

O pai da Ariel também não deixava ela fazer nada.

Capítulo 12
UM MUNDO IDEAL

— Tudo bem, pessoal, prontos?

— Sim!

Todos aplaudem.

Já se passaram duas semanas desde o show e estou acompanhando cada movimento do Korey Fields no Instagram. Ele aparece o tempo todo. Entre vídeos, posts de #tbt, stories e fotos biscoiteiras sem camisa, passei todas as noites na cama rolando as postagens, cobiçando e analisando os posts como uma detetive particular.

Mas, hoje à noite, eu precisava tirá-lo dos meus pensamentos e me concentrar na nossa tradição semanal: o clube Disney.

Depois de um jantar de nuggets de peixe e brócolis, preparo a pipoca e faço uma limonada enquanto Shea arruma as almofadas na sala de estar.

— Hoje, Pequenos, apresentamos *Aladim*!

— Que burrice. Como ela não reconheceu ele? — Shea pergunta, se jogando em seu lugar e puxando Destiny para o colo. — Ele não fez plástica no nariz nem nada do tipo.

— Quem ia reconhecer quem? — Phoenix pergunta, se aconchegando na cadeira de balanço.

— Ei! Não dá spoiler! Esse desenho é um importante rito de passagem. O Gênio é um *sidekick* quase tão bom quanto o Sebastião. Tudo bem, alguma pergunta?

Pearl levanta a mão.

— Você pode fazer tacos de peixe amanhã?

— Desde que você coma uma salada com os tacos.

Os gêmeos fingem que vão vomitar, e Shea revira os olhos. Todos reclamam, mas não ligo. Cuidar deles é minha responsabilidade, como a vovó cuidaria.

Depois de quinze minutos de filme, meu telefone vibra. Imaginei que seria a mamãe ou o papai avisando que vão chegar tarde em casa, como sempre. Em vez disso, é uma mensagem de alguém chamado Pips.

E AÍ

Pips? Quem é Pips? E o que... Deixo o telefone cair, perdendo o fôlego. Shea se vira na minha direção.

— O que foi?

A verdade sobe até a minha garganta e a engulo de volta.

— Hum... nada.

Minha irmã levanta uma sobrancelha e depois volta a prestar atenção no filme.

Korey Fields apareceu no meu telefone. Ele está no MEU telefone. Está mandando mensagem para mim. O que eu digo? Finjo que não vi? Não, até parece que conseguiria fazer isso. Então, talvez... eu devesse ser sincera.

Assistindo Aladim com os Pequenos.

                            Qual? O novo ou o original?

Original.

                    Claro... Você é uma garota clássica. ☺

— Com quem você tá falando? — Shea pergunta.

— Hum, Mackenzie. Cuida da sua vida e vê o filme.

Já viu?

                    Claro. É um dos meus favoritos da Disney.

É como se ele tivesse dito a palavra mágica.

É bem isso que estamos fazendo.
Toda sexta-feira, passamos um filme
da Disney para os Pequenos
conhecerem os clássicos.

                    Maneiro! O que vocês já viram?

Branca de Neve
Bela Adormecida
Cinderela
Alice no País das Maravilhas
Peter Pan
Mogli
A pequena sereia
Aladim
A Bela e a Fera
O rei leão
A princesa e o sapo

                    E Pocahontas?

Não vou expor meus irmãos
a essa versão de colonizador
dos acontecimentos reais!

                  KKKKKKK garota você é demais!
                  E Mary Poppins?

Vamos ficar nos desenhos
por enquanto.

                  Fala sério? E Os Super Patos? Um clássico!!

Isso é um filme da Disney?

>   Menina, você está de brincadeira?
>   Já foi na Disney?

Não, é muito caro para
minha família toda ir. Mas
sempre quis!

>   Tem uma parte que mostra
>   como fizeram todos os filmes.
>   Já viu Família Robinson?

Não, mas talvez a gente
possa ver juntos um dia.

Surge um balão na tela, como se ele estivesse digitando uma resposta e tivesse parado no meio do raciocínio.

Silêncio.

— Merda. — Eu suspiro enquanto sinto o coração afundar.

Os Pequenos gritam.

— Ooohhh! Palavrão!

— Desculpa, gente.

Shea arqueia uma sobrancelha.

— Você está bem?

— Uh... É. Esqueci que tenho treino amanhã de manhã.

Ela não cai na lorota, mas também não insiste. Pega o controle do meu colo e rebobina algumas cenas. O Gênio está cantando: *"You ain't never had a friend like me."*

Tento voltar a prestar atenção no filme, mas não consigo me concentrar. Será que falei demais? Fui longe demais? *Longe demais? Ele é o Korey Fields, sua idiota! Ele não está a fim de você! Coloque isso na cabeça.*

Depois do filme, coloco o pijama nos Pequenos, preparo eles para dormir, canto uma música para eles e tomo banho. Assim que minha cabeça bate no travesseiro, meu telefone vibra com uma mensagem de texto.

Talvez 😊

Com a cabeça enterrada sob os cobertores, solto um gritinho de alegria e fico com os olhos colados na mensagem.

Talvez! Com um emoji de beijo!

Fico acordada estudando a mensagem, interpretando as várias camadas de significado. Meu corpo fervilha. Talvez eu nunca mais consiga dormir.

No Instagram, Korey posta um vídeo dele em um estúdio cantando Luther Vandross. Curto o vídeo.

Poucos minutos depois... ele começa a me seguir de volta.

Capítulo 13
BIOLOGIA

— Você tá com uma cara... Igual a minha — diz Gab, bocejando na manga da blusa quando entramos na aula de biologia. — Fim de semana agitado?

— Só não consegui dormir muito.

Mais uma vez, passei grande parte da noite vasculhando as redes sociais de Korey Fields. Então caí numa espiral dos seus antigos vídeos tocando bateria na banda da igreja. Mesmo quando era jovem adolescente, ele era um gato.

Meu celular vibra. É Korey.

Como tá seu dia?

A pergunta é uma arma carregada, um tiro à luz do dia. Quero me esquivar e me esconder, puxar cobertas invisíveis sobre a cabeça. Como pode uma pergunta tão simples parecer tão... complicada? Sou tantas coisas. Em grande parte, sou a definição da música "Day Dreaming", da Aretha Franklin. Vovó amava essa música. *Sonhando acordada e pensando em você...*

— Muito bem, turma — diz o sr. Amato. — Vamos começar. Peguem seus deveres.

O que aconteceria... se eu mandasse pra ele aquele exato pensamento? Se me abrisse para que ele soubesse como me sinto? Antes que possa pensar demais, faço uma pesquisa rápida e mando o link da música no YouTube.

O link fica na nossa conversa, uma bomba-relógio tiquetaqueando enquanto ondas de náusea me atingem. *Isso não é certo*, minha intuição sussurra. Mas estou numa sala cheia de gente, e não tem ninguém aqui para me dizer que está errado.

Exceto, talvez, ele. Mas ele não diz nada.

— Srta. Jones, guarde o telefone, por favor — diz o sr. Amato.

*"Ele é o tipo de cara pra quem você dá o seu melhor.
Você confia seu coração, compartilha seu amor.
Até que a morte os separe..."*

A letra dança na minha cabeça enquanto escuto por um fone só. Nada. Depois da aula de biologia é o intervalo, e não posso conferir as mensagens na frente de Gab.

São terríveis quarenta e cinco minutos até tocar o sinal. Guardo os livros e disparo para o corredor, torcendo para ter um minuto sozinha.

— Ei, devagar, garota — diz Gab, correndo atrás de mim. — Pra que a pressa? Não é quinta dos tacos.

— Ah, eu... tenho que ir ao banheiro.

Ela me segue, falando dos colegas de quarto de Jay, de como todos olham para ela como se fosse de comer. Na cabine do banheiro, confiro meu celular. Nenhuma resposta. Sinto um frio na barriga.

Será que interpretei tudo errado? Fui grudenta demais, pressionei demais? *Burra, burra, burra!*

Gab e eu pegamos bandejas e vamos para o nosso lugar de sempre. Assim que sento, meu celular vibra, e eu quase derrubo o prato para conferir.

Uma resposta.

Um link.

"Simply Beautiful", do Al Green.

— Tá mandando mensagem pra quem?

Aperto o celular contra o peito.

— Hã, Creighton.

— Credo, o que ele quer?

— Nada, só falando do ônibus para Cluster. Nem todos são sortudos como você que tem carro.

Gab mostra a língua para mim.

— É, e estou pagando por ele com a minha juventude. Estou exausta.

Nunca menti pra Gab antes. Nunca.

Capítulo 14
QUANDO ALMAS COLIDEM

Me sinto como o verão.

Me sinto como ondas quebrando na praia, areia quente, sorvetes de casquinha grudando na mão, carvão fumegante e fogos de artifício, tudo em forma de gente.

Korey e eu trocamos canções por quatro dias direto...

"A Song for You", do Donny Hathaway.

"The Very Thought of You", da Billie Holiday.

"A Sunday Kind of Love", da Etta James.

"Lovin' You", da Minnie Riperton.

Cada música mais sonhadora, mais mágica, mais iluminada. Estamos falando em uma linguagem de código só nossa. Dançando sem nos encostar. É difícil me concentrar. Mesmo de manhã, quando mergulho durante o treino, minhas voltas estão em câmera lenta enquanto cantarolo, notas borbulhando na superfície.

Depois da aula, espero a mamãe nos degraus enquanto Shea vai para a casa de um amigo estudar para as provas.

Tá fazendo o quê? Na natação ou lendo? ☺

Sorrio. Amo como ele se lembra desses detalhezinhos sobre mim.

Lendo. Tá fazendo o quê?

        Checando o som. Quer ver?

Ele me manda uma selfie em um estádio imenso e vazio. Há um fio grisalho em sua barba por fazer.

Você vai encher todos esses lugares?

        E muitos outros!

Ele faz soar tão fácil.

        O que vc tá lendo?

Não posso te dizer *esconde o rosto*

        O quê? kkkk! Achei que a gente contava tudo um pro outro.

A gente *conta*?

Tá. É Eclipse. Da saga Crepúsculo.

        Bella e Edward, né?

Isso.

        Eu já li.

Sério????

        É. Pq esse monte de ?? Vc acha que eu n sei ler?

Não! Claro que vc sabe. Vc só parece muito ocupado.

        Muito tempo na estrada.

E... tô surpresa que você curta esse tipo de livro.

        É uma boa história.

É, acho que sim.

        Vc acha?

Sei lá. A Bella parece meio, tipo...
bobona.

                                  Hum. Como assim?

É, tipo... ela deixa esse vampiro
supervelho e esquisitão entrar
na vida dela. Se coloca em perigo
de propósito, arrisca a própria
vida por um cara que devia se
tocar e deixar ela em paz.

                        kkkk Bem, quando vc coloca
                        desse jeito... Então pq vc tá lendo?

Quem não gosta de uma
boa história de amor?

                                Eu sei que eu gosto ☺

Korey Fields e eu temos o mesmo gosto para música e livros. Quero dar um salto mortal.

                              Ei, vc leu 50 tons de
                                      cinza?

Sinto um frio na barriga. Isso sempre acontece quando ele faz perguntas que me tiram da zona de conforto.

Não. Mas já ouvi falar.

                                É uma boa história.
                                Vc deveria ler.

Não tem... umas coisas
doidas de sexo?

                          kkkk Pense nele mais como
                        uma fanfic de Crepúsculo.
             Quero que vc leia. Aí a gente vai ter
                    o que conversar da próxima
                        vez que se encontrar.

Ele já está planejando me encontrar de novo. Meu coração martela no peito.

Tá.

> Preste atenção. Acha que lê tudo até o fds?

Provavelmente não. Tenho um evento do Will & Willow este fds.

> Você tá no Will & Willow? KKKKK! Eu devia imaginar!

Não sou que nem eles! Sério, só entrei quando nos mudamos para Westchester.

> Ouvi umas coisas doidas sobre as garotas do Will & Willow.

Tipo o quê?

> Tipo que elas gostam de umas paradas sinistras. Paradas que elas não querem que os pais ricos descubram.

Isso não é verdade.

Pelo menos eu acho que não. Não consigo imaginar Aisha ou Malika fazendo coisas assim. Principalmente Malika — ela é alérgica à diversão. Se... aquilo significa diversão.

> E aí, que evento é esse que vc vai?

É uma conferência num hotel em Jersey City. Fazemos reuniões e tal, e depois um grande baile.

> Vc curte dançar?

Às vezes.

> Vc n parece animada.

Uau. Ele percebeu... só pela minha mensagem?

Acho que eu fico um pouquinho... desconfortável com aqueles ricaços todos.

Te entendo. Bem, se precisar de alguém pra conversar, sabe que eu tô sempre aqui.

Capítulo 15
ENCONTRO W&W

As luzes agitadas da pista de dança giram no rosto de Shea enquanto ela balança ao som da música. Ela mesma customizou à mão aquela blusa vermelha, deixando o umbigo aparecer um pouquinho, chamando os garotos que a cercam como caçadores a uma presa. Mesmo a pouca maquiagem que ela usa parece profissional, graças às inúmeras blogueiras de beleza do YouTube que ela e as amigas idolatram.

É o primeiro evento adolescente do Will & Willow da Shea. Ela está perfeitamente à vontade, se encaixando no grupo quase sem esforço. É impressionante como Shea é capaz de se misturar na festa, e ao mesmo tempo estou, de alguma forma, largada, um móvel indesejado no canto da sala.

Não é que eu não queira dançar, mas ninguém me convidou. Os pensamentos começam a nadar contra a corrente. Se meu cabelo fosse mais longo, se eu fosse mais magra, se tivesse roupas melhores... eles não me ignorariam.

Queria que Gab estivesse aqui. Na verdade, queria que Korey estivesse aqui.

Confiro meu celular pela décima vez. Nenhuma mensagem nova dele. E nenhuma atividade no Instagram ou no Twitter. A distância dói como um beliscão na parte de dentro do braço. Um machucado que ninguém vê, mas que sinto a cada movimento.

— E aí, Enchanted — disse Creighton, batendo o quadril no meu. — Qual é?

— Nada.

— Por que você não tá lá dançando com os outros? Sua irmã está se divertindo.

Dou uma olhada rápida para Shea, o ponto de alegria mais brilhante na sala.

— Ela merece — murmuro.

— Como é?

— Falei que não gostei desse DJ. As músicas estão péssimas.

Creighton ri, me puxando pelo braço em direção à pista de dança.

— Cara, você é difícil de agradar! Vamos!

Ir na onda para me misturar, ordeno aos meus músculos para que se soltem.

Creighton vem gingando atrás de mim, os braços envolvendo minha cintura. Quero me livrar dele, mas Shea está nos observando, e quero que ela pense que estou bem. Quero que ela se inspire em mim; eu deveria ser a irmã mais velha descolada.

— Sabe, eu queria te dizer que você anda bem bonita.

O cheiro de suor e as mãos suadas dele me distraem. Ele me empurra para uma parede nas sombras onde tem mais gente dançando. Ou melhor: eu não deveria dizer dançando — os garotos estão recostados na parede e as garotas se esfregam neles como se procurassem por um assento no escuro.

Creighton não acha que vou fazer isso, acha?

Mas ele acha. Ele assume a posição e me puxa para si. As mãos dele parecem coxas de frango cruas se esfregando no meu braço.

— Hum, tô fora — murmuro, tentando me afastar, mas ele me segura com força. Suas mãos de frango descem por meu vestido, para minhas coxas nuas. Bato na mão dele pela primeira vez. Aí bato de novo. — Para.

— O quê? Garota, vamos nessa.

Ele me puxa com força, e viro a cabeça com um estalo.

— Você é burro? — reclamo.

Eu o empurro e então saio pisando duro do salão, com ódio, sem me importar com quem está olhando.

Estou nos elevadores quando ouço seus sapatos de solado duro atrás de mim.

— Meu Deus, mas o que é que você quer?

A porta do elevador se abre, e ele me segue para dentro.

— Ei, aonde você vai? — Creighton pergunta.

Sem as luzes e a música me deixando tonta, dá pra ouvir como a voz dele está arrastada e consigo sentir o cheiro de uísque em seu hálito.

— Só me deixa em paz — sibilo, afastando as mãos pegajosas dele.

— Relaxa, Chant! Por que você tá sendo chata assim?

O elevador apita ao chegar no meu andar.

— Boa noite, Creighton — digo por entre os dentes enquanto saio.

Ele cambaleia atrás.

— Ei, para de me seguir!

— Não tô te seguindo, mas pô, a gente não pode conversar?

— Volta pra festa! A gente se "fala" depois, sei lá.

Dou outro passo, e ele também.

— Ô, moleque, eu não tô brincando! Me deixa em paz!

— Mas... a gente não pode... conversar?

Disparo pelo corredor, esperando que ele esteja bêbado demais para me acompanhar, e entro no meu quarto. Mas ele se enfia para dentro, batendo a porta atrás de si.

— Ei, para de me sacanear! — cospe ele. — Eu disse que quero conversar com você!

Nesse momento, meu coração entra em pânico. Estou sozinha aqui com esse babaca bêbado. Alguém nos viu sair da festa? Alguém sequer sabe que estamos aqui em cima? E se Shea vier me procurar?

Creighton olha para a cama e então de volta para mim. Meu sangue gela.

— Creighton... — Estremeço. — Não.

Ele tenta me abraçar, beijando meu pescoço.

— Não tô tentando fazer nada. Só quero conversar.

Paralisada, tensa, endureço minha voz como aço enquanto algo se distende dentro de mim. Não vou deixar esse babaca me atacar. Não vou deixar minha irmã mais nova ver isto.

— Se você não der o fora, eu vou gritar, porra.

Creighton dá um pulo para trás, de olhos arregalados.

— Não. Não, não grita!

— Então CAI FORA!

O rosto dele é tomado pela compreensão. Creighton se afasta, mordendo os nós dos dedos.

— Merda. Merdamerdamerdamerda. Você vai... Hum, contar isso pra alguém?

— FORA!

Creighton murmura mais desculpas antes de sair. Confiro o olho mágico, observando-o se afastar, e inspiro de verdade pela primeira vez.

— Merda — solto com um suspiro.

Todo o medo que eu devia ter sentido invade o quarto em uma torrente rápida demais para que eu consiga impedir. Nado até meu celular. Está tarde. Gab provavelmente está com Jay e não vai atender. Shea está lá embaixo e não quero estragar a primeira festa dela, sem contar que a minha mãe viria até aqui nos buscar e depois colocaria fogo no prédio.

Então ligo para ele.

— Bright Eyes — Korey canta. — Eu estava pensando em você.

— Estava? Mesmo?

— Ei, por que a sua voz está assim?

— Nada.

— Você está... chorando?

— Não, eu...

— Não mente pra mim.

Fungo e então dou uma risada.

— É besteira. Coisa de criança.

— Nada que você me diz é besteira. Onde você está?

— Em Nova Jersey. Em um Marriott.

— Estou no W Hotel. Vou mandar Tony te buscar. Não conta pra ninguém.

— Por quê?

— Você sabe, preciso manter minha localização em segredo. Não esquece, gata: não sou qualquer um.

Capítulo 16
QUAL É A SUA EMERGÊNCIA?

AGORA

Atendente: Polícia. Qual é a sua emergência?

Pessoa X: Alô? Acho que tem alguém gritando no apartamento vizinho.

Atendente: Você ouviu os gritos?

Pessoa X: Eu estava no corredor quando ouvi. Um homem gritando. Mas não eram gritos normais, era tipo… gritando pela vida.

Atendente: Certo. Senhor, você consegue fornecer o endereço?

Pessoa X: Eu bati na porta. Ninguém atendeu.

Atendente: Senhor, preciso que você se afaste.

Pessoa X: Moro no mesmo andar que Korey Fields. O cantor. Parecia a voz dele!

Atendente: Senhor, preciso de um endereço para enviar uma viatura.

Capítulo 17
ME SALVE

ANTES

Eu não devia ter ouvido ele. Não devia ter ficado tão ansiosa para sair, na ponta dos pés, pelos fundos do hotel e entrar em um Suburban com o mesmo segurança que estava com ele na noite em que nos conhecemos. Eu devia, pelo menos, ter trocado de roupa. Minha mente estava em piloto automático, o corpo anestesiado.

Até que chego no quarto 1015.

Korey abre a porta de uma vez como se estivesse esperando logo atrás dela desde a nossa ligação. O rosto dele se suaviza enquanto me puxa para dentro.

— Caramba. Você está bem?

Ele me puxa para um abraço. Não um abraço qualquer, mas do tipo que parece o encontro de metal e ímã, desesperados um pelo outro.

— O que você está fazendo em Jersey? — É a única coisa que penso em perguntar.

— Você está em choque — diz ele, me conduzindo ao sofá. — Vem. Senta aqui. Bebe isso.

Korey coloca um copo cheio de um líquido transparente na minha mão, mas o cheiro não é de água. Não resisto, embora não devesse estar bebendo. Mas há muitas coisas que eu não deveria estar fazendo agora.

Dou um gole, e mais outro.

— Obrigada — murmuro, olhando ao redor.

A suíte dele é gigantesca. Uma sala de estar enorme, toda em estofados cor de creme, a varanda com vista para Nova York do outro lado do rio Hudson.

Korey está vestindo uma calça de moletom cinza mesclado e uma camiseta branca. Casual e confortável, e mesmo assim sexy. Sim, é essa a palavra que quero usar. Parece engraçado pensar nisso.

— O que aconteceu?

Conto a ele sobre Creighton, com as mãos trêmulas, revivendo o momento, uma experiência extracorpórea. Korey escuta, calmo e pensativo. Mais calmo do que meu pai estaria se eu contasse a ele que algum rapaz tentou me atacar. Mas acho que essa é a diferença — Korey não me trata como criança. Ele me trata… normal, acho.

— Tudo bem. Você está segura agora — diz ele, massageando meu ombro. — Garotos são assim, sabe? Ficam loucos pra dar umazinha.

— Você… você acha que ele queria…

— Ah, com certeza! É só nisso que esses cabeças-duras pensam. Eles não param e tentam conhecer as garotas antes. Perguntar como foi o dia. Falar do seu filme preferido da Disney. — Korey dá uma risadinha. — Até agora não acredito que você odeia *Pocahontas*.

Deixo escapar uma risada, meu peito ficando mais leve.

— E não dei mole pra ele nem nada, se é isso o que você tá pensando.

— Por que eu pensaria isso?

— Às vezes… é o que as pessoas pensam. Que a garota *queria*.

Korey balança a cabeça.

— Não é o tipo de coisa que você faria, Bright Eyes. Pode confiar, um dia você vai perceber que não tem a ver com você e sim com a outra pessoa.

Tento relaxar ouvindo isso, passando o dedo pela borda do copo.

— Além disso, não sei o que os caras conseguem drogando garotas e se jogando em cima delas. Gosto das minhas acordadas e se divertindo. Não sei, talvez eu seja diferente.

Prendo a respiração.

— Ou talvez só seja uma pessoa decente.

Ele pisca para mim e então faz tilintar o gelo no copo.

— É. Talvez.

Ficamos sentados, bebendo um ao outro, a mão dele apoiada no meu joelho. Quando chegamos nesse ponto? Sininhos explodem do autofalante bluetooth ao meu lado, o começo de "The Closer I Get To You", de Donny Hathaway e Roberta Flack.

— Humm — eu digo. — Amo essa música!

— Ah, sério? O que você sabe disso?

Korey se inclina por cima de mim para aumentar o volume, e eu roubo uma fungada no pescoço dele. Não sei se é perfume ou só seu cheiro natural, mas meu estômago rodopia em nós.

Ele se recosta e começa a acompanhar cantando.

"The closer I get to you
The more you make me see."

O álcool está me deixando corajosa. Ousada. Pigarreio e me junto a ele.

"Over and over again
I tried to tell myself that we
Could never be more than friends…"

Os olhos de Korey brilham quando ele ri.

— Caramba, então você *gosta* mesmo dos clássicos. Seus pais que te apresentaram?

Meu celular vibra. É uma mensagem de Shea.

Cadê você?

Não quero mentir pra ela, mas também não quero que ela se preocupe.

Com Creighton.

— Ei, por que você não sai do celular? — rosna Korey, parecendo quase irritado. — A única pessoa com quem você precisa falar agora está bem aqui.

Rapidinho, guardo o celular.

— D-desculpe. Desculpe — gaguejo. — Hum... minha avó costumava cuidar de mim e dos Pequenos. Ela tocava essas músicas na época, e me fazia cantá-las. Eu tinha que acertar as notas igual a Whitney. Acho que posso dizer que ela foi minha primeira professora. Minha única professora, na verdade.

Ele sorri.

— Minha avó costumava tocar os discos dela assim. Era uma coisa que a ajudava a atravessar o dia. Isso e o Deus Pai.

Continuamos a cantar. Acerto uma nota, e Korey assovia.

— Caramba, garota, que voz! Ei, a gente tem mesmo que te levar pro estúdio.

— Você acha... Quer dizer, tempo em estúdio custa muito dinheiro.

— Pfff! Cara, não custa nada quando o estúdio é seu.

Capítulo 18
PLANO DE AULA

Não sei como ele convenceu minha mãe, mas no sábado seguinte, estou no estúdio de Korey Fields, em uma cobertura no Upper West Side.

— E temos muita segurança — Korey diz para ela enquanto nos apresenta o espaço. — Câmeras por todo o perímetro, e minha assistente, Jessica, fica na recepção.

Korey se ofereceu para me dar aulas particulares de canto sem cobrar nada. Uma oferta impossível de recusar, mas meus pais insistiram em estar por perto.

— Sei que ele é muito famoso, mas ainda é um estranho — meu pai disse.

Mencionei as competições de natação em que fui desacompanhada e as incontáveis horas em que tomei conta dos Pequenos sem supervisão, mas mesmo assim não consegui convencê-los de que podia ir sozinha.

— Seja educada — minha mãe diz antes de pegar o elevador de volta à garagem. — Aja como uma dama, como se tivesse feito aulas de etiqueta. Ouça tudo o que ele te disser.

Ela vai esperar no carro. Uma ampulheta invisível vira de cabeça para baixo.

Temos três horas. Só nós dois.

* * *

Sonhei com o dia em que entraria em um estúdio de verdade. O dia em que eu poderia tocar as caixas de ressonância e os microfones, esfregar os dedos pela espuma da cabine. Mas nunca pensei que seria com Korey Fields. Fico em silêncio por um momento para desfrutar de tudo, como uma fatia deliciosa de bolo que você quer saborear até o último pedaço. Meu caderno de músicas pesa na minha bolsa, se coçando para se libertar.

Korey se recosta na parede ao lado de um monte de instrumentos diferentes — violões, atabaques, uma bateria —, o rosto brilhando, os olhos seguindo cada passo meu. Não me observando como se olha uma criança prestes a quebrar algo, mais aproveitando o momento também.

— Construí depois que o meu terceiro álbum ganhou platina triplo — diz Korey, sinalizando para as placas na parede. — Eu queria um lugar onde pudesse criar no meu próprio ritmo. Um lugar para simplesmente... ser eu mesmo.

Há uma tristeza no olhar dele, algo não dito em suas palavras.

— Deve ser legal ter tanto espaço para... respirar.

Ele assente e toca o teclado, as notas ecoando nos autofalantes acima de nossas cabeças.

— Você sabe tocar?

— Não o suficiente para dizer que sei. — Dou uma risada. — Eu sempre quis tocar aquele dueto que todo mundo toca. Sabe aquele "Dun dun DUN DUN dun dun..."?

Korey ri.

— "Heart and Soul"? Vem cá. Vou te ensinar. Não é tão difícil quanto parece.

— Fácil pra você dizer. Você é o gênio musical por aqui.

— *Rá*, "gênio" até que soa bem, não é?

Ele fica atrás de mim, repousando meus dedos no teclado, me guiando; quase parece que está acariciando minha mão, mas posso estar imaginando.

— Você toca essa nota e eu toco a outra.

Com alguns movimentos, estou tocando. Mas da forma como o peito dele está contra as minhas costas, me prendendo contra o teclado, faz meus dedos tropeçarem.

— Ah, hum, desculpe — murmuro para o chão.

— Tudo bem.

Korey me encara, vaga-lumes brilhando em seus olhos.

— Hum, a gente não deveria estar gravando ou algo assim?

Ele dá de ombros.

— Daqui a pouco. Você não pode entrar em um estúdio e esperar acertar logo de cara! Precisa relaxar, entrar na vibe. Derreter nela.

Korey pega seu violão e se joga no sofá de couro preto, tocando algumas notas. Quero me sentar com ele, entrar naquele espaço sob seu braço, repousar a cabeça em seu peito... mas o nervosismo me paralisa. *Seja educada. Aja como uma dama,* disse minha mãe.

— E como é que a gente faz isso?

— Tá, regras do estúdio. Um, ninguém pode saber o que rola aqui. É aqui que a magia acontece, e você não pode espalhar nossos segredos, tá ligada? Então não pode contar pra ninguém, nem pra sua mãe.

Começo a questionar como eu faria isso, mas o pensamento parece infantil, e Korey já está confiando demais em mim. Assinto.

— Dois, não fazemos apenas música aqui. Fazemos amor, tá ligada? Então toda aquela merda de ser certinha, você tem que deixar tudo pra trás e se libertar.

— Está bem.

— E você precisa começar se livrando de algumas camadas.

Olho para o meu moletom. Ele está falando de...

Korey ri.

— Se soltar. Ficar confortável. Olha pra mim. Eu nem entro de sapato aqui.

Escute ele. Seja educada, penso de novo, então desço o zíper do meu moletom, jogando-o no sofá. Passei a manhã inteira estressada, pensando no que vestir, mas a simples camiseta com gola V que abraça minha silhueta pareceu a melhor opção. Menos é mais.

— Tá. Mais alguma regra?

A boca de Korey está entreaberta, seus olhos arregalados, me olhando de cima a baixo.

— Uau. Você é... tão linda.

O rubor arde nas minhas bochechas enquanto a sala gira, e ele dá um sorriso tímido.

— Desculpe. Eu não devia ter dito isso. É só que... Tipo, você é linda demais! Esses olhos... Quando você me olha, eu me esqueço até quem sou.

Junto meus dedos.

— Hum, obrigada.

Ninguém nunca me chamou de linda. Bonita, sim. Mas linda... A palavra transcende.

Depois, Korey fica todo sério. Vamos para o aquecimento vocal, aprendendo como cantar na cabine, como usar o microfone e o fone, e como as músicas são gravadas. Cada minuto parece surreal. Como se a qualquer momento eu fosse acordar deste sonho e voltar a encarar minha casa lotada.

Há uma batida leve na porta, que se abre. Uma mulher de pele clara, com um longo cabelo escuro partido de lado, entra, de olhos baixos.

— A mãe dela estará aqui em quarenta e cinco minutos.

— Valeu, Jess — diz Korey, com um aceno aprovador.

Os olhos amendoados de Jessica encontram os meus por um segundo antes dela sair tão rápido quanto entrou.

— Tá, já que você ama tanto os clássicos, pensei que a gente poderia cantar umas velharias juntos. — Korey diz, atrás do painel de áudio. — Sabe, como em Jersey.

— Podemos cantar aquela mesma música?

Ele sorri.

— Tudo bem, Bright Eyes. O que você quiser.

Mordo o lábio até não conseguir mais me segurar.

— Você sabe que eu conheço essa música, né? — deixo escapar, a voz falhando.

Korey inclina a cabeça para o lado.

— Hã?

Eu canto:

— *Turn around, bright eyes.*

Korey ri. Esse sorriso... Como eu vivi tanto tempo sem ele?

— Ah, que isso! Olha só, você conhece até os clássicos dos brancos! — Ele pensa por um momento. — Minha avó amava música de gente branca.

— A minha também — digo. Outra coisa que temos em comum.

Korey se recosta na cadeira.

— Ei, agora sério, se dependesse de mim eu faria um álbum inteiro de covers de todos os sucessos brancos. Mas... nunca vai acontecer. Eles não me deixariam cantar essa merda.

— Eles?

— Minha gravadora.

— Ah. Certo, desculpe — murmuro. — Mas este é o seu espaço. Pensei que você pudesse fazer o que quisesse por aqui.

Korey está pensativo de uma forma que eu não esperaria de um famoso como ele. Há tanto acalento nos olhos dele sob aqueles cílios longos.

— Ei, você tá certa demais — diz ele. — Cara, não sei, Enchanted, tem algo em você. Você é... diferente. Muito madura.

Ele se senta atrás do teclado, toca algumas notas e canta.

Dou uma risadinha e me junto a ele.

*"Turn around, bright eyes.
Every now and then I fall apart."*

Nós cantamos, nossas vozes fazem amor no ar.

"Your love is like a shadow on me all of the time."

Capítulo 19
PAPA-ANJO

— Obrigada de novo pela carona — eu digo, entrando no carro de Gabriela.

— Imagina — diz ela, dando ré para sair da entrada da garagem da minha casa. — Só preciso chegar no trabalho às seis hoje, mas olha isso!

Gab me entrega o celular, com um anúncio na tela: *ALUGA-SE: Apartamento de um quarto. $1100 ao mês.*

— Então você vai se mudar?

— Vou! Bem, só depois da formatura. Mas olha esse lugar, é perfeito pra mim e pro Jay! E é perto da Fordham. Jay já está me apresentando para alguns dos professores do departamento de educação. Acho que vou gostar de lá.

Um detalhe sobre Gab: ela já sabe o que vai fazer da vida e não tem medo de correr atrás disso. Queria tanto contar para ela que também tenho boas notícias. Mas... Korey disse que era "coisa nossa". E não é como se Gab me contasse tudo.

Ela canta junto com uma música do Bad Bunny, tamborilando o volante.

— Ei, por que você não quer ser cantora? — pergunto, de repente curiosa. — Você tem uma boa voz.

Ela dá de ombros.

— Gosto de cantar, mas não quero *ser* cantora. Esse é o seu trabalho. — Ela ri. — Mas Jay e eu compomos umas musiquinhas bobas juntos. É tão hilário às vezes! Precisamos do nosso próprio especial de comédia na Netflix.

A forma como Jay e Gabriela se conheceram parece algo saído de um conto de fadas. Há três anos, na festa de formatura da prima dela, Gab entrou no quintal da tia e percebeu um garoto negro de pele clara, o sorriso com covinhas. Jay olhou para ela, a observou descer os degraus do pátio em um vestido rosa da Forever 21, o cabelo quase batia na bunda... e as estrelas o consumiram. Foi amor à primeira vista.

Gab tinha catorze anos, e Jay tinha acabado de fazer dezessete.

Depois de um ano de amizade, eles não podiam negar: estavam apaixonados, se completando como arroz e feijão. Uma conexão como reggaeton e tênis. Jay incentivou Gab a abraçar suas origens latinas, e Gab o incentivou a entrar para a faculdade.

Mas, quando ele fez dezoito anos, as coisas pareceram mudar. As pessoas começaram a usar expressões como "carne nova", chamando Jay de papa-anjo e pedófilo.

Embora eles tenham se conhecido quando estavam no ensino médio e tenham começado como amigos, os comentários fizeram Gab se sentir suja. Mas Jay não liga para o que as pessoas dizem e continua a ser o namorado bobão, paciente e carinhoso dos sonhos. Eu nunca encontrei com ele, mas da forma como Gab fala dele, Jay parece... ser tudo que eu sempre quis. Alguém com quem ser boba, com quem cantar, com quem compartilhar sonhos, com quem ter meu próprio "lance". Aquela pessoa que é mesmo SUA.

Eu daria tudo para ter uma relação assim.

— Além disso, você tem a voz que vai derrubar essas piranhas sem graça. — Gab ri. — E enquanto estiver por aí sendo rica e famosa, eu estarei aqui, com Jay, ensinando crianças a ler.

Dou de ombros.

— Não quero ser rica e famosa. Só quero ser rica e... conhecida.

Gab sorri.

— É a sua cara.

— Que bom que você resolveu aparecer, Jones — a treinadora resmunga ao me ver correndo pelo estacionamento.

— Desculpe — arfo, sem fôlego, pulando para a van, antes que o carro acelere para a competição de natação.

— Ei, onde você estava? — Mackenzie pergunta.

— Esqueci meu maiô novo, e Gab me deu uma carona pra casa.

— Quem? Espera... Aahhh! Hannah, aumenta o som!

Hannah sorri no banco de trás antes de aumentar o som, uma música da Ariana Grande tocando na playlist.

A van guincha alegremente, as garotas rebolando no assento.

— AI, MEU DEUS! Ela arrasa demais. — Mackenzie sorri, tocando meu ombro.

— Total — diz Hannah. — AI, MEU DEUS, Enchanted! Você PRECISA cantar essa!

— É! Na próxima competição de talentos.

Elas conhecem QUALQUER outra cantora além da Beyoncé e Ariana? Dou um sorriso sem graça quando meu celular vibra. Korey.

Mal posso esperar pra ver esse seu sorriso lindo amanhã. Vista algo que mostre as curvas ☺

Capítulo 20
SEUS OLHOS

— Não tire o casaco. Vamos fazer uma viagem chique — diz Korey, vestindo uma jaqueta de couro. — Tony já está esperando no carro lá embaixo.

— Aonde vamos? — pergunto, parando perto dele.

Minha mãe acabou de me deixar. Ela não faz ideia de que vamos a algum lugar... sozinhos.

Korey dá um sorrisinho.

— Você vai ver.

Entramos no Beacon Theatre, muito diferente quando está vazio e com as luzes acesas.

— O lugar onde nos conhecemos — ele diz, o sorriso com covinhas.

— O que estamos fazendo aqui?

Apesar de ser onde conheci Korey, não tenho boas lembranças deste lugar. A mágoa da apresentação ainda dói, e estou me coçando pra voltar correndo pra casa.

— Você precisa se acostumar a se apresentar. O único lugar pra fazer isso é no palco. Temos uma hora. Vamos começar.

Escolhemos uma música do meu álbum favorito da Whitney Houston. Uma que já cantei um milhão de vezes. Enquanto canto, Korey dá voltas ao meu redor, a mão no queixo, perdido em pensamentos. Enquanto isso, estou amando a mudança de cenário. Minha voz parece se propagar mais do que no estúdio ou no banheiro. Sem a plateia, meus nervos não são uma teia emaranhada. Ainda assim, Korey está aqui. Korey Fields! Toda hora sinto vontade de me beliscar para ver se não estou sonhando acordada.

Estou concentrada na canção quando Korey interrompe a música.

— O que foi? — pergunto, sem fôlego.

— Você está... tensa.

— Hã? Não tô, não! Estou cantando com o diafragma — digo, cutucando a barriga. — Viu? Do jeito que você me ensinou.

Ele balança a cabeça.

— Essa música. O jeito como você canta é diferente.

Dou de ombros.

— É só uma música.

— É mais que isso. Seu sorriso... Essa música *significa* alguma coisa para você.

Engulo em seco, mas mantenho a expressão neutra.

— Tá... e qual exercício você tem pra isso?

— Simples — diz ele. — Você tem que cantar com o coração, Bright Eyes.

Solto o ar.

— E como você espera que eu faça isso?

Korey faz uma pausa, pensando no próximo passo, e deixa a hesitação de lado para segurar minha mão. Por meio segundo, os dedos dele roçam os meus, então ele coloca a mão no meu peito e a mantém ali. Engulo em seco, o fogo queimando em seus olhos. Ele parece maior que o teatro, talvez maior que a cidade toda.

— Então, seu coração não passa de um músculo. Ele se contrai e se expande, trabalhando tanto quanto qualquer outro. A diferença é que o sangue que circula nele circula por todo o seu corpo. O sangue guarda lembranças. Coisas que você tenta esquecer, mas ele não deixa. Você precisa usar essas lembranças, usar seu sangue como combustível. Mas o sangue não pode atravessar seu corpo se você não relaxar. Abra a sua mão, Bright Eyes.

Olho para baixo, para o punho que formei sobre meu coração, unhas escavando minhas palmas, pronta para lutar, quase o desafiando a me tocar.

— Feche os olhos — continua ele. — E imagine o momento em que essa canção entrou no seu coração pela primeira vez.

— Eu... não quero falar sobre isso — choramingo.

Korey franze a testa.

— Está com medo de mim?

— Não.

— Ótimo. Então confie em mim.

Fecho os olhos e escuto o mar. Ondas quebrando na praia. Sinto o cheiro do incenso da vovó e do bronzeador enquanto o disco pula... e pula outra vez.

— Arranhamos o disco, Chanty. Por que você não canta pra gente?

Um sorriso aparece no meu rosto quando abro os olhos. Dou um passo para trás, balançando as mãos.

— Beleza. Estou pronta.

Korey reinicia a música e se afasta, me deixando assumir o palco sozinha. Uma onda de alegria substitui o entorpecimento, e meu corpo inteiro ganha vida.

— Jogue o pescoço para trás — Korey diz, mais alto que a música. — Relaxe os músculos que estão apertando sua garganta. As notas de que você precisa estão presas.

Estalo o pescoço, sentindo o peso da cabeça sair dos meus ombros. Arqueio as costas, o sangue correndo, o sorriso crescendo. É o meu álbum favorito, uma das minhas canções favoritas, por que eu não deveria sorrir?

"Where do broken hearts go?
Can they find their way home?"

— Use os braços — instrui Korey. — Você está implorando por respostas. *Pra onde* vão os corações partidos?

Ergo os braços para as luzes do teto, fingindo estar cantando para a minha avó outra vez. Giro e canto para Korey, que me observa, maravilhado, caminhando ao meu redor. Ele se aproxima, sem hesitar mais. As notas que não alcanço desde a infância voltam, retumbando por mim, sibilando como trens em um túnel. Balanço os braços, uma onda de vitória tomando conta.

— Isso! Isso! — Korey comemora ao meu lado, e sinto a necessidade de cantar para ele e apenas para ele, me aproximando.

*"I look in your eyes,
and I know that you still care for me."*

A música termina, e eu perco o fôlego com a eletricidade que substitui minhas veias. Todo esse tempo meu coração esteve batendo, mas esta é a primeira vez que me sinto totalmente viva.

— De novo? — pergunta Korey, sem ar.

— De novo!

Capítulo 21
432.000

432.000. São quantos segundos precisam passar antes que eu veja Korey outra vez.

Nossas mensagens não são suficientes. A troca de canções não é suficiente. Até stalkeá-lo nas redes sociais não é suficiente. Cada segundo sem ele — sem cantar — parece que estou nadando em um pântano, a lama grudando na pele, me consumindo, me afogando.

Me manda uma foto sua 😀

— Tá falando com quem?

Deixo o celular cair no chão, o carpete amortecendo a queda.

— Hã? O quê?

Da pia, minha mãe dá uma risadinha, descascando cenouras; Shea está cortando a cebola para o jantar.

— Você não sai desse celular. Pra quem será que você tanto manda mensagem?

Agarro o celular contra o peito, me afundando na curva do sofá. Só a ideia de minha mãe saber faz meu estômago revirar.

— É... só a Mackenzie.

Ela dá um sorrisinho.

— Aham, sei.

— Eu... eu deixei minha apostila de exercícios no quarto — digo, disparando pelo corredor. — Já volto!

Atrás de mim, minha mãe sussurra para Shea, com uma risadinha:

— Acho que sua irmã arrumou um namoradinho.

Korey Fields me pediu para mandar uma foto... uma coisa que não sei fazer direito. Odeio tirar fotos de mim mesma; nunca tiro. Nem gosto de postar. Outra coisa que Gab e eu temos em comum. Ela odeia redes sociais e não quer o rosto na internet. A maioria das minhas fotos do Instagram são minhas com os Pequenos.

Mas... Korey Fields quer uma foto. Não posso simplesmente dizer não.

Fecho a porta do quarto, usando-a como fundo, e tento alguns ângulos diferentes, como já vi Shea fazer.

E aí? Cadê minha foto?

Os segundos passam mais rápido. Estou demorando demais. Faço mais tentativas. Sorrindo, sem sorrir. Posando. Fazendo biquinho. Mostrando um ombro. *Argh!*

— Enchanted! — chama minha mãe. — Vem me ajudar com o jantar!

— Só um segundo — grito de volta, minha voz trêmula.

Mais vinte fotos. Talvez eu devesse usar um pouco da maquiagem da Shea. Ou um filtro. Talvez preto e branco. Ou outra blusa...

Ou... talvez ele esteja só sendo gentil. Talvez eu esteja pirando com tudo isso.

Mas... ele me chamou de linda. Ele ama meus olhos.

Respirando fundo, tiro uma última selfie com meu sorriso de sempre e mando para ele antes de pensar demais.

Digitando...

Você sempre corta o cabelo curto?

Cedo ao instinto de passar a mão pela nuca.

Sim. É mais fácil para as competições de natação.

Em segundos, desisto da resposta.

Sua burra! Você parece uma criança falando e... esse é Korey Fields! Ele está acostumado a lidar com mulheres. Mulheres de verdade. Ele namorou uma Kardashian.

Você já pensou em deixar ele crescer?

Uma pontada de... algo cutuca minha barriga, minha boca seca.

Não. Por quê?

Uma longa pausa. Sinto meu coração afundar.

Ouço passos no corredor. Passos da minha mãe. Desesperada, procuro um livro para manter a fachada quando meu celular toca. É diferente do meu toque de sempre... é uma chamada de vídeo.

Korey Fields... quer fazer uma chamada de vídeo COMIGO.

— Puta merda — arfo.

Os passos da minha mãe se aproximam. Arranco meu livro de biologia da mochila e encaro meu celular. Atendo? Digo a ele que ligo de volta depois? E se ele nunca mais ligar? Mas como vou explicar tudo isso para a minha mãe? Eu nem deveria ter o número dele.

Leva 432.000 cortezinhos de papel para apertar "recusar"... bem quando minha mãe abre a porta.

— Encontrei! — grito, limpando o suor do meu pescoço.

Capítulo 22
COMO O LAR

O sábado chega e eu não consigo decidir o que vestir. Experimento tudo, até algumas das roupas de Shea. Decido usar um top verde apertado com calça e jaqueta jeans.

Meu pai vai me levar ao estúdio hoje, mas não planeja ficar.

— Preciso ir para Far Rock — ele diz, segurando uma careta. — Garantir que está tudo bem por lá. Pode ser que o trânsito esteja ruim, então espere por mim no Starbucks da esquina quando terminar. E lembre-se de se comportar, Korey está te fazendo um grande favor. Ele é importante!

Digo a Korey que teremos duas horas a mais, e o sorriso dele poderia iluminar o mundo.

— É exatamente disso que a gente precisa.

Cantamos "Best Part", de H.E.R e Daniel Caesar (uma das canções favoritas dos meus pais). Depois, cantamos "Shallow", de Lady Gaga e Bradley Cooper (Korey ama tocar violão), seguido de um solo da Whitney Houston (ele ama a minha voz).

Não me encaixei na escola nem no Will & Willow. Nem posso ser eu mesma em casa porque, bem, ninguém quer que eu cante de verdade. O único lugar em que cheguei a me sentir confortável para me soltar foi na casa da vovó. Mas aqui, com Korey, a sensação é de que, pela primeira vez em um longo tempo, sou eu mesma. Se pudesse ficar aqui para sempre, ficaria.

— Pronta para compor alguma coisinha? — pergunta Korey, balançando um caderno.

— Sério?

Eu tenho trazido meu caderno de música comigo, esperando o momento certo para compartilhar isso com ele. A sensação, quando tiro o caderno da bolsa, é de que vou explodir.

— Sim. — Korey ri, me puxando para o sofá. — Bem, primeiro, temos que falar sobre fazer amor.

Paraliso.

— O quê?

— Fazer amor — diz ele, sério. — Temos que falar disso para compor uma música, Bright Eyes.

Fecho o caderno, cheio de palavras infantis.

— Hum. Entendi.

Ele inclina a cabeça para o lado.

— Espera, você já esteve com um cara?

— Tipo... sexualmente?

Korey ri.

— Caramba, você faz isso soar tão... formal. Mas sim. *Sexualmente*, e tal.

Balanço a cabeça.

— Você já beijou alguém?

Dou de ombros, já que sinto que aquele beijo desajeitado e molhado com Jose Torres não devia contar.

— Caramba, Bright Eyes, você não sabe de nada mesmo. Mas isso é bom. É melhor aprender esse tipo de coisa com alguém em que você... confia.

Engulo em seco, meu coração disparando, o calor subindo pelo peito.

— E, quem sabe — completa ele, olhando para o papel —, talvez você possa me ensinar alguma coisa.

— Tipo o quê?

Korey me lança um sorriso tímido.

— Tá, não conta isso pra ninguém... mas... tenho um pouco de medo de água.

— Sério? Por quê?

— Cara, sei lá. Nunca aprendi a nadar. Tenho medo de me afogar.

— Quer dizer, todos temos medo de nos afogar. Todo mundo está tentando boiar. Você só precisa continuar a nadar. Tipo em *Procurando Nemo*!

— *Rá*, sim! Gostei. — Korey faz uma pausa para me encarar, sua expressão como se procurasse por algo. — Bem, talvez um dia você possa, tipo, me ensinar. Sabe, já que você é profissional e tal. Pode ser a nossa parada, tá ligada?

Está calor. Ou talvez seja a forma como ele me olha, que faz parecer que minha pele está ardendo, e que estou confortável nas chamas do mesmo jeito.

— Eu adoraria te ensinar.

Alguém bate na porta. Jessica entra, o rosto uma mistura de preocupação e medo.

— Jessica, o que...

— Com licença... senhor. O pai da Enchanted está aqui.

Korey me olha, irritado.

— Pensei que você tinha falado que a gente ia ter mais duas horas — ele reclama.

Abro a boca, mas nada sai.

— Então você mentiu pra mim — ele rosna, se aproximando.

Meu pai entra na sala, olhando para todas as placas e prêmios.

— Ei, e aí, cara! Foi mal, estou um pouco adiantado — diz, sorrindo para mim. — O trânsito está uma loucura, então decidi dar meia-volta. Eu, hum, não quis, hã, atrapalhar o ritmo de vocês, nem nada. Sei que artistas como vocês podem ser sensíveis sobre essas paradas.

Korey, se recompondo, dá um sorriso.

— Não, imagina — diz ele por entre os dentes. — A gente ia começar a gravar agora. Enchanted, por que você não entra na cabine e mostra pro seu pai no que estamos trabalhando?

Capítulo 23
HISTÓRIA

No quarto tempo, na aula de história americana, estou ocupada com números.

Korey tem vinte e oito anos. Tenho dezessete. É só uma diferença de... onze anos. Quando eu tiver dezoito, ele terá vinte e nove.

Gabriela é três anos mais nova que Jay.

Kylie Jenner era oito anos mais nova que Tyga.

Beyoncé tinha dezoito anos quando conheceu Jay-Z, que tinha trinta.

Minha mãe é sete anos mais nova do que meu pai.

Não é tão estranho assim.

O sr. Thomas está falando da Guerra Civil. Mas há um tipo diferente de guerra acontecendo dentro de mim, o tipo que levará uma quantidade infinita de batalhas para vencer.

Por um lado, eu não deveria querer Korey como eu quero.

Por outro, nunca conheci alguém como ele. Temos tanto em comum. E se ele for minha alma gêmea? Meu destino?

A idade é apenas um número, Korey disse uma vez, e ele está certo. As pessoas sempre dizem que sou madura para a minha idade. Até minha mãe.

Mesmo assim, não vai parecer certo. É difícil explicar como duas almas divagam pelo universo e se encontram.

Talvez eu deva esperar até fazer dezoito anos.

Mas... e se ele conhecer outra pessoa antes?

— Tem certeza de que está certo? Isso não... Oi? Terra para Enchanted!

Gab copia meu dever de casa de biologia com uma cenoura pendurada na boca.

— Hã? O quê?

— Ei, o que está acontecendo?

— Nada. — Sufoco uma risada.

Não contei para Gab ainda. Ela tem uma maneira de fazer perguntas que é tão afiada que poderia me abrir. Então ela saberia.

— Então tá bem. Olha, minha folga é no sábado e Jay não vai estar na cidade. Quer sair e fazer algo divertido e irresponsável?

— Pensei que era o fim de semana que você passa com seu pai.

Ela revira os olhos.

— Bem, ele não está falando comigo.

— Ainda? É por causa do Jay?

Gab dá de ombros.

— Você quer fazer alguma coisa ou não?

Quero insistir, mas Gab é uma muralha quando se trata de seu pai.

— Hã, não posso. Tenho... uma coisa.

— Natação?

— Hã, é.

— Legal. Ah, que pena. Vou relaxar e assistir alguma coisa na TV.

Engulo em seco, reunindo coragem.

— Vou matar aula amanhã.

Gab ergue a sobrancelha.

— Sério? Pra quê?

— Tem uma apresentação. No centro. Minha mãe não vai me levar, então... eu vou. Sozinha. Me ajuda?

Gab se reclina com um sorrisinho, impressionada.

— Uau, olha só pra você! Uma Enchanted novinha em folha. Tá, eu te ajudo. Arrasa!

Capítulo 24
AULAS DE NATAÇÃO

Não esquece o maiô 😉

Korey está me esperando em uma Mercedes com vidro fumê a um quarteirão da parada do Harlem Metro-North. Lá dentro, é como se fosse noite. O capuz dele está puxado sobre os óculos escuros que quase escondem seu rosto inteiro. Ele estende os braços e me dá um abraço apertado. Seu cheiro me envolve e meu corpo vibra com o motor.

— Pronta? — ele pergunta.

Assinto, com medo de que minha voz saia trêmula.

Korey acelera, enlaçando os dedos nos meus, e me aconchego nos assentos aquecidos de couro bege, o rádio tocando Marvin Gaye. Estou no carro de Korey Fields! Ele me buscou na estação de trem. Nenhum garoto fez isso comigo antes.

Falei para Gab que ia matar aula. Falei para minha mãe que tinha competição de natação à tarde. Com tudo acertado, temos pelo menos doze gloriosas horas juntos.

Sozinhos.

* * *

Há um quê de medo nos olhos de Korey quando ele para na parte rasa da piscina coberta do seu prédio, com água na altura da cintura.

— Tem certeza de que sabe o que está fazendo?

Korey está sem camisa. Posso me maravilhar pessoalmente com cada centímetro do torso esculpido.

— Hã? — murmuro, babando.

Ele sorri, jogando água em mim.

— Garota, você não está prestando atenção.

— Pode confiar! Ensinei os Pequenos a nadar. Vou te ensinar também.

— Caramba, você está me comparando com as criancinhas? É assim que eu vou me sentir como um homem?

Dou uma risada.

— Juro que não vou deixar você se afogar.

Korey assente.

— Beleza.

Prendemos a respiração e sopramos bolhas para praticar antes que eu ensine a ele alguns chutes. Tento ser tão gentil quanto ele é comigo quando estamos no estúdio. Mas, aqui, Korey me encara através do meu maiô, os olhos passando pelo meu corpo.

— Você só vai bater os pés até chegar aqui. Você consegue! Pronto?

Ele assente.

— Vai!

Korey chuta e se remexe na água, seus movimentos criando ondas enormes.

— Isso aí. Você está conseguindo!

De repente os braços dele estão ao meu redor, não como se Korey estivesse tentando me apalpar, mas em desespero, se agarrando para salvar a própria vida.

— Está tudo bem — eu digo. — Você está bem!

Ele fica de pé, secando o rosto, os olhos severos por uma fração de segundo.

— Ei, já chega — sibila Korey.

Eu me afasto, com arrepios nos braços.

— Hum, tudo bem.

Ficamos sentados na beirada da piscina em silêncio, as pernas penduradas na água, meu estômago revirado. Eu fui dura demais com ele. Korey tem medo de nadar. Ele nunca vai me perdoar. Burra, burra, eu sou burra demais!

— Minha avó odiava a água — diz ele, a voz fria. — Ela ouviu falar de umas crianças se afogando em piscinas públicas e nunca me deixou chegar perto de uma. Ela era assim, tinha medo de coisas de que ouvia falar, mas nunca tinha visto com os próprios olhos. Agora ela morreu, e também não vai poder ver isto aqui. — Korey se vira para mim com um pequeno sorriso. — Mas... foi legal. Podemos tentar de novo no sábado?

Mordisco o lábio.

— Não posso. É o primeiro baile do ano, o baile de outono.

O rosto dele se contorce.

— Ah. Ah, beleza.

A decepção engole o ar tomado de cloro.

— Quer dizer, eu posso... faltar.

— Não, não, eu quero que você vá — diz Korey, pousando uma mão leve na minha coxa nua. — Nunca fui a um baile de colégio.

— Jura?

— Nunca. Não tem essas coisas quando você estuda em casa.

— Como era?

— Estudar em casa? — Ele ri.

— Sim, mas enquanto fazia turnê pelo mundo todo? Quer dizer, deve ter sido incrível!

Korey trinca os dentes, os olhos se tornando distantes enquanto encaram a água.

— Era... solitário. — Ele inspira fundo e entra na piscina. — Vem, está na hora de irmos embora.

Faço um biquinho, e ele agarra minha cintura, me ergue da beirada e me joga na piscina.

— Ah! — Dou uma risadinha.

— Shhh. — Korey ri, os braços me envolvendo.

Ele olha por cima do ombro, para a porta, e fico feliz de ver o sorriso de volta em seu rosto. Os olhos dele estão em mim agora. Ele segura meu rosto, nos deixando a centímetros um do outro, meus ossos zumbindo.

Então Korey me beija.

A piscina se torna uma sauna, o suor brotando ao redor do meu pescoço, e me esqueço de como respirar.

— Obrigado por me ensinar a nadar. — Korey solta o ar, nossas testas se tocando.

Combustão. É o que vai acontecer se eu ficar assim tão perto dele por muito tempo. Serei uma garota enrolada em um cobertor de chamas, flutuando na água.

Depois que nos secamos e nos vestimos, voltamos para o estúdio. Me sinto mais leve, meu peito um ovo quebrado, gema amarela escorrendo, vazando amor por todos os lados. Não consigo tirar o sorriso do rosto, e meus lábios estão doloridos pelo beijo.

Eu estava beijando Korey Fields.

— Você tem companhia para esse baile?

A pergunta me arranca do devaneio.

— Hum, não.

Korey assente, se ocupando com algumas partituras.

— Você não está mentindo pra mim, está?

Meu estômago se contrai. Korey está com aquele olhar estranho. Ele está com ciúmes?

— N-n-não. Não.

Ele dá de ombros e se senta atrás do teclado.

— Então, qual é o filme de amanhã?

— *A Bela e a Fera.*

— *Rá!* Sentimentos são...

Me viro e canto com ele.

— *Fáceis de mudar...* Ah, eu *amo* essa música! Quer dizer, a versão da Disney é linda, mas aquela do Peabo Bryson com a Celine Dion... é incrível!

Korey estala os dedos, pulando para o teclado.
— Total. Vamos fazer!
— Sério?
— É. — Ele revira uma bolsa de couro perto da porta, pegando uma câmera. — Se importa se eu gravar?
Torço as mãos vendo-o montar um tripé.
— Por quê?
Korey sorri.
— O quê? Você tem vergonha da câmera?
— Não... mas...
— Por favor, amor? Vou ficar muito feliz.
Meu coração aperta. Ele me chamou de amor. Sou o amor *dele*.
— Sim, claro.

Capítulo 25
YOUTUBE

Não passamos horas suficientes do dia pensando em beijos.

Meu corpo está na água, mas minha cabeça está nas nuvens. Deslizo pelo cloro, com braçadas suaves, mas não tanto quanto os lábios de Korey.

Ariel tinha dezesseis anos quando se casou com o príncipe Eric em *A pequena sereia*. Quando desistiu da cauda por um par de pernas. Talvez estar apaixonada seja assim. Eu não consigo imaginar nada que me faria desistir da minha cauda... exceto Korey.

Em algum lugar na terra, ouço meu nome.

— Jones! Jones! — grita a treinadora.

— Sim? — respondo, tossindo e tirando os óculos de natação.

As mãos dela estão nos quadris.

— Você vai se juntar a nós ou não?

Olho ao redor e vejo que sou a única ainda na água. Minhas colegas de time estão na lateral da piscina.

— Desculpe — murmuro, me apressando para sair.

A treinadora balança a cabeça.

* * *

— Cara, o que está acontecendo com você?

Mackenzie joga para trás seu cabelo recém-escovado, prendendo-o em um rabo de cavalo.

— Como assim? — pergunto, fingindo inocência.

— Você tem faltado os treinos. Nem ligou de volta pro Kyle Bacon. Você mal aparece na escola, e...

Hannah grita. Nós duas saímos correndo em direção a ela.

— O quê?

Hannah, se sentando de perna aberta no banco, encara o celular.

— AI, MEU DEUS. AI, MEU DEUS!

— O que foi?

— Enchanted! É você! É você cantando com o Korey Fields!

Meu coração para por um momento.

— O quê?

Mackenzie pula para se juntar a Hannah, arregalando os olhos.

— AI, MEU DEUS!

Ali estou eu. Usando meu top decotado, cantando a música de *A Bela e a Fera* com Korey.

Meus olhos estão fechados, meu sorriso radiante. E Korey parece... próximo de mim. Próximo demais. Estamos quase cantando na boca um do outro.

— Você conhece o Korey Fields? — grita Hannah. — Por que você não contou?

Minha boca fica seca.

— Eu...

— Enchanted, sua voz é incrível — Mackenzie diz com um sorriso.

Quero agradecer, mas estou chocada demais por ver nosso momento privado exposto para o mundo inteiro. Korey disse que a gravação era só para ele, não para o YouTube.

De repente, não quero mais ser um peixe. Quero ser um caranguejo, me encolher para dentro da minha concha e ficar lá para sempre.

Uma onda de celulares vibrando atinge cada fileira do vestiário, as mensagens um enxame de gafanhotos.

Antes do início do primeiro tempo, a escola inteira sabe.

Capítulo 26
MENSAGEM NO GRUPO

Grupo de conversas do W&W (sem as irmãs Jones)

Sean: Gente! Vcs viram o vídeo da Enchanted cantando com Korey Fields? PUTA MERDA!

Aisha: Já tem tipo 5 milhões de visualizações.

Malika: Pois é. É legal, eu acho.

Sean: Cara, os blogs de fofoca estão fervendo. Vi o vídeo direto no Instagram.

Aisha: Todo mundo na minha escola tá falando disso.

Malika: Vocês não acham esquisito o jeito como eles estão se comendo com os olhos?

Sean: É só interpretação. Menos.

Malika: Que nada. Parece real.

Sean: Caramba, Malika! Que hater.

Aisha: Minha mãe falou com a sra. Jones e ela está PUTA. Disse que não deu permissão pra ele gravar nada!

Sean: Cara! É o Korey Fields! Ele é, tipo, trilionário. Ele não vai pedir permissão de ninguém pra nada!

Malika: Eles vão ter mais com que se preocupar agora que o pai dela entrou em greve. Mesmo assim, esquisito.

Capítulo 27
BAILE DE OUTONO

            O que você está vestindo? ☺

Vestido preto. Como você sugeriu!
☺

O comitê do baile decorou o ginásio com fitas douradas, um milhão de balões azul-escuros e pisca-piscas vermelhos cintilantes. O DJ está em uma plataforma emoldurada por globos de espelho e caixas de som.

 Hannah e Mackenzie estão na pista, dançando fora do ritmo. Shea está perto do palco, flertando com um garoto branco qualquer. Nossos olhares se encontram, e o dela desvia.

 Minha mãe só me deixou vir ao baile por causa de Shea. Ela ainda está com raiva por causa do vídeo, e Shea parece quase envergonhada pela atenção. Pensei que ela ficaria feliz com uma irmã um pouco mais descolada.

 Confiro o celular. Nada de Korey.

 Mando uma mensagem para Gab. Ela também tem estado estranha desde que a gravação saiu. O vídeo agora tem vinte milhões de visualizações. Não é de se espantar que ela não pôde vir para o baile. Estou acostumada a fazer quase tudo na escola sozinha, já que ela está sempre trabalhando, mas esta noite preciso da minha parceira. Os olhares e cochichos são sufocantes. Não consigo parar quieta no meu vestido preto justo demais. Korey me disse para comprar um tamanho menor, para parar de esconder minhas curvas.

Confiro meu celular mais uma vez. Talvez ele também esteja com raiva de mim. Com raiva porque eu vim para o baile, porque não fui ao estúdio. Não que minha mãe me deixaria chegar perto dele agora. Se dependesse dela, eu nunca mais o veria.

O comitê sobe no palco. O rei e a rainha são coroados. Bocejo, pronta para ligar para a minha mãe vir me buscar quando o DJ começa uma batida familiar.

— E, esta noite... temos um convidado especial!

Uma voz canta em outro microfone, em algum lugar fora do palco.

Fico boquiaberta enquanto a batida progride. Uma figura nas sombras sobe na plataforma antes que as luzes invadam o palco. Gritos e palmas soam enquanto os estudantes passam correndo por mim para a pista de dança.

É Korey.

— Como vocês estão esta noite? Uma amiga especial achou que vocês gostariam de um pouquinho de animação!

Perco o ar. Não consigo me mexer. Sou uma pedra no meio de um mar de fãs gritando.

Korey canta alguns versos da música, apertando mãos, cumprimentando pessoas, tirando selfies. A escola inteira está apaixonada pelo charme dele, até os professores. Mas os olhos dele não saem de mim.

Quando a música termina, ele pula do palco e me puxa para um abraço. Dezenas de celulares nos cercam, a sala cheia de flashes.

— Me encontra lá atrás — Korey sussurra, os lábios roçando na minha orelha.

Capítulo 28
PRIVACIDADE

Minhas mãos estão suando quando corro para o banheiro, torcendo para encontrar uma forma de me recompor. Preciso de uma distração, uma forma de fugir sem ser detectada.

Korey Fields. Aqui, na minha escola.

Corro direto para o maior cubículo do banheiro, e Gab me segue até lá dentro.

— AI, MEU DEUS! O que você está fazendo aqui?

— Eu? — ela diz. — Acabei de chegar. O que ELE está fazendo aqui?

Gab está usando um vestido cor de ameixa e saltos, o cabelo solto, cobrindo os ombros como um xale.

— Eu... não sei.

— Não vem com essa, Chant! Saio mais cedo do trabalho e te encontro *assim*!

Dou um passo para trás.

— Caramba, Gab. Qual é o seu problema?

— Você sabe muito bem qual é o meu problema. Você mentiu pra mim por esse tempo todo! Foi pra isso que você fugiu aquele dia? Você mentiu pra mim pra poder ficar com *ele*?

Mordo o lábio, me sentindo um animal encurralado.

Gab arregala os olhos.

— Ai, meu Deus, você trepou com ele?

— Não!

— Chant... isso é tão errado. Ele é a porra de um homem adulto. Ele não pode aparecer na escola de uma garota menor de idade desse jeito.

— Ei! Eu não sou criança. Vou fazer dezoito em seis meses.

— É, mas obviamente ele não está a fim de esperar tudo isso! É nojento.

— Chega, Gab. Eu sei o que estou fazendo!

Ela cruza os braços.

— Não parece.

— O quê? Você está com inveja?

— De você e Korey? Garota, por favor. Eu tenho namorado!

— Um universitário duro. E que também é mais velho que você. Hipócrita!

Gab me encara, ofendida.

— Você sabe muito bem que é diferente.

— Tanto faz. Não estamos namorando. Ele só... me entende. Ele acha que eu sou talentosa. Diferente de certas pessoas.

— Como assim? Eu estou sempre te incentivando. É só por minha causa que você conheceu esse babaca, fui eu que te obriguei a ir naquela apresentação.

— Bem, ele acha mesmo que eu vou ficar famosa. Que eu tenho um alcance vocal como o da Beyoncé.

Gab zomba.

— Beyoncé? Aquela mulher é um unicórnio, cara! Você nunca vai ser que nem ela!

Tiro a faca das minhas costas e inspiro fundo.

— Porra, Gab.

Ela se encolhe.

— Eu não quis dizer isso. É só que... os garotos vão dizer qualquer coisa pra te comer.

— Ele não é um garoto!

— Nisso você tem toda a razão!

Nunca brigamos assim. A raiva descontrolada me deixa enjoada. Meu celular vibra. Uma mensagem de Korey.

Vem aqui pra fora.

— Diz pra ele que você não vai! Eu sei o que ele está pedindo.

Eu a encaro, depois desvio o olhar para a porta do cubículo.

— Garota, se você sair daqui, eu vou chamar a polícia! Ou pior, vou ligar para a sua mãe. Não me faça contar tudo que eu sei pra ela.

Engulo em seco, mandando uma mensagem rápida antes de enfiar o celular na bolsa.

— Pronto! Tá feliz agora?

— Olha, não me usa mais para as suas mentiras.

— Não preciso te usar. Korey vai me levar na turnê com ele!

— O quê?

— Vamos cantar duetos no palco! Vamos trabalhar no meu álbum.

Gab dá uma risadinha.

— Meu Deus, você enlouqueceu mesmo se acha que sua mãe vai deixar isso acontecer.

Capítulo 29
A PROPOSTA

O corpo da minha mãe é quente como o verão durante ano inteiro, apesar de sua língua ser uma brisa fresca depois da tempestade.

Mas, quando ela se irrita, não dá para saber que categoria de furacão vai começar.

— Como você se atreve a espalhar o rosto da minha filha pela internet sem nos consultar primeiro?

— Mãe! — eu arquejo.

— E depois aparecer na escola dela, sem a nossa permissão!

— Mãe! Por favor!

— Estou falando com o sr. Fields, mocinha — ela rosna. — Não com você!

Korey sorri do outro lado da nossa mesa da cozinha, com Jessica sentada ao lado dele. O suor se acumula na parte de trás dos meus joelhos. Estou envergonhada pela simplicidade da nossa... casa. Comparada ao estilo de vida extravagante dele, minha família é falida. Mas Korey insistiu em dirigir até aqui para fazer a proposta.

— Você está certa, sra. Jones. Peço desculpas. Não foi a minha intenção faltar com o respeito.

Dou uma olhada para a sala de estar. No sofá, os Pequenos encaram a nuca de Korey de olhos arregalados. Pelas janelas da frente, vejo os seguranças dele recostados nas caminhonetes pretas.

— Enchanted me pediu, em nome da escola, que eu desse uma passadinha — ele explicou. — Pensei que seria legal.

Meu pai tamborila os dedos na mesa, me olhando de lado. Mordo o lábio. Nunca pedi a Korey para ir à minha escola.

— Já falei isso e repito — prossegue. — Acho que Enchanted tem um potencial incrível. Quer dizer, sem exagerar, meu celular está explodindo com produtores e gravadoras querendo saber quem é a garota misteriosa que cantou comigo. Acho que é hora de colocarmos o show na estrada.

— Como assim? — meu pai pergunta.

— Com a sua permissão, eu gostaria que Enchanted fosse minha convidada especial na turnê acústica.

Minha mãe fica boquiaberta.

— Mas de jeito nenhum.

— Mãe!

— Sei que parece loucura, tá? Mas...

— MAS a resposta ainda é não — meu pai se irrita, a voz dele dominando cada canto da casa.

Korey inclina a cabeça para o lado com um sorrisinho satisfeito.

— Se me permitem, sr. e sra. Jones — Jessica começa —, eu trabalho com Korey há bastante tempo, e o que Enchanted tem, nós nunca... vimos em nenhuma das outras protegidas dele. A gravadora está mesmo disposta a prepará-la, e depois podemos trabalhar em conseguir um contrato solo.

Com um susto, minha mãe arregala os olhos.

— Ficarei feliz em agir como a guardiã legal dela — completa Jessica. — Isso já foi feito com dezenas de estrelas menores de idade no passado.

— E tenho certeza de que será útil a Enchanted ganhar algum dinheiro. — Korey dá uma risadinha e olha para trás, para os Pequenos, sentados ao lado dos cartazes de protesto recém-pintados do meu pai. — Para a escola... e tudo o mais.

Meu pai engole a raiva.

— A nossa resposta ainda é não.

Minha mãe mordisca o lábio inferior.

Os nãos do meu pai são firmes, paredes de concreto.

Mas os nãos da minha mãe são de gesso. Podem ser penetrados com a força e as ferramentas certas.

Capítulo 30
O APERTO DE UMA MÃE

"Never Knew Love Like This Before", da Stephanie Mills. É a canção que ele me enviou.

De novo, estou me perguntando o que ele quer dizer entre as letras da música. Korey está mesmo dizendo que me ama?

Porque eu acho... Quer dizer, eu sei que amo ele.

Eu não sabia que o amor era assim. Essa sensação sufocante de passar--o-dia-inteiro-nadando-no-oceano. Posso ouvir o mar nos ouvidos. Sentir o gosto da água salgada no fundo da garganta. Korey me faz sentir como se estivesse em casa. Minha *verdadeira* casa. Só sereias podem nadar em emoções profundas assim.

Eu faria qualquer coisa para sentir esse tipo de amor para sempre.

Tenho dezesseis anos. Não sou uma criança!

Essa é a fala de *A pequena sereia* que fica se repetindo na minha cabeça. A forma como Ariel se irritou com o pai, mesmo quando eu era pequena, deixava todos os meus músculos tensos. Eu não conseguia me imaginar falando daquela forma com meus pais e sobrevivendo para contar a história.

Mas agora eles me provocaram.

O vento frio de outono passa pelas aberturas da minha jaqueta enquanto estou parada do lado de fora da escola, esperando minha mãe.

Atrasada, de novo.

Shea, ao meu lado, treme.

— Você está sendo egoísta. Sabe disso, né?

Reviro os olhos.

— Cuida da sua vida, Shea. Você não tem nada a ver com isso!

— Nossos pais mal têm o suficiente para pagar o próximo semestre. — Ela bufa. — Você sabe como vai ser constrangedor? E você está preocupada com cantar.

Ajeito o boné na cabeça, ignorando o aperto no estômago. Korey não respondeu nenhuma das minhas mensagens hoje. E se ele estiver cansado de mim? E se não quiser se meter no meu drama familiar? E se já tiver me esquecido? O desespero me congela por dentro.

O carro da minha mãe dobra a esquina, e eu sento no banco da frente.

— Para com essa cara, Chant — ela reclama, irritada. — Você não vai. Fim da história!

— Mãe, você tem que me deixar fazer isso.

Shea revira os olhos e coloca os fones de ouvido.

— Começou.

— De jeito nenhum eu ou o seu pai vamos tirar semanas do trabalho para te seguir pelo país.

— Mas vocês não precisam fazer isso. Jessica vai tomar conta de mim!

— Jessica é uma desconhecida!

— Ela trabalha para a gravadora. Vai tomar conta de mim. E o dinheiro? A gravadora vai me pagar quinze mil dólares! Vamos mesmo recusar isso?

— O quê? Como você sabe disso?

Engulo em seco, agarrando meu celular dentro do bolso.

— Eu... fiquei sabendo que é isso que os vocais de apoio ganham nas turnês.

Minha mãe balança a cabeça.

— Seu pai já disse que não.

— Mas esta é a minha chance! Muita gente mataria por essa oportunidade.

— Você vai ter outras chances, Chant. Ainda tem dezessete anos! Só precisa ser paciente. Além disso, e a escola e a natação?

— Posso estudar na estrada!

— E os Pequenos?

— Então é por isso? Você não vai me deixar fazer a turnê porque aí não vou estar em casa para cuidar dos Pequenos?

O rosto de minha mãe se fecha.

— Então sou crescida o suficiente para tomar conta dos seus filhos, mas não o bastante para viver a minha vida? Não é justo! Estou perdendo a minha juventude tomando conta dos SEUS filhos! Caramba, de quanta coisa eu vou ter que desistir?

O carro cai em um silêncio doloroso. No banco de trás, Shea tem lágrimas nos olhos, e não espera que o carro pare antes de sair correndo para dentro de casa. Minha mãe desliga o motor e apoia a cabeça no volante. Ela está fazendo horas extras desde que a greve do meu pai começou.

— Chant, não posso continuar brigando com você. Eu estou... cansada.

— Você tem que me deixar ir — imploro. — Sei que daqui a pouco vocês têm que pagar a escola. Podem usar o que eu ganhar para a Shea.

Minha mãe abaixa mais a cabeça para esconder a vergonha.

— Mas, se você não me deixar ir... não vou ser a mesma. Estou dizendo, nunca mais vou ser a mesma. Por favor, mãe!

Ela me encara, a compreensão inundando seu olhar.

Sei uma coisa sobre os peixes: se os mantiver em terra por tempo demais, eles morrem.

Parte dois

Capítulo 31
SUCO DE BETERRABA 2

AGORA

—Polícia! Abra a porta!

Meus dedos do pé estão cobertos de suco de beterraba e mijo. Não combinam com as minhas unhas pintadas.

Era melhor eu limpar antes que alguém entre. Korey vai ficar com tanta raiva se as pessoas virem a bagunça deste lugar.

Espera.

Espera.

Não.

Espio o quarto. O corpo jogado dele. Os olhos estão fechados. Talvez para sempre. Espero que sim.

Não! Não pense assim.

Ele te ama, lembra?

Mais três batidas fortes na porta.

Estou paralisada. Uma estátua.

O que eu fiz?

Capítulo 32
SOBRE DEUS

ANTES

Korey começa a gravar na câmera. Agora, quando vou ao estúdio, faço questão de usar minha camisa mais limpa e passar gloss nos lábios, sem saber o que vai acontecer.

Ele se senta ao piano, tocando as notas familiares, e sorri.

— Pronta? A prática leva à perfeição, Bright Eyes.

Passo a mão no meu miniafro, desacostumada aos cachinhos castanho-escuros passando pelos meus dedos. Meu pai não renovou meu corte, já que não está exatamente falando comigo.

— Você está linda — Korey diz com uma piscadela. — Relaxa.

As palavras de Korey são sempre tão doces, atenciosas. Ele não é como os garotos que conheço. Garotos gaguejam, palavras vomitando quereres, atacando meus lábios e quadris como cães ferozes. Mas homens, homens como Korey? Homens são pacientes.

Por que qualquer garota ia desejar um garoto depois de ser amada por um homem?

"Like sweet morning dew,
I took one look at you...
you were my destiny..."

As palavras dele acariciam minhas bochechas e quase esqueço os versos que tenho que cantar. Eu me encolho junto ao microfone, minha nova alma gêmea.

"... *I sacrifice for you*
dedicate my life to you..."

É claro que a música perfeita para nós seria "You're All I Need to Get By", de Marvin Gaye e Tammi Terrell, feita nas estrelas só para nós.

Toda vez que canto, me transformo em um novo tipo de animal. O tipo que deixa para trás todos os seus ossos densos e apenas flutua. Estou voando acima de mim mesma, porque não consigo imaginar qualquer garota no mundo com tanta sorte quanto eu. Ter o cantor mais gostoso do planeta apaixonado por ela. Fazer uma turnê. Ver todos os sonhos se realizarem.

Korey toca a canção outra vez enquanto faz anotações em um pedaço de papel. Às vezes ele fica tão focado que não é de admirar que seja chamado de gênio musical.

— Beleza, estou pensando que a gente pode abrir com esse número, certo? Depois, talvez "The Closer I Get to You". Seguido pelo seu solo.

O sangue foge da minha cabeça e eu cambaleio.

— Você... quer que eu faça um solo?

— Claro. Como eu disse, amor, você é talentosa. E linda.

Os olhos de Korey ficam sombrios, descendo pelo meu corpo antes de dispararem para a porta, que ele pula para trancar. Aumentando o volume da música, ele afoga o mundo, me envolvendo em seus braços.

— Você *é* o meu destino, Enchanted — ele sussurra, cheirando meu cangote. — Não foi acidente você entrar na minha vida. Foi destino.

Korey fala de Deus, Jesus, do diabo e da igreja. Ele começa a pregar, a voz estridente, cheia de voltas, e fico enjoada.

— E seu pai lá falando que vocês vieram de peixes — ele diz, revirando os olhos. — Pfff! Deus te trouxe para mim. Sem mim, ninguém saberia quem você é. Não foram os peixes que fizeram isso. Foi Deus.

Nunca sei o que dizer em conversas assim. Ficar em silêncio parece a melhor ideia. Porque, de outra forma, ele pode me soltar, e não há lugar em que eu quero mais estar do que nos braços dele. Então mordo o lábio, um movimento que li em *Cinquenta tons de cinza*. Esperando que talvez, só talvez, ele me beije de novo.

Alguém bate com força na porta. Minha mãe está do outro lado, com Jessica, segurando a bolsa, de cara feia.

— Você não me ouviu batendo esse tempo todo? — ela grita comigo. Eu me contorço sob o olhar duro.

— É meio barulhento aqui. Estávamos ensaiando.

— Para o solo dela — adiciona Korey, se recostando na porta.

Minha mãe encara ele, um breve tremeluzir nos olhos. Como se *soubesse*. Perco o ar.

— Então por que a porta estava trancada? — ela pergunta naquele familiar tom acusatório que usa com meus irmãos quando algo quebra ou some.

Lanço a ela um olhar suplicante. Por favor, não me envergonhe. Por favor, não me envergonhe. Por favor, não me envergonhe.

— Foi mal, sra. Jones. — Korey dá uma risadinha, dando de ombros. — É o costume. Mas que bom que você está aqui! O show de Natal da Mary J. Blige é semana que vem. Vou arrumar ingressos pra você e pro seu marido. Ela amaria te conhecer.

Os ombros de minha mãe relaxam, o rosto faz o mesmo.

Capítulo 33
ERA UMA VEZ UM SONHO

— Pronta? — Korey pergunta atrás de mim, respirando na minha nuca.
— Não.
Ele dá uma risadinha.
— Para com isso. Você nasceu pronta!
Korey sempre sabe a coisa certa a dizer, mesmo quando meu coração está disparado.
Isso está mesmo acontecendo?
Em um minuto, estou na minha primeira viagem de avião, indo para Chicago, a cabeça tonta com a altitude, e no instante seguinte estou aqui... Ombro a ombro com Korey Fields, de mãos dadas de uma forma que ninguém pode ver.
— Vamos nessa — ele sussurra, com um beijo rápido na minha têmpora.
Korey entra no palco, acenando, e a plateia grita. No meio do palco, sobe uma bateria.
— E aí, Chi-Town! Senhoras e senhores, muito obrigado pela companhia esta noite. Eu gostaria de chamar... uma convidada muito especial.
De olhos fechados, pressiono os lábios, respirando pelo nariz.
— Uma garota que provavelmente vocês já viram, mas que hoje vai subir no palco pela primeira vez...

Há água nos meus ouvidos, os sons das ondas calmas e preguiçosas lambendo a praia. Por mais que eu sinta falta de viver na minha concha, não há nada como ouvir meu nome através de um milhão de caixas de som.

— Eu apresento a vocês a srta... Enchanted!

Os aplausos passam pelas cortinas. Jessica me empurra, e eu entro no palco aos tropeços, as luzes cegantes, boquiaberta para a maior quantidade de pessoas que já vi na vida.

Aplausos. Elas estão me aplaudindo.

Vou até o microfone à esquerda de Korey e o objeto grita para mim. Lanço um olhar incerto para Korey. Ele se senta no banquinho atrás da bateria, ajustando o microfone. Nossos olhares se encontram, algo não dito correndo entre nós enquanto a onda familiar de calor sobe pela minha nuca. Mas aí ele sorri, e uma sensação de calma me inunda.

E assim cantamos "Fool for You", do CeeLo Green.

Com olhos apenas um para o outro. Estamos em nosso próprio mundo diante do mundo inteiro, mas parece que só existimos nós dois.

— Então! Como está indo? — minha mãe pergunta na chamada de vídeo, os Pequenos ao redor dela. Falamos duas vezes por dia, todo santo dia, no meu quarto de hotel.

— É... incrível, mãe. Jessica te mandou as fotos?

— Mandou! — diz Shea. — Chant, sua maquiagem estava incrível!

— Obrigada. Papai está aí?

Minha mãe dá um sorriso contido.

— Não. Ele saiu.

Meu pai ainda não teve tempo para ligar. Com a greve do sindicato, ele está no protesto dia e noite. Pelo menos, é isso que digo a mim mesma.

Gab não responde a nenhuma das minhas mensagens desde a nossa briga no banheiro. Nem quando liguei para desejar feliz ano-novo.

Alguns minutos depois de finalizar a ligação com os Pequenos, Korey entra pela porta que conecta nossos quartos.

— Finalmente — diz ele, se jogando na cama com um sorriso. — Enfim a sós! O que você quer assistir hoje, *A Bela e a Fera* ou *Cinderela*?

Ele liga a TV, mudando de canal, o volume no sessenta.

— Você passou a minha camisa? — pergunta, jogando alguns amendoins na boca. — Da última vez a manga ainda estava meio amassada.

Desvio dos braços esticados dele, saindo pisando duro para o outro lado do quarto.

— Aham, está no armário — digo secamente.

— Ei, o que aconteceu com você?

Dou de ombros.

— Só estou surpresa por você aparecer. Achei que ia sair com as dançarinas. Que nem ontem à noite.

Korey dá um sorrisinho.

— Você está com ciúmes?

— Não — murmuro.

Ele me abraça, cheirando meu cangote.

— Eu já te falei como estou feliz por você estar aqui? Lembra que eu disse como me sentia sozinho nas turnês, mesmo numa sala lotada? Mas agora tenho você. É como se você fosse meu segredinho e eu não tenho que compartilhar com ninguém. — Ele beija minha têmpora. — Você estava maravilhosa esta noite.

Inspiro fundo, mergulhando em seu amor. Aí está ele. MEU Korey.

— Korey, quando vamos ao estúdio para trabalhar no meu álbum... como você prometeu?

Uma batida na porta me assusta. Korey revira os olhos e atende. Jessica. Os olhos dela se arregalam, passando de mim para Korey.

— Sim? — Korey ruge, e dou um pulo.

Jessica engole em seco.

— D-desculpe. Volto mais tarde.

— Ótimo — ele diz, batendo a porta na cara dela.

Capítulo 34
MELISSA

O nome dela é Melissa.

Ela é castanho-escura, sedosa, tem sessenta e seis centímetros e se encaixa perfeitamente na minha cabeça.

Eu a odeio na mesma hora.

— E então? — pergunta a cabeleireira, olhando para trás.

Korey se inclina por cima do balcão de maquiagem ao lado, olhando para o celular. Quando me olha, sorri.

— Perfeita! Enchanted, o que achou?

— Hum... é bonita.

Ele franze a testa, guardando o celular, e diz para a cabeleireira:

— Um momento.

Ela assente e sai do trailer.

— O que foi, Bright Eyes?

Mordo o interior da bochecha.

— Hum, por que eu preciso de uma peruca?

— É para o seu visual. Estamos tentando construir sua marca, lembra? E sabe o que fãs adolescentes querem? Garotas com cabelo. Elas querem a Beyoncé... e você precisa dar isso a eles.

Ele toca as pontas de Melissa, enrolando os fios ao redor dos dedos.

— Sabe, diz na Bíblia que as mulheres não deviam raspar a cabeça. É um pecado contra o Senhor.

Eu abro a boca, mas as palavras não saem. Como discuto com a Bíblia, algo que ele conhece tão bem e eu... não?

— Além disso, vai me fazer feliz. Beleza?

Mas... pensei que eu já o fazia feliz. Pensei que ele gostava da minha aparência.

Engulo as perguntas que surgem e dou um sorriso vacilante.

— Está bem.

— Isso aí. Não esquece de usar esta noite.

Capítulo 35
NOTAS DE TV

A festa pós-show em Los Angeles hoje está sendo oferecida pelo *Music LIVE* da BET, no Mandarin Oriental.

Fico no canto da área VIP. O suor se acumula por baixo da Melissa, mas uma brisa rápida seria capaz de mostrar minha bunda debaixo desta saia curta demais.

Korey me lança um olhar do outro lado da sala e pisca. É nosso recadinho especial um para o outro. Ele não gosta de ser visto comigo em público. Acha que pode dar a impressão errada às pessoas; elas não vão entender. Então fico distante, fiel ao meu homem.

Meu homem. Korey Fields é o MEU homem. E estou mesmo na Califórnia. Toquei palmeiras e vi a placa de Hollywood nas colinas de perto. Tive que me beliscar umas mil vezes para garantir que não estava sonhando.

Ao lado de Korey, Richie se serve outra taça de champanhe.

— E aí, o que você acha? Acho que vai ser sucesso! Sabe, sua história de vida... — ele continua a explicar. — Pegue todas aquelas filmagens caseiras, tempere com algumas entrevistas exclusivas... Ficaria um documentário foda pra BET, pra Hulu ou até pra Netflix.

— Cara, você está mesmo tentando conseguir entrar nessa onda de produtor executivo, hein? — Korey ri. — Você quer tanto um Emmy! Quer dizer, tô dentro. Se você diz que vai bombar, confio em você.

Richie dá um sorrisinho.

— Podemos até fazer uma série! *Vida e era de Korey Fields*. Soa bem, né?

— Então, o que você precisa que eu faça?

— Todas as suas filmagens caseiras. Antigas e novas.

Korey dá uma risadinha.

— Bem, não TODAS, né? Algumas é melhor manter na maciota, tá ligado?

Os homens gargalham. Richie balança a cabeça.

— Ah, cara, pode deixar as coisas proibidas para menores em casa. Mas é legal comentar sobre sua época mais selvagem. Depois voltar a como você encontrou Deus.

Korey fica muito sério.

— Ei! Eu sempre estive com Deus. Não distorce as coisas!

Richie ergue as mãos.

— Foi mal, irmão. Não queria ofender.

Meus tornozelos estalam enquanto luto para caminhar nos saltos altíssimos em busca de um banheiro. São tantas pessoas e mesmo assim não encontro Jessica em lugar nenhum. Não que ela me acompanhe tanto assim, e já percebi que ela volta e meia revira os olhos para as minhas perguntas mais simples.

— Ei, você é a Enchanted, né?

Um garoto apoiado no bar, em um blazer azul-claro e tênis brancos, acena para mim.

— Sim. Mas como você...

— Lembro da sua apresentação, lá em Nova York. Meu nome é Derrick Price, sou filho do Richie. — Semicerrando os olhos, ele encara Melissa. — Eu, hã... quase não te reconheci.

Passo o peso de um pé para o outro, desconfortável.

— Hum, é. Visual novo.

Ele tem pele negra retinta com o cabelo castanho cacheado em um topete e olhos castanho-claros gentis.

— Bem, meu pai e eu não temos o mesmo gosto, mas achei que você foi muito bem!

— Valeu — digo, colocando uma mecha do cabelo de Melissa atrás da orelha. — Então você trabalha para o seu pai?

Derrick ri.

— É, sou estagiário. Ou assistente executivo, que é meu título oficial. Quantos anos você tem mesmo?

— Dezoito.

Ele franze a testa.

— Hum, que estranho. Pensei que sua inscrição dizia que tinha dezessete.

Inspiro fundo, praticando a resposta que Korey me mandou dar.

— *Rá!* Eu sei que pareço mais nova.

Derrick ergue a sobrancelha.

— Hã, certo. Foi mal, pensei que você estivesse no colégio que nem eu. Estou no último ano.

— Hum... Que festa legal — eu digo, mudando de assunto.

— Pois é. — Os olhos dele se arregalam. — Ei! Ali! Viu aquilo? É a Jasmine Keith, de *Love and Hip Hop*.

Olho ao redor até vê-la perto do bar.

— AI, MEU DEUS! É ela mesmo! — Não consigo evitar o sorriso. — Tá, eu sei que não deveria gostar de ver pessoas negras brigando na TV, mas vibrei quando ela derrubou a Megan B. no final da temporada.

— Então você também assiste *Love and Hip-Hop*? É maneiro, né?

— Bem, minha irmã assiste. E, na maior parte do tempo, estou por perto... fingindo não estar prestando atenção.

A gente dá risada e se aproxima do bar.

— Eu te entendo. Sei que não deveria gostar tanto, mas é viciante.

— Espera aí. Se você ainda está na escola, o que está fazendo em Los Angeles? Durante a semana?

Derrick dá um sorrisinho.

— Meu pai manda um bilhete avisando que posso faltar toda vez que quero cobrir para ele. Estou me preparando para assumir os negócios da família. Ei, isso me lembrou de uma coisa! Quando voltar pra Nova York, a gente devia marcar de se encontrar. Uns amigos meus da escola produzem as próprias batidas e a gente grava o tempo todo.

— Sério?

— É. Eles tem mais de cinco mil seguidores no SoundCloud. Eles são foda! Com essa sua voz, você ia arrasar com a gente!

Uau. Nunca conheci ninguém que ainda estivesse no ensino médio e produzisse música assim. Não existe isso na minha escola sem graça.

— Ei, olha lá — sussurro. — É a Monica com a Cardi B.

Por meio segundo, penso em Shea e em como ela enlouqueceria se visse algumas de suas celebridades favoritas aqui.

— Sabe — diz Derrick, tentando atrair a atenção do barman. — Ouvi dizer que a Jasmine era do Will & Willow e foi expulsa por tentar entrar no quarto dos meninos durante a Conferência Jovem.

— Espera! Você é do Will & Willow? Eu também! Quer dizer... era.

— Ah, sério? Não achei que eles deixassem a gente vir nessas festas! Achei que esse tipo de coisa não era arrumadinho o suficiente.

Derrick e eu passamos os próximos quinze minutos trocando histórias do W&W e apontando todos os famosos de reality show ao redor. Foi divertido ficar de bobeira com ele, e não posso deixar de notar que ele é a primeira pessoa da minha idade que conheço em semanas. Minha mãe sempre diz como este mundo é pequeno. Talvez eu tivesse conhecido Derrick em uma conferência do W&W ou em um baile. Mas então... eu nunca teria conhecido Korey. Sou tudo o que ele tem aqui; trago paz a ele.

— Enfim, melhor eu voltar. Korey deve estar procurando por mim.

Derrick inclina a cabeça, uma pergunta em seus lábios.

— Você... está com ele?

— Não, não. Nós só, hã, cantamos juntos... Tipo Marvin Gaye e Tammi. Eles também não estavam juntos na vida real.

Ele dá de ombros.

— Bem, parece que seu cara está bem ocupado.

Do outro lado da sala, Korey está sussurrando no ouvido de uma garota. Mas não é qualquer garota. Amber. Aquela com o cabelo cacheado e dourado da apresentação do *Music LIVE*. Ela está usando um vestido de cetim verde apertado, brilhando como uma cauda de sereia. A risadinha dela me tira do sério.

— Hum, verdade — digo, minha voz ficando fraca. — Bem, foi um prazer te conhecer, Derrick.

— É. Com certeza a gente se vê por aí.

No caminho de volta para a área VIP, mando mensagem para Gab, esperando que ela esteja acordada. Preciso de conselhos sobre como lidar com garotas dando em cima do meu homem. Jay é popular onde ele mora, e Gab teve que baixar a bola de várias garotas.

— Ei, Enchanted, espera! — Derrick me segue. — Você esqueceu sua bolsa.

— Ah! Valeu.

— Imagina — diz ele, tocando meu braço antes de correr de volta para o bar.

Quando levanto a cabeça, Korey me encara, seu olhar duro como pedra. Abro um sorriso para ele.

Ele não sorri de volta.

Capítulo 36
BALDE DE GELO

No caminho de volta ao hotel, sou invisível. Bem, pelo menos para Korey.

— Tem alguma coisa errada? — pergunto.

Ele me ignora, encarando a janela do Suburban. Meu estômago revira, e mordo o interior da bochecha até tirar sangue, tentando descobrir o que deu de errado enquanto pegamos o elevador até a cobertura.

Lá dentro, eu o sigo, mantendo distância, e tiro os sapatos, meus dedos latejando.

— Korey, o que foi? Fala comigo. Por favor.

Uma sombra passa pelo rosto dele, os olhos dez tons mais escuros.

— Que porra você estava fazendo falando com outro homem bem na minha frente?

Pisco duas vezes.

— Do que você tá falando?

— Não se faz de idiota! — ele grita. — Você sabe do que eu tô falando.

Um pânico desconhecido sobe à minha garganta enquanto relembro a noite.

— Você quer dizer o Derrick?

Korey me encara, o rosto se contorcendo, quase irreconhecível com a raiva.

— Ele é filho do Richie! Seu amigo. Eu só estava sendo gentil. Não tinha mais ninguém para conversar. Sem contar que você estava ocupado.

— Não me venha com essas desculpas!

— Mas eu não fiz nada. Eu só...

— Cala a boca! — ele ruge. — Tudo o que eu pedi foi que você fosse fiel a mim, e você faz uma merda dessas comigo!

A voz dele ricocheteia nas paredes e eu me afasto, a cabeça girando. Não sei o que dizer, a não ser:

— Desculpe.

— Falei pra parar com as desculpas — ele grita no meu rosto, as narinas inflando.

Dou um grito, caindo no carpete, e começo a chorar.

Korey balança a cabeça.

— Você precisa ficar no quarto. Não saia até eu deixar.

Ele está me colocando de castigo, como uma criança?

— Como assim? Eu...

— Se você sair daqui... vou fazer com que você se arrependa!

A profundidade da voz dele me deixa em um silêncio perplexo. Ele sai pisando duro, batendo a porta com força.

Ao meio-dia, estou impaciente, a porta chamando meu nome.

Preciso ir ao banheiro.

Korey me disse para não sair do quarto.

Mas, mesmo assim... preciso ir ao banheiro.

Estou aqui há mais de doze horas. Minha boca está seca. O sol quente e as janelas gigantes transformaram o quarto em uma sauna.

Meu celular está sem bateria, e o carregador está na sala. Minha mãe deve estar se perguntando onde estou. E se ela ligar para Jessica? O que ela vai dizer?

Mas, mesmo assim... banheiro.

Ando em círculos, me perguntando por quanto tempo mais. Por quanto tempo ele vai me manter aqui, por quanto tempo ele ficará com raiva de mim, por quanto tempo posso segurar o xixi.

Jessica abre a porta, me olha e dá um sorriso debochado.

— Sua mãe ligou. Quer falar com ela?

Marcho no mesmo lugar, olhando para além dela, sentindo a brisa fria do ar-condicionado entrar.

— Eu... posso? — pergunto, minha voz rouca pelo choro.

— Não sei. Você pediu a ele?

— Como eu peço a ele?

— Como ele te disse para pedir?

Marcho de novo.

— Jessica, preciso muito ir ao banheiro. Mas Korey disse que não posso sair daqui.

Jessica revira os olhos e sai. Depois volta com um balde de gelo vazio e o coloca no chão.

— Aqui. Divirta-se.

Dezesseis horas.

Faz dezesseis horas que estou aqui. Usando esta roupa. Sem comida nem água. Estou suando. Com fome. Com sede. Tonta. E o balde de gelo usado no canto me dá vontade de vomitar.

Conheci outra versão do Korey noite passada. É a única explicação. Ele deve se transformar em uma pessoa diferente quando bebe, como em O *médico e o monstro*. Ouvi falar de pessoas que se esquecem do que fazem quando bebem. Ele vai acordar e não vai se lembrar do que aconteceu. Ele vai se desculpar tanto, vai implorar pelo meu perdão...

Ou talvez ele tenha razão. Talvez eu não devesse ter falado com Derrick. Namoradas não devem deixar os namorados com ciúmes.

Mas namorados não devem trancar as namoradas como prisioneiras.

Agarro meu celular sem bateria. Não quero ligar para a minha mãe. Não quero ouvir o discurso do "te avisei". Além disso, não posso ficar ligando toda vez que tiver um problema. Ela vai continuar me tratando como criança, e, se eu quiser liberdade, tenho que resolver isso sozinha.

A porta se abre. Korey está na soleira e me olha de cima a baixo. Fico de pé, o coração acelerado. Que versão dele encontrarei hoje?

— Vai se arrumar. Vamos sair.

Quando saio do quarto, corro para o banheiro para esvaziar a bexiga, e então bebo três garrafas de água. Jessica está sentada no sofá, assistindo *Keeping Up with the Kardashians*. Ela não se vira na minha direção. Também me recuso a olhar para ela enquanto levo o balde de gelo até o banheiro.

Depois de tomar banho, me sentindo novinha em folha, olho feio para Melissa, pronta para enfiá-la no vaso e dar a descarga. Mas talvez ela o faça feliz.

— Pronta? — Korey pergunta quando saio do banheiro.

Ele está na porta, sorrindo. O sorriso familiar que conheço. Meus músculos relaxam.

— Aonde vamos?

— Tenho uma surpresa pra você.

Capítulo 37
ONDE TERMINAM OS CONTOS DE FADAS

O pôr do sol de Los Angeles cria um lindo céu rosa e azul-bebê, pontilhado por palmeiras. Estou sentada no banco do passageiro enquanto Korey acelera pela rodovia.

— Para onde estamos indo? — pergunto de novo.

Ele olha pelo retrovisor e suspira.

— Sabe... você pergunta demais. Assim eu sinto que não confia em mim. — Ele me olha, a voz sem emoção. — E aí? Você confia em mim?

Assinto como um cachorrinho fiel.

— Confio! Você sabe que confio!

— Então para de falar. Aproveita a viagem.

Me recosto no assento enquanto o estranho nó no meu estômago retorna, uma mistura de medo, esperança e amor.

Dez minutos mais tarde, passamos por uma placa que me faz perder o ar.

— AI, MEU DEUS! A Disney!

Korey dá um sorrisinho.

— Falei que te traria aqui um dia.

* * *

Korey está usando óculos escuros e casaco de capuz no lugar mais mágico do mundo. Em uma tarde de segunda-feira, com o parque quase vazio, é a hora perfeita para se esconder na Splash Mountain.

Embora eu esteja no lugar mais mágico do mundo, com o homem dos meus sonhos, no meu trabalho dos sonhos, uma pontada de dor dentro de mim anseia pelos Pequenos. Pensei que minha primeira vez na Disney seria com eles.

Mas, mesmo assim, ser jovem em um imenso parque de diversões tem suas vantagens. Korey era ele mesmo outra vez, e afastei as imagens da noite passada da cabeça. Casais brigam e fazem as pazes. Meus pais brigam. Gab e Jay brigavam o tempo todo.

A gente vai até um banco, com a vista perfeita do castelo, segurando algodões-doces gigantes, os arbustos nos escondendo.

— Faz... anos que não venho aqui — diz Korey, um sorriso estonteante no rosto, enlaçando minha cintura com o braço. — Obrigado. Por me lembrar de como é ser criança outra vez.

Há uma tristeza nos olhos dele que logo desaparece. Um ponto vermelho e então outro azul explodem no céu. A Disney é famosa pelo show noturno de fogos de artifício.

Korey agarra a minha mão e me puxa para a margem do lago. Ele envolve meu rosto com as mãos, me encarando, mas só consigo ver meu reflexo em seus óculos.

Ou uma versão de mim, com Melissa na cabeça.

Devagar, ele se inclina, deposita um longo beijo nos meus lábios. Mesmo enquanto acontece, não consigo acreditar que é real.

Foguetes gritam ao nosso redor, mas nada pode se comparar à explosão no meu coração.

Enquanto o parque começa a fechar, entramos em uma loja de presentes. Ainda em uma onda, flutuo até a seção de *A pequena sereia* e pego bonecos da Ariel e do pai dela. Penso no meu pai e sorrio.

Korey escolhe uma pelúcia grande do Linguado.

— É, isto é perfeito — ele murmura, levando a pelúcia para o caixa.

* * *

— Você se divertiu hoje?

— Uhum — concordo com um bocejo, apertando o Linguado no peito. — Foi incrível. Obrigada!

Korey me segue para o meu quarto, e coloco Linguado na mesa. Uma lembrança deste dia perfeito.

— Bem, boa noite — suspiro. — Até...

Korey está tirando o moletom, a corrente, o relógio e os anéis. Ele me olha como se eu fosse de comer. O ar muda, e eu me afasto.

— Korey?

Ele me beija com força, as mãos por toda a parte. Não consigo acompanhar. Eu o empurro, mas ele agarra meu queixo, unhas marcando a pele, e puxa meus lábios para os dele.

Meu corpo congela quando ele me deita na cama.

— Você é tão linda, sabia? — ele sussurra. — Desculpe por eu ter gritado com você, amor. Só não aguento a ideia de alguém roubando o que é meu. Você é tudo o que tenho.

As palavras dele me derretem um pouco.

— Eu sou só sua — digo. — Não vou a lugar nenhum.

Ele beija meu pescoço, mais e mais, o corpo pesado sobre o meu. Minha camisa sumiu. A dele também. O som do zíper dele se abrindo parte a sala em duas. É quando ele agarra meu pulso, conduzindo-o para sua barriga.

— Espera — eu murmuro, puxando a mão para longe.

Korey se senta, mágoa nos olhos.

— O quê? O que foi?

— Eu... hum? Eu só...

Ele suspira, balançando a cabeça.

— Pensei que você se importasse comigo.

Me levanto de uma vez.

— Eu me importo! De verdade!

— Então preciso que você me faça sentir bem — diz ele, puxando minha mão na direção da virilha dele outra vez. — Você não quer que eu fique feliz? Depois da forma como você me magoou noite passada?

O pânico retorna. Estou de novo no quarto de hotel com Creighton. Encurralada. Sozinha. Com medo. Mas... Korey me salvou naquele dia. Então por que não me sinto segura agora? As palavras dele se repetem, ele disse que esperaria. Ele disse: *quando você estiver pronta, eu estarei pronto.*

— Korey, você me ama?

Ele sorri.

— Claro que sim, Bright Eyes. Por que mais eu faria tudo isso? É só para você.

Assinto, a resposta não tão satisfatória quanto eu esperava. Pensei que meu coração fosse explodir e inundar a terra com nosso amor; em vez disso, ele martela nos meus ouvidos. Meus músculos se retesam, se preparando.

— Shhhh... só relaxa — Korey sussurra.

Então eu cedo e deixo ele conduzir minha mão por baixo da calça, para dentro da cueca. Algo pegajoso cai na minha palma.

Ele não beija meus lábios. Só agarra meu seio, com força, arfando, torcendo, e dói.

Dói.

Segurando as lágrimas, encaro o Linguado na cômoda, nos observando. Não quero que ele me veja assim. Então fecho os olhos com força e flutuo para longe, de volta para o mar, para as ondas, para as gaivotas, para a vovó...

Korey deixa escapar um gemido entrecortado por um breve grito, então solta:

— Ah! Essa é a minha garota.

Capítulo 38
DEPOIMENTO DA TESTEMUNHA

AGORA

Depoimento da testemunha: Tim Houlihan, porteiro no edifício The Courtlander.

No dia 20 de maio, comecei meu turno por volta das 18h. A srta. Enchanted Jones chegou por volta das 22h30. Quase não a reconheci, porque ela geralmente usa o cabelo curto, raspado como o de um garoto, e ela estava sempre acompanhada da mãe ou do pai. Mas, naquela noite, ela chegou sozinha. Chamei o sr. Fields para informá-lo da visita. Ele me disse para deixá-la subir. Ele pareceu um pouco surpreso, mas feliz.

Por volta das 23h30, o sr. Jones entrou, exigindo ver a filha. Liguei lá para cima duas vezes, mas ninguém atendeu. Ele chamou a polícia, mas é propriedade privada e ela tem dezoito anos. Ele ficou até 1h30 da manhã, quando a srta. Jessica Owens chegou. Eles conversaram lá fora.

Meu turno terminou por volta das 4h da manhã. A srta. Jones não desceu.

Capítulo 39
CAIXA DE SUCO

ANTES

O Caesar Palace, em Las Vegas, tem uma piscina enorme. A água falsa me chama, implorando para que eu mergulhe lá da cobertura.

Quero nadar. Preciso nadar. Preciso submergir, limpar meus pensamentos. Apagar as memórias.

Mas Korey não quer que eu desfile por aí de maiô.

Eu deveria estar feliz. Korey é como o Edward de *Crepúsculo*, cercando Bella com sua superproteção. Mas não me sinto feliz. Me sinto... cansada. Exausta de ser acordada no meio da noite, de novo e de novo.

Eu me sinto... usada.

— De novo! — Korey berra, ao lado de sua estilista, Leigh.

Passo, passo, passo. Pratico pavonear em saltos de dez centímetros, cada passo vacilante, preocupada que meus tornozelos se partam como gravetos a qualquer momento.

A sala está cheia, com Korey, Leigh, Jessica e Tony. Korey diz que preciso usar mais grifes. Gucci, Balmain, Chanel e Versace. Faz sentido, já que estou no mundo dele agora — eu devo parecer fazer parte.

Só que... todas essas roupas são superapertadas. Elas se agarram a mim como uma segunda pele, beliscando meu corpo.

— Ela está melhorando — diz Leigh, me lançando um sorriso de simpatia.

— Ela tem uma postura horrível — Jessica comenta do canto.

Korey assente.

— É, e precisa perder essa gordura da barriga. E tonificar os braços.

Olho para o espelho enquanto ele belisca minha pele, confundindo com gordura. Tento me comportar o melhor possível. Porque a última coisa que quero é ter que mijar no balde de gelo outra vez. Talvez meus braços não estejam tonificados como antes, depois de semanas sem nadar.

— Bem, pelo menos não temos que nos preocupar em comprar peitos novos para ela — diz Korey. — Os dela são grandes, mas temos que trabalhar a bunda.

— Vou ligar para o dr. Adams quando chegarmos em Miami — diz Jessica. — Ela vai precisar de tempo para recuperação.

— Marque um clareamento dentário também.

Mordo o lábio, me perguntando o que minha mãe vai dizer. Eu não deveria falar com ela primeiro, antes de ir a um médico? Gab me disse que essas cirurgias são perigosas — tem garotas andando por aí com cimento na bunda.

— E compre calcinhas novas. Tô cansado de ver essas de vó — diz Korey, puxando o elástico da minha cintura, me dando um cuecão instantâneo. — Só quero fio-dental!

Leigh o encara, boquiaberta. Ela me observa e lhe dou meu melhor sorriso falso, segurando as lágrimas.

Ainda não fomos para o estúdio. Nem uma palavra sobre um álbum. Zero aulas de canto. Meu caderno de música, enfiado bem fundo na mala, grita por ar.

Tudo o que praticamos é como parecer qualquer pessoa que não seja eu.

Gab, não sei se você vai estar livre, mas vamos fazer um show em Connecticut no sábado. Talvez você e Jay possam ir? Vou deixar ingressos na bilheteria para vocês. Saudade de você. Queria que você falasse comigo.

* * *

— Beba.

As mãos estendidas de Korey seguram um copo com um líquido transparente. Igualzinho à noite em que ele me salvou em Jersey. Exceto que a situação agora é outra.

— Estou bem, obrigada.

— Acha que eu ligo para o que você quer? Eu disse para beber — ele resmunga. — De pé, aqui, parecendo burra. Me envergonhando.

O camarim é apertado, enfumaçado e lotado de rostos desconhecidos, a maioria groupies que não prestam a menor atenção em mim. Quanto mais paradas fazemos na turnê, mais groupies ele coleciona, como suvenires.

— Eu mandei você beber — ele ruge.

Korey está bêbado de novo, e penso em fugir para o meu quarto, onde pelo menos poderia me esconder esta noite. Tony está perto da porta como uma parede. Mesmo que eu tente ir embora, ele provavelmente vai me impedir.

Ele já fez isso antes.

Confiro meu celular várias vezes, esperando que Gab ligue. Que mande mensagem. Mesmo que seja para dizer que não vem. Minha mãe não pôde sair mais cedo do trabalho, e meu pai ficou em casa para cuidar dos Pequenos. Não acho que ele ia querer vir, de qualquer forma.

Dou golinhos até a sala virar uma névoa vertiginosa.

A comida chega. Comida que ele exige. Comida suficiente para alimentar minha família inteira duas vezes, mas que ele nunca nem encosta. Só mordisca alguns biscoitos ou amendoins.

— Você precisa de um bife.

— Eu não como carne.

— Come peixe — devolve ele.

— É... diferente.

— Bem, é disso que você precisa. Não vou fazer todo esse esforço por uma mal-agradecida — ele retruca. — Agora estou te dizendo o que fazer, então é bom fazer, ou vou te mandar de volta pra casa. Come a porra do bife!

Korey empurra o prato na minha direção. O camarim fica em silêncio. Meu pescoço está tenso enquanto pego um pedaço de carne sangrenta com a mão e coloco um pouco na boca, ouvindo a vaca gritar por sua vida.

A festa continua. Eu continuo bebendo, o álcool amenizando a tristeza. O monstro é com quem estou lidando. Ele logo vai se tornar o médico de novo.

— Que nada, Enchanted tem aquela vibe de "caixa de suco" — ele diz.

— Como assim? — alguém pergunta com uma risada.

— Ei, deixa eu te mostrar. Ma, vem aqui!

Uma garota cruza a sala, e eu quase não a reconheço. É Amber. O cabelo dela está bem liso, pintado de preto, longo e sedoso...

Como o da Pocahontas.

— Viu? — diz Korey, exibindo ela como se fosse um modelo de carro. — Olha para a Amber, agora para a Enchanted. Tá vendo a diferença? Uma tem a forma de uma garrafa de Coca-Cola... a outra parece uma caixa de suco.

Korey dá uma gargalhada. Todo mundo dá uma risada nervosa com ele em resposta.

— Caramba, cara, que frieza — o amigo dele responde, rindo.

Amber se vira para mim, dando um sorrisinho. A bile se acumula na minha garganta.

Tropeço, tendo um vislumbre de mim mesma no espelho da penteadeira. Não eu, mas alguém que eu costumava ser. Com as lágrimas se acumulando, eu me sirvo de outro copo de vodca.

— É melhor que esse não seja seu único copo! — Korey me diz de... algum lugar. Não sei. Tudo está borrado.

Dou uma olhada no meu celular uma última vez. Nada. A raiva sobe junto com a bile. Que porcaria de melhor amiga eu tenho. Temos uma briga, e ela me corta como se eu fosse pontas duplas que precisassem ser aparadas. Ela nem tenta ficar feliz por mim. Isto é tudo o que eu sempre quis. Ela sequer sabe o que quer da vida além do Jay?

Vou em direção à porta.

— Tony, alguém apareceu... procurando por mim?

— Não.

Minhas pernas falham.

— Você precisa se sentar — diz ele.

Eu obedeço, me jogando no sofá, deixando meus olhos fecharem com um último pensamento — a minha amizade com Gab acabou.

Capítulo 40
CONFLITO

Minha garganta está uma lixa. Ressaca e um ônibus em movimento não combinam. Mas o show precisa continuar. Só que, esta noite, minha apresentação foi parada. Falsa. Forçada. A voz falhando no final do solo.

Korey notou. E não ficou feliz com isso.

— Que porra foi essa? — ele grita. — Isto aqui não é karaokê!

— Eu sei. Sinto muito — eu choramingo.

— Você me fez parecer um idiota! Caramba, você não consegue fazer nada certo?

— Só estou c-cansada — gaguejo. — Preciso dormir... sozinha.

Ouço uma batida na porta. Antes que Korey possa atender, Jessica entra no camarim, nos encarando.

— Temos um problema — anuncia ela.

— É, eu sei — rosna ele. — Tem alguém aqui que precisa se controlar!

— Não é isso. Bem, não exatamente. São os pais dela. Eles estão ligando. Querem marcar uma visita.

— Bem, diz pra eles que ela está ocupada — diz ele, gesticulando para o palco. — Não estamos de férias. Estamos trabalhando!

— Eu sei, mas não posso segurá-los para sempre.

Korey me olha com raiva.

— Quando é que você faz dezoito anos mesmo?

Engulo em seco.

— Daqui a dois meses.

Ele bufa.

— Ótimo! Aí finalmente a gente vai poder se livrar deles, porra. — Ele se joga no sofá, pegando uma bebida. — Sabe, eles estão na minha cola desde que você entrou na minha vida.

Pisco, confusa.

— Mas... eles sempre foram tão gentis com você.

Korey dá um sorrisinho, balançando a cabeça.

— Caramba, eu me esqueço de que você não sabe nada de nada. Eles praticamente *imploraram* para eu te levar. Uma boca a menos para alimentar.

Isso não é verdade!, quero gritar. Mas o medo e o choque trancam meus lábios.

— Estão tentando te controlar agora porque sabem que você é a chave deles para longe daquela vida de merda.

Com as mãos tremendo, de olhos semicerrados, por um momento a antiga eu sai do escuro.

— Não fala assim dos meus pais — rosno.

Korey ergue a sobrancelha, como se estivesse impressionado.

— Ah, você não acredita? Pergunta pra Jessica, ela vai te contar. Posso mostrar as mensagens que eles mandaram. Pedindo dinheiro, perguntando quanto eu devo. Cara, eles estão desesperados. Pais são assim. Só querem usar os filhos para encher os bolsos. Né, Jessica?

Os olhos dela se arregalam por meio segundo, e pela primeira vez, por trás de sua atitude fria, vejo uma pessoa real, não um bloco de gelo. Uma mulher de verdade, com emoções. Na verdade, não uma mulher.

Uma garota.

Talvez seja a forma como ela age, sempre com a postura perfeita e tão certinha, mas agora não consigo desver o fato de que Jessica é bem jovem.

— Além disso, estou pagando as contas deles — Korey prossegue. — Como é que você acha que sua irmãzinha continua naquela escola cara pra caralho?

Meu rosto fica dormente.

— Do que você está falando?

Ele grunhe, esfregando o rosto.

— Só... só tira ela daqui — ele diz, com um gesto de descaso. — Estou cansado de me explicar.

No carro, ouso fazer a pergunta.

— Jessica, quantos anos você tem?

Tony, atrás do volante, olha para a gente pelo retrovisor, e ela me lança um olhar de perfurar a alma.

— Não é da sua conta.

Capítulo 41
RECUSAR

Ei, como está a escola?

> Blz. Tá todo mundo falando de vc. Vc é tipo uma celebridade. O que faz de mim uma celebridade também!

E os Pequenos?

> Estão bem tb. Falou com a mamãe? Vc não está ligando para ela como deveria. Ouvi ela tentando falar com vc pelo Korey.

Eu releio a mensagem de Shea várias vezes, desejando que as palavras mudem.

Korey não estava mentindo. Minha mãe estava mesmo trocando mensagens com ele.

Do lado de fora da minha janela, na cobertura do hotel, vejo o Washington Monument, alto, a neve cobrindo a grama do National Mall. Encaro os fatos nus e crus.

Shea ainda está na escola porque Korey está pagando.

Os Pequenos ainda têm um teto sobre a cabeça... porque Korey está pagando.

Antes, eu costumava ser a babá de casa, então não tinha vida. Agora, estou sendo usada de novo. Desta vez, por dinheiro. Não sei o que é pior.

Korey entra, carregando o Linguado.

— Você... deixou isto em Connecticut — diz ele, colocando a pelúcia na penteadeira.

— Desculpe — murmuro, olhando pela janela.

— Que nada, eu que peço desculpas — diz ele, se colocando de joelhos diante de mim. — Foi mal ter falado com você daquele jeito. Eu só... fico nervoso quando penso em alguém tirando vantagem de você. Você é tão doce e linda, e eu preciso proteger quem eu amo.

Korey segura a minha mão, olhando para mim com expectativa, e minha garganta fecha. Como alguém pode estar com tanta raiva em um momento e me amar tanto no seguinte?

— Está tudo bem — eu cedo. — Sei que é porque você me ama.

— Eu amo — diz ele, segurando meu rosto. — Eu faria qualquer coisa pela minha Bright Eyes. Quero olhar para os seus olhos pelo resto da minha vida.

Korey me encara, e lá está ele. Meu Korey. Doce, carinhoso, mais protetor que nunca.

— Quando você fizer dezoito anos, vou me casar com você.

Meu coração bate forte. O sorriso crescendo no meu rosto alcança minhas orelhas.

— Sério?

Ele sorri, acanhado e tímido.

— É. Eu sei que tenho que te surpreender com um anel e tal. Mas a gente já sabe a real. Além disso, nada de segredos, certo?

Assinto avidamente.

— Certo! Nada de segredos.

— Mas a gente tem que fazer um casamento bem grande. Nada de Las Vegas com Elvis fazendo a cerimônia.

— Está bem.

Eu dou risada, colocando os braços ao redor do pescoço dele.

Ele mexe o pulso, mostrando o relógio de ouro.

— Está vendo isto? É um Richard Mille customizado, só tem um assim no mundo. Está vendo os diamantes no meio? Eram do anel de casamento da minha avó. Vou mandar abrir essa parada e colocar eles todos no seu anel.

— Sério? Você faria isso... por mim?

— Eu faria qualquer coisa por você! Meu bem mais precioso no meu bem mais precioso.

O relógio é diferente das outras joias dele. Sério e discreto. Eu nunca vi Korey sem ele.

— Mas, antes de tudo, temos que ir para a minha casa em Atlanta e gravar aquele álbum. Você vai amar. Vai viver que nem uma princesa de verdade. Mais que isso, que nem uma rainha! Vai ter o que quiser. Até seu próprio quarto. Nada de dividir tudo com seu irmão e irmãs. Talvez até aquele carro que você queria.

Meu celular toca e eu olho para ele.

Minha mãe.

Aperto recusar e continuo a ouvir os planos de vida que Korey faz para nós.

Capítulo 42
GRUPO DE MENSAGENS: ACORDO

Grupo de conversas do W&W (sem as irmãs Jones)

Sean: **Vocês viram aquela merda no noticiário?**

Malika: **Eu viiii! Não disse? Korey Fields é um pedófilo.**

Aisha: **Garota, calma. Tá? Só disseram que ele fez um acordo com uma garota lá. Ele não foi condenado.**

Malika: **A moça disse que ela tinha catorze e Korey vinte e três.**

Sean: **Mas é a palavra dela contra a dele.**

Malika: **A palavra dela não é suficiente?**

Sean: **Ela tem alguma prova? Você sabe que garotas mentem pra tentar incriminar os manos.**

Creighton: **E não é como se ela não soubesse o que estava fazendo. Na época, o disco do cara era platina triplo e ele estava fazendo uma turnê mundial. Meu pai disse que ela provavelmente nem parecia ter catorze anos.**

Malika: **Então TODA garota que faz uma denúncia dessas está querendo passar a perna em um cara? Que palhaçada. E mesmo que ela tenha feito isso, ELE deveria saber o que estava fazendo. Não parecer ter a idade que ela tinha não faz diferença. Seu pai tá falando merda.**

Sean: Mas ela aceitou o dinheiro do acordo.

Malika: Essa grana foi só pra calar a boca dela. Aposto que a mesma coisa está acontecendo com a Enchanted agorinha.

Sean: Credo, cara. Não quero essa imagem na minha cabeça. Ela é tipo nossa irmã!

Malika: Você viu os vídeos dos dois? Cantando praticamente na boca um do outro no palco. Korey dançando em cima dela também.

Creighton: É só o show, é tudo falso. Relaxa.

Malika: Que nada, é tipo se fosse sua tia rebolando no seu colo.

Creighton: RELAXA! Eu não quero nem imaginar uma coisa dessas.

Aisha: Alguém teve notícias dela?

Sean: Não.

Creighton: N.

Malika: Tb não.

Aisha: A irmã dela também não. E ela não está atendendo as ligações dos pais.

Capítulo 43
CANDY

Candy Cole. Esse é o nome dela. De vez em quando, se apresenta como CC.

Só vi fragmentos de informações no noticiário, mas pouca coisa, já que Jessica mantém a TV desligada, e eu não ouso pesquisar nada no Google porque Korey fica de olho no meu celular. Ele até mudou a senha.

Mas, pelo que entendi, CC, a aspirante à cantora de vinte anos, é a maior mentirosa. Tem que ser. Porque o que ela está alegando sobre Korey, sobre o que ele fez com ela, não é possível.

Korey jamais bateria em uma mulher. Ele nunca a trancaria em um quarto ou a forçaria a fazer sexo com ele no estúdio. Korey é um cavalheiro. Ele abre portas, compra flores para mim antes dos shows, me manda as palavras e canções mais doces...

Então penso no monstro, no balde de gelo, no Linguado... e fico arrepiada.

— O promoter não está cedendo — Jessica sussurra para Korey depois de terminar a ligação, a voz suave e ao mesmo tempo direta. — Eles decidiram cancelar o show. Acham que seria muito... arriscado para a marca.

Korey encara o mar da nossa suíte no Fontainebleu, em Miami. Umedeço os lábios, inspirando a maresia familiar. Nunca estive na Flórida, mas ouvi falar de suas areias brancas e do oceano translúcido. Korey me olha, a expressão se suavizando. Por um momento, penso ver aquela mesma avidez, de correr e mergulhar nas águas azuis, e uma faísca de esperança se acende em mim. Mas então ele desvia os olhos de mim, digitando no celular.

— Desde que eu receba meu cheque, não tô nem aí — diz ele, sem convencer ninguém.

Do outro lado do quarto, Richie e sua equipe de filmagem esperam. Eles estão nos acompanhando na última parte da turnê. Fazendo entrevistas quando dá. Mas hoje estão quietos, passando despercebidos, se fazendo de surdos.

Richie pigarreia e se junta a nós na sala.

— Ei, cara, não liga pra isso, mano — Richie diz com uma risada. — Você sabe como essas piranhas são. Elas gostam de fazer fofoca pra chamar atenção.

— É — concorda outro amigo de Korey. — Que conveniente ela aparecer com essa história agora, bem quando anunciaram o acordo. Ela só tá de olho na grana!

Jessica mantém o rosto sem expressão. Acho que o resto da equipe dele não sabe que a Nike cancelou o contrato hoje de manhã.

Korey se afunda no assento, as mãos cruzadas na barriga. Eu nunca o vi tão derrotado. É o terceiro show cancelado esta semana. Depois que as notícias do caso saíram, fãs exigiram reembolso.

Richie tenta injetar otimismo no quarto.

— Não deixa isso te afetar, não, mano. Você sabe que toda essa merda de "Me Too" é só uma fase. Você vai dar a volta por cima. Você sempre faz isso! Ei, sabe o que a gente devia fazer? Te colocar no *Love and Hip Hop*! Meu camarada é produtor executivo do programa. Funcionaria bem com o lançamento do documentário.

Korey franze a boca com um rosnado.

— Cara, esse programa é pra gente ultrapassada! Subcelebridades de merda. É isso que você acha que eu sou?

Chocado, Richie tenta consertar a gafe.

— Calma, playboy. Tô te zoando. Relaxa.

A porta da suíte abre, e Derrick entra com duas bandejas do Starbucks.

— E aí, gente! Chegou o café! Aqui, pai — diz Derrick, passando um café gelado para Richie. Ele me vê no canto da mesa e acena. — Fala, Enchanted!

— Oi — respondo baixinho, mantendo meu olhar no chão.

Korey ergue a sobrancelha, olhando de mim para Derrick.

— Vocês se conhecem?

— Aham! A gente se conheceu na sua festa em LA — responde ele, e quase dá pra ouvir o *dã* implícito no final da frase.

Richie esfrega os joelhos, abrindo um sorriso duro.

— Tá, filho, vamos deixar esses caras em paz. Dá uma mãozinha pra equipe arrumar o equipamento.

— Beleza. Até mais, Enchanted!

Quando todos vão embora, Korey me encara.

— Vai pro seu quarto — ele grunhe baixinho.

Atravesso a suíte até a porta. A voz de Jessica ultrapassa a madeira fina no lado oposto.

— Talvez seja melhor a gente mandar Enchanted para casa.

— Por quê?

— Bem, porque ela é... Só pense em como a situação vai parecer. Ter... outra cantora jovem por perto enquanto você passa por isso pode não ser uma boa ideia.

— Ei, por que você sempre tenta se livrar dela? Está com ciúmes?

— Não! Mas pense no que o advogado disse. Pense na narrativa. Além disso, estou preocupada com você. Enchanted... Ela tem dificuldade em seguir regras.

— Ela não vai a lugar nenhum. Ela vai ficar aqui. Comigo.

A umidade densa de Miami é uma coleira de suor ao redor do meu pescoço, me impedindo de fazer o que mais quero. Pular, voar, deslizar... para dentro do oceano. A ânsia é uma dor física, como segurar um espirro.

Fico sentada na varanda, e não consigo me lembrar da última vez em que estive tão perto do oceano.

Ou talvez eu consiga. Talvez tenha sido naquela vez na orla, pouco antes de me sentar no banco de trás da caminhonete do meu pai enquanto íamos embora da casa da vovó. Me agarro à memória como se fosse uma corda de segurança, a última gota de esperança de que minha mãe mudaria de ideia sobre se mudar. De que talvez eles percebessem que não deveríamos morar na sombra de uma floresta úmida. Que deveríamos morar perto do mar, ao sol.

— Você não vai — vovó dissera de sua poltrona reclinável, balançando a cabeça mesmo enquanto as últimas caixas eram levadas embora.

— Vou, mãe — retrucara minha mãe.

— Se você levar as crianças, vai se arrepender! Pode contar com isso!

As vozes delas batiam como conchas, e minha mãe jurou nunca mais voltar. Você pode tentar controlar o mar, mas no fim das contas, ele fará o que quiser. E minha mãe estava cansada da irracionalidade teimosa da vovó.

Então aqui estou, sentada perto da praia, torcendo para que a alegação de uma garota seja mentira.

A porta de correr se abre atrás de mim e sinto o perfume dele. Ele se senta ao meu lado, com a garrafa na mão, e não consigo mais segurar a pergunta.

— Você trabalhou mesmo com ela?

Ele revira os olhos.

— Sim.

— Por que não me contou? Por que todos esses segredos? A gente não combinou de não ter segredos?

Ele suspira.

— Não queria te contar porque não queria que você ficasse se sentindo culpada.

— Hã? Por que eu me sentiria culpada?

— Ela... está com ciúmes. Ela viu a gente nos shows, sabe que estamos nos preparando para gravar um álbum... Ela não era talentosa como você. Eu não consegui fazer tanta coisa por ela. É por isso que ela está com ciúmes. De você, do que a gente tem. Então ela está me sacaneando para sacanear você.

Isso tudo é minha culpa? Não faz o menor sentido.

— Vocês dois estavam... juntos? Que nem a gente?

— Não! Não, claro que não. Nós somos... diferentes.

Ele deve ver o ceticismo no meu rosto.

— Você não acredita em mim, né?

Eu quero. Meu coração deseja acreditar... mas então penso no balde de gelo e minhas emoções solidificam. Eu queria poder afastar esses pensamentos.

— Eu sei que... cometi alguns erros. Mas o amor não é um conto de fadas, não é como um filme da Disney. Amor... amor DE VERDADE... é complicado. Difícil. Dói em alguns dias. E em outros, não.

A expressão dele se contorce, e Korey começa a chorar, caindo de joelhos e soluçando.

— Não sei por que as pessoas estão me perseguindo! Depois de tudo que fiz! Sou um cara legal! Cuido dos meus fãs, faço caridade... O que mais querem de mim?

Nunca vi um homem chorar. Nunca vi alguém tão derrotado. É um quebra-cabeças estranho e desequilibrado. Seguro os braços da cadeira, olhando para o oceano só para me ancorar.

— Se me prenderem... Não posso ir para a prisão. Vai me matar. Só me mata. Eu vou me matar!

Korey me agarra, secando o rosto molhado na minha barriga.

— Você é tudo o que eu tenho, Bright Eyes. Somos só nós dois. Eu juro, vamos gravar seu álbum e aí, talvez... talvez a gente possa ir pra algum lugar. Morar na praia. Assistir filmes da Disney, comer pipoca, fazer música. É tudo o que eu quero. Tá? Pode ser?

Assinto.

— Aham.

— Mas você precisa prometer que jamais vai me deixar, Enchanted. Me promete que seremos só nós dois. Você me protege e eu te protejo. Juntos, para sempre.

Ele me abraça, agarrando minhas costas, o corpo tremendo. Uma onda nova de amor toma conta do meu coração. Ninguém jamais precisou de mim assim. Talvez os Pequenos, mas isto parece muito mais... desesperado.

Olho para o oceano, que um dia chamei de lar, tão perto e mesmo assim tão distante, e depois de volta para Korey. Meu novo lar.

— Prometo.

Capítulo 44
ADULTA

Mensagem de voz nº 1: Enchanted? É a mamãe. Me liga.

Mensagem de voz nº 2: Enchanted? É a sua mãe. De novo. Estou tentando falar com você já faz três dias e só sei que você está viva por causa do Instagram. Me liga de volta.

Mensagem de voz nº 3: Enchanted? É a mamãe. O que está acontecendo?

Mensagem de voz nº 8: Enchanted, aqui é a sua mãe. Esta é a minha oitava mensagem e você não me retornou nem uma vez! Me liga. Tô falando sério.

Mensagem de voz nº 10: Enchanted, o que está acontecendo com você? Eu te vejo na TV se apresentando, mas essa é a única forma que eu sei que você está viva. Olha, é melhor você me ligar! Seu pai e eu estamos cansados disso tudo, e não conseguimos falar com a Jessica. Me ligue HOJE!

Mensagem de voz nº 13: Ah, então você acha que é ADULTA agora? Acha que eu não te vejo pulando no palco com aquelas roupinhas e peruca baratas. Enchanted, estou cansada dos seus joguinhos. É bom você me ligar de volta!

Mensagem de voz nº 17: Enchanted, filhinha… Não sei o que está acontecendo. Não ligo. Só quero que você venha para casa. Estamos preocupados de verdade agora. Faz três semanas que não ouvimos sua voz. Você precisa vir para casa agora, está bem?

Mensagem de voz nº 21: Enchanted, é o papai. Me ligue.

Mensagem de voz nº 28: Enchanted, é o papai. Pode descer, filha. Está tudo bem. Está tudo bem. Ninguém vai te machucar, eu prometo.

Mensagem de voz nº 29: Enchanted! Seu pai está lá embaixo. POR FAVOR, Enchanted. Por favor, desce, fala com ele. Por favor.

Mensagem de voz nº 30: Enchanted, o que está acontecendo aí? Por favor, estão machucando ele. Atenda o telefone. Para com isso!

Mensagem de voz nº 42: Enchanted, é a mamãe. Por favor, filha. Por favor, fala comigo. Por que você não fala comigo?

A caixa de mensagens está quase cheia.

Capítulo 45
CONEXÃO

No Instagram da Parkwood, vejo os meus amigos. Uma foto de Hannah e Mackenzie na última competição de natação, sorrindo em seus maiôs encharcados. Fotos do jogo de basquete contra o colégio rival. Tem uma foto de Shea, com o grupo de amigos dela, entregando flores na escola durante a comemoração do Dia dos Namorados. O conselho dos estudantes do fundamental posta uma mensagem, lembrando as pessoas de comprarem os ingressos do baile de formatura e pagar as mensalidades.

Eu queria que tivesse uma foto de Gab em algum lugar. Em qualquer lugar. Estou começando a me esquecer de como ela é.

Na página do Will & Willow, Creighton posta fotos da viagem do Dia do Presidente para o Museu Afro-Americano do Smithsonian, em Washington, um vídeo deles cantando na viagem de ônibus e fotos deles comendo cupcakes red-velvet, meus favoritos.

Todo mundo está saindo, vivendo uma vida. Dois meses se passaram, e parece que o mundo inteiro seguiu em frente... sem mim.

— Por que você tá vidrada no Insta desse cara?

As luzes do aeroporto lançam sombras no rosto de Korey. A voz dele é dura, cortante. Olho para o meu celular, percebendo que cliquei no perfil de Creighton, em um post sobre a viagem de férias do Group Five, para visitar faculdades historicamente negras da Costa Leste, com direito até a hospedagem no campus.

Tudo soa divertido. Divertido de verdade. Mal me lembro de como é.

— Não estou. É só... hum, a página do Will & Willow.

Não consigo decifrar a expressão de Korey. Ele arranca o celular das minhas mãos, enfiando-o no bolso.

— Você não precisa mais disso. Estamos indo para casa.

Capítulo 46
REDOMA DE VIDRO

A casa é uma redoma de vidro cor de pudim de baunilha em um subúrbio de Atlanta. Tudo é cor de creme, branco e pedra. Cortinas creme, sofá creme, carpete creme e mesa de jantar creme. O único ponto de cor é o corrimão de ferro preto subindo a escadaria larga.

— Bem-vinda ao lar — diz Korey, abrindo bem os braços sob o gigante lustre de cristal pendurado no teto impossivelmente alto da entrada.

Nada neste lugar grita lar. Grita museu ou mausoléu, com um cheiro avassalador de alvejante. Faz meu nariz arder assim que entro ali.

— Tire os sapatos — ele ordena, pegando uma garrafa dourada de champanhe.

Coloco a mochila no chão, desfazendo o laço dos tênis enquanto absorvo os arredores.

Nenhuma foto. Nenhum objeto pessoal. Nada que indique que este lugar pertence a uma pessoa em específico. Poderia quase ser uma casa modelo daqueles comerciais de imóveis.

De repente, sinto falta dos cheiros e dos cômodos apertados da minha casa. Sálvia queimando, alecrim na panela e a loção pós-barba do meu pai. Até sinto falta de dividir o quarto com Shea. Mas não posso voltar. Meus pais provavelmente nem me deixariam passar pela porta. O único lugar para mim é com Korey. Além disso, ele me ama. E precisa de mim.

O amor é complicado.

— Vamos ficar aqui por quanto tempo? — pergunto, notando uma minúscula câmera de segurança no teto.

— Vamos gravar o álbum aqui — diz ele, pegando algo que parece um monitor de babá eletrônica. — Então vamos ficar o tempo que for preciso.

Uau. Isso está mesmo acontecendo. Vamos gravar o meu álbum. As palavras no meu caderno ganharão vida. Tudo o que eu sempre quis.

Eu o abraço com força. Surpreso e alarmado pelo gesto, ele tenta se afastar.

— Obrigada — sussurro, beijando a bochecha dele.

Devagar, ele derrete, acariciando minhas costas.

— Qualquer coisa para a minha Bright Eyes.

Sobre o ombro dele, tenho uma visão clara do monitor na mão dele, uma grade de imagens de vídeo em preto e branco. Ele tem uma câmera praticamente em todos os cantos da casa.

Korey me solta, parecendo confuso, e então sorri antes de apertar um botão. Uma música começa a tocar em volume estridente.

— JESSICA! — ele grita.

Jessica? Ela está aqui?

Ela aparece no patamar da escada, usando um conjunto de moletom preto largo, o rosto sem emoção.

Korey gesticula para mim.

— Mostre a casa para ela.

Vou até Jessica carregando a minha mochila. Ela me olha de cima a baixo antes de seguir pelo corredor.

— Korey espera que este lugar permaneça imaculado. Nada de marcas de terra ou pó, e sapatos dentro de casa são estritamente proibidos. Não coma até que ele te diga que possa. Só beba o que ele mandar você beber. Não fale com outros convidados, especialmente os homens... mas tenho certeza de que você já aprendeu essa lição.

— Que outros convidados?

— Isso não é da sua conta — diz ela, curta e grossa com sempre.

Subimos outro lance de escadas que abre em um longo corredor. À esquerda, há portas duplas douradas.

— Aqui é o quarto de Korey.

Jessica vai na direção oposta, abrindo a última porta à direita.

— Não saia daqui até ele mandar.

Meu quarto é o que se pode chamar de um quadrado perfeito. Piso de madeira fosco, uma mesinha, uma cama queen-size com lençóis brancos e um armário com alguns conjuntos de moletom, iguais ao de Jessica, pendurados em cabides. A TV de tela plana na parede parece menor pela vasta simplicidade. Não combina com a opulência do resto da casa. Sem câmeras... ou pelo menos nenhuma que eu possa ver.

— Nada de usar saias ou vestidos aqui, caso alguns dos amigos do Korey apareçam. E eles vão aparecer, então fique no quarto.

A janela dá para um quintal imaculado, com cercas vivas bem aparadas que parecem parte de um grande labirinto circundando uma piscina gigante. Uma pequena dose de alívio toma conta do meu coração. Eu moro aqui. Eu moro em uma casa com piscina. Tenho minha própria piscina.

Quando me afasto, minhas pernas roçam em algo metálico. Algo que não vi, um pouco escondido pela cortina cor creme beijando o chão. Quase parece deslocado do resto da decoração. Tiro as cortinas da frente e perco o fôlego.

Um balde de metal.

Meu coração para e recomeça a bater a tempo de eu me virar e ver Jessica fechar a porta, trancando-a pelo lado de fora.

Tem uma cena da *Cinderela* que sempre volta à minha mente.

É bem no final do filme, quando ela descobre que o príncipe está procurando a garota misteriosa que perdeu o sapatinho de cristal. Cinderela flutua escada acima, sem notar que a madrasta malvada percebeu tudo. Ela segue Cinderela até o quarto e a tranca lá dentro para que ela não possa experimentar o sapatinho trazido pelo príncipe.

Talvez Jessica seja assim, que nem a madrasta, tentando me manter longe de Korey. Não é possível que todas essas regras sejam ideia dele.

Korey entra com dois copos de isopor e o Linguado debaixo do braço.

— Aqui, bebe isso.

O gosto é familiar. Doce, como Jolly Rancher. Gasoso, como Sprite. Mas é outra coisa. Tem um leve gosto amargo de remédio.

— O que é isso?

— Uma coisa para te ajudar a relaxar. Aqui, eu também vou tomar.

Ele coloca o Linguado na mesa, virado para a cama. Não encostei muito no Linguado; ele me lembra demais de ir à Disney, e eu prefiro esquecer aquele dia. Mas, de alguma forma estranha, vê-lo me traz o conforto de dias mais leves, quando eu era uma sereia que cantava e brincava com os peixinhos. Me pergunto como os Pequenos estão sem mim.

— Enchanted... um nome bonito pra caralho — diz Korey com um sorrisinho, as palavras se arrastando. Ele se joga na cama ao meu lado. — Qual é a história por trás desse seu lindo nome?

Meu coração suaviza e sinto a guarda abaixar. Faz tanto tempo desde que éramos só nós dois, e ele feliz, que quase esqueci de como estar perto dele era como voar.

— Minha mãe disse que eu nasci com os olhos de tirar o fôlego — digo, dando um golinho.

— Só isso? — ele ri. — Todas as mães dizem merdas assim.

Sem pensar, devolvo:

— Foi o que a sua mãe disse?

— Não, ela... — A voz dele falha, os olhos encarando o nada. — Ela... hum, eu duvido que ela tenha visto alguma coisa boa em mim.

Korey se senta, pegando o controle remoto da mesinha e colocando na Netflix. Em um instante, me sinto culpada por mencionar a mãe dele, mas também me sinto solta e leve. Korey acaricia meu joelho, os braços como um polvo, o quarto girando.

Olho dentro do copo depois de uma piscada longa. O líquido é roxo.

Que fofo, penso antes de cair na cama. Ele sabe que roxo é minha cor favorita.

Capítulo 47
ÁGUA-VIVA

Uma vez, fui queimada por uma água-viva.

Foi em Far Rockaway. Quando estava mergulhando perto do banco de rochas, percebi uma sacola plástica flutuando por perto. Ou... foi o que pensei. As pessoas estavam sempre jogando lixo no mar. Mas, quando me aproximei, a sacola ganhou vida, tentáculos disparando, e um incêndio de proporções épicas se espalhou pelo meu braço. Emergi com um grito. Meu pai se apressou e me carregou para a praia. Minha mãe apagou o fogo com água salgada. Os salva-vidas me trouxeram um kit de primeiros socorros. Estrelas cadentes cobriam o céu azul-claro enquanto a queimação intensa prosseguia.

Na casa da vovó, enquanto ela cobria minha ferida com vinagre, pesquisei alguns fatos sobre águas-vivas:

Águas-vivas não têm cérebro.
— Não, eu nunca disse nada sobre gravar um álbum. Você tá inventando coisas. Ah, e aí, agora você não confia em mim? Vai pro seu quarto!

Águas-vivas não têm coração.
— Do que você está falando? Claro que eu te amo. Por que você fica me perguntando essa merda?

Águas-vivas não têm olhos.

— Você não tá vendo? Aquela sujeira ali? É melhor você limpar essa merda. Tô falando sério, limpa essa merda.

Águas-vivas não têm espinha.

— Nadar? Tô com cara de quem quer nadar, porra? Não, não. A piscina é só para impressionar. Ninguém vai entrar nela.

Águas-vivas não queimam humanos de propósito, só quando provocadas ou tocadas.

— Por que você me deixa com tanta raiva? Por que você não faz o que eu digo? Você quer ir para casa? É isso que você quer? Vou te mandar de volta pra casa, juro.

De noite, bebo minha bebida roxa, me perguntando se meu pai virá me salvar de novo.

Capítulo 48
JOGADOR UM, PRONTO?

Korey é viciado em videogames.

— Rá, rá, rá! Peguei eles!

Mais que tudo, ele ama *GTA: San Andreas*.

Gosta que eu assista enquanto ele joga. Então é o que faço. Fico sentada no sofá branco ao lado dele por horas, tamborilando uma caneta no meu caderno de música, esperando que ele entenda a indireta. Que deveríamos estar trabalhando, não jogando videogames.

— Um EP tem quantas músicas? — pergunto.

Korey dá de ombros, ainda concentrado na tela.

— Tipo, quatro, talvez cinco. Você não devia se preocupar com... Ah, espera! ESPERA!

Faz semanas e só gravamos uma música. Nesse ritmo, levaremos meses. Só precisamos de mais três. Inspiro o pensamento, folheando as páginas tortas do meu caderno. E, quando eu tiver as músicas, ele não vai poder tirá-las de mim.

— É! Peguei aquela piranha!

Acho que ele passou de nível ou algo assim. A cena na tela muda, um homem com um black power em um quarto bagunçado e úmido com uma garota meio pelada. Ela faz um boquete nele. Então eles estão na cama, transando, tudo controlado por Korey, enquanto o cara de black power narra:

— *Nunca entendi a expressão sexo casual...*

Creighton também gostava desse jogo. Agora vejo por quê. Não entendo por que a garota está nua enquanto o cara está totalmente vestido. É meio estranho. Meio nojento. Mas Korey vai devagar, pressionando o botão, seguindo instruções:

Pressione PARA CIMA e PARA BAIXO no ritmo.
Controle 3 Mudar a câmera.
Controle 1 Mudar a posição.
Controle 4 Sair.

— Sabe, na primeira vez que transei — diz ele, sem tirar o olhar da tela —, eu tinha catorze anos.

Disparo um olhar para ele.

— Uma... gostosona. Ela me ensinou uma coisa ou outra. Rá, Richie estava lá!

A garota no videogame geme.

— Tipo, no quarto com você?

— Não. Mas estava por perto. Em algum lugar. Foi logo depois que eu assinei com a RCA. Na festa do Grammy. A gata me levou para o armário ou coisa assim. Nem vou mentir, eu tava TENSO. Nunca tinha transado.

A cena de sexo é terrivelmente longa.

— *... Vamos, garota. Não sou inseguro, só diz que eu sou ótimo.*

— Você era... muito novo.

Ele dá de ombros.

— Que nada, eu já era homem. Minha avó tinha morrido, eu tava sozinho e tive que crescer rápido, sabe?

— *... Vamos, garota. Não sou inseguro, só diz que eu sou ótimo.*

Catorze anos — essa é a idade de Shea, uma voz dentro de mim grita. Pobre Korey, ele nem se dá conta de que tiraram vantagem dele, nem do quanto foi machucado. Talvez seja por isso que ele tem um lado tão sombrio.

Julgando pelo meu silêncio, Korey logo adiciona:

— Mas, tipo, eu não cresci que nem você, Bright Eyes. Todo mundo tem... algum lance.

Eu me aproximo, presto mais atenção no jogo, amando-o um pouquinho mais.

E, se eu amá-lo o suficiente, talvez, apenas talvez, possa manter o lado sombrio dele longe.

Capítulo 49
FICHA DO CASO

AGORA

RESUMO DO RELATÓRIO DA AUTÓPSIA
Hora da morte: Temperatura corporal, rigidez cadavérica e conteúdos do estômago estimam a hora da morte entre 22h30 e 23h45.
Causa imediata da morte: Múltiplos ferimentos de faca no peito e abdômen.
Forma da morte: Homicídio.
Observações: Na cena da morte, havia uma grande poça de sangue no quarto, com poças e marcas secundárias saindo da sala de estar até o quarto, e respingos de sangue nas paredes e na porta. Ferimentos de defesa nas mãos, punho e braços.

EXCERTO DAS ANOTAÇÕES INICIAIS DO DETETIVE
Pegada parcial encontrada no quarto perto da cena da morte. Impressão coletada dos respingos de sangue. Pegada similar no carpete da sala de estar. Conclusões iniciais estimam que a pegada pertence a um homem,

tamanho 42-43, pé esquerdo. Não combina com nenhum dos
sapatos nem com o tamanho do pé da vítima. Enviado
para análise de calçado específico.

Possível terceiro indivíduo não identificado estava no
apartamento na hora da morte.

Capítulo 50
CONFERÊNCIA DE INTEGRIDADE

ANTES

— Enchanted, você pode vir aqui, por favor?

A expressão "por favor" é incomum nesta casa. Então, quando ouço Korey dizê-la, saio correndo do meu quarto e congelo no primeiro degrau da escada.

Na porta da frente estão Tony, outro guarda-costas, Richie, Korey e dois policiais. Desço a escada com pressa para me juntar a eles.

Os agentes, um homem branco e uma mulher negra, não passam da soleira, mas a presença dos dois é imponente, tomando a casa inteira.

— Sim? — digo, enrolando uma mecha de Melissa no dedinho.

— Você é a Enchanted Jones? — pergunta a mulher.

— Hum, sou.

— Precisamos conversar com você em particular.

Viro para Korey, sem saber se tenho permissão para falar. Ele assente de leve.

— Sobre o quê? — pergunto, a voz trêmula.

Korey intervém, a voz leve e agradável.

— Como vocês podem ver, ela não está acorrentada em um porão. Ela tem liberdade de andar como quiser pela casa.

Algo no comportamento dele me faz pensar que ele já passou por isso antes.

— *Pfff!* Vocês acham que um cara que nem o Korey Fields precisa trancar uma piranha pra ela ficar aqui? — diz o guarda-costas. — As piranhas fazem fila no quarteirão!

A mulher o observa de cima a baixo.

— Podemos usar a sala de estar para as perguntas?

Korey abre um sorriso doce e falso.

— Sim, senhora, é claro. Aliás, ela tem dezessete anos. Idade de consentimento em Atlanta, acho.

A policial ergue uma sobrancelha.

— Sim, obrigada por ressaltar que está ciente das leis da Georgia tão bem.

Um silêncio tenso cai, mosquitos voando pela porta aberta. Korey enfia as mãos nos bolsos do moletom.

O policial branco observa a sala e então entra.

— Vamos estar logo aqui ao lado.

— Beleza. Façam o que tiverem que fazer!

Richie puxa Korey de lado, sussurrando no ouvido dele, o acalmando. O maxilar de Korey se retesa, e ele mantém os olhos em mim enquanto os agentes me conduzem para a sala de estar. Seu olhar não sai de mim nem quando a mulher fecha as portas duplas na cara dele.

— Olá, Enchanted — diz o policial branco. — Recebemos uma ligação para conferir sua situação.

Meus dentes rangem alto o suficiente para serem ouvidos do outro lado da rua. Esfrego os braços.

— De quem?

— Segundo o protocolo da polícia, não temos a liberdade de dizer, mas precisamos fazer algumas perguntas.

— Enchanted, você está sendo mantida aqui contra a sua vontade? — a mulher pergunta sem rodeios.

Um arrepio corre pelas minhas costas. Praticamos cada cenário em que pudemos pensar, mas isto é novo e assustador. Mentir para fãs e estranhos é uma coisa, mentir para a polícia é outra completamente diferente. Minha mente acelera, pensando no acordo com Candy, em como ele desabou na varanda em Miami... e a promessa que fiz.

— Não.

— Você precisa de ajuda?

A porta dupla se abre, só um pouquinho. Outra pessoa poderia pensar que foi o vento, mas eu sei a verdade.

— Não, eu estou bem — digo com um sorriso duro.

No corredor, ouço Korey pigarrear.

— Está tudo bem por aqui — digo, mais forte, mais alto. — Estamos gravando o meu álbum.

Algo bate na parede. Os policiais trocam um olhar, mas prosseguem. A mulher diz:

— Então você QUER estar aqui.

— Sim. Sim, quero estar aqui.

Quase acredito nas palavras que saem da minha boca.

A mulher torna a me olhar de cima a baixo, observando minhas roupas largas.

Eles me fazem mais perguntas, mas logo percebem que minhas respostas vão permanecer iguais.

No saguão, Korey e Richie esperam.

— Acabou? — pergunta Korey.

— Sim — responde a policial.

Korey dá um sorrisinho.

— Bem, obrigado por passarem por aqui.

A policial assente para mim, só para mim, e retorna para a viatura. O homem espera até que ela esteja a alguns metros de distância antes de se virar para Korey com um sorriso.

— Desculpe por isso. Mas, hum, ei, será que você pode me dar um autógrafo? Minha esposa é uma *grande* fã sua e me mataria se soubesse que te encontrei e nem tentei conseguir um.

Korey capricha no charme.

— Claro, cara! Desculpe vocês terem vindo até aqui para nada. Você sabe como as pessoas gostam de fazer fofoca.

Enquanto ele autografa o bloquinho do policial, se oferecendo para posar para uma selfie, eu me afasto, desejando ser invisível.

Talvez tudo isso acabe. Talvez não seja tão ruim assim.

Mas não dei nem dois passos para dentro do meu quarto quando a porta da frente bate com força. Meus pulmões se encolhem enquanto Korey sobe as escadas pisando duro. Ele entra disparado, o rosto sem emoções.

— Você sabe que foram aqueles intrometidos dos seus pais que mandaram a polícia vir aqui, certo?

— Você... falou com eles?

— Falei, eles disseram que iam fazer essa merda — confirma ele, balançando a cabeça. — Eles me mandaram mensagem.

— Posso ver?

Korey inclina a cabeça para o lado, se aproximando.

— Por que você precisa ver? Não confia em mim, é isso?

O pânico me domina e largo os braços ao lado do corpo.

— N-n-não, é claro que confio em você. Eu... só queria ver o que eles disseram. Só isso.

Ele tira os olhos de mim e se joga na cama.

— Eles disseram que queriam mais dinheiro. Que não paguei o suficiente por você. Acho que já dei tudo que devia para eles. Merda, tô pagando até demais, considerando todas as merdas que você me faz passar!

— Você pode... pode devolver meu celular? Por favor?

— É só isso que você tem a dizer pra mim? — ele ruge.

— Não! O que eu quero dizer é que posso ligar para eles, posso tentar...

— Depois de tudo que fiz por você, tudo o que você quer é que eu devolva o seu celular? Você deveria estar de joelhos, implorando para continuar aqui comigo. Fica de joelhos, agora! Agora!

Hesito antes de me ajoelhar. Korey se aproxima e tenho que erguer a cabeça para olhar para ele. Ele se aproxima mais, a virilha no meu rosto, e meu estômago se aperta.

— Por favor, Korey — choramingo. — Eu não quero brigar. Eu te amo.

Korey pisca, como se a palavra *amo* o tirasse de um transe. Ele murmura um palavrão e passa por mim, deixando o quarto com raiva. Quando a porta do estúdio bate lá embaixo, solto o ar que estava segurando, as mãos tremendo.

Ah, se ele me desse meu celular de volta. Então talvez eu pudesse convencer meus pais a saírem da nossa cola, só por um tempinho. Eles estão complicando muito as coisas para nós. Para mim, na verdade. Mas, se eles nos derem um pouco de espaço, talvez Korey volte ao normal.

Capítulo 51
SIGA AS REGRAS

A gravadora organizou uma pequena turnê por seis cidades sulistas para agradar aos fãs leais do Korey. Podia ter sido apelidada de "Turnê de Desculpas" ou "Turnê Me Amem Outra Vez", depois de todas as matérias horríveis que saíram na imprensa por causa do processo da Candy.

Mesmo assim, é uma bênção. Pelo menos saímos de casa e voltamos à estrada, em um ônibus de turnê, desta vez. Korey não quer mais fazer duetos, mas me deixa cantar no fundo, embora minha voz esteja rouca e eu tenha dificuldade em me manter no ritmo. Às vezes, durante as apresentações, eu vejo ele lançando olhares rápidos na minha direção, e sei que está cantando para mim.

Korey diz que o amor é difícil. O amor é complicado e dá muito trabalho. As regras são diferentes quando você ama uma celebridade. É pressão demais. Como namorada dele, eu preciso apoiá-lo. Ser compreensiva, em vez de ser uma dor de cabeça. Então, é o que faço. Canto com o meu coração, tentando nos manter fora da escuridão. Garanto que ele tenha comida, água e espaço suficiente quando precisa. Ele deu a mim, e à minha família, tanta coisa. É o mínimo que posso fazer.

Seguir as regras.

Nos bastidores após nosso show em Charlotte, passo pela equipe de Richie filmando o que ele chama de conteúdo extra para o documentário. Richie está nas sombras, conversando com Jessica. Como se estivesse tentando consolá-la. Ela parece realmente chateada. Talvez eu devesse... não. Não!

Cuida da sua vida. Siga as regras.

Sem fazer contato visual, mantenho cabeça erguida para o ônibus quando a vejo rebolando pelo corredor.

Amber.

Ela está usando um vestido rosa colado sem alças, o cabelo arrumado em cachos bem fechados.

O que ela está fazendo na Carolina do Norte?

— Ei, Enchanted, certo? — diz uma voz atrás de mim.

Um homem latino alto, com um forte sotaque nova-iorquino, está próximo da saída. O cabelo cacheado dele brilha como serpentes pretas sedosas.

— Hum, isso. Eu...

— E aí?! Meu nome é Louis Santiago. Meus amigos me chamam de Louie. Eu estava doido para te conhecer!

— Eu... Eu, hã... Quem é você?

— Não se preocupe. Korey e eu nos conhecemos há tempos. Ele disse que não tinha problema eu falar com você.

Meus sentidos de aranha formigam, e me viro para ver se Korey está por perto.

Apenas siga as regras.

— Hum, acho que é melhor...

— Tá beleza, não vou te atrasar — diz Louie, rápido. — Só tenho que dizer que... você é uma cantora incrível. Trabalhei com muitos artistas, mas você, mocinha, tem uma VOZ. Mesmo como cantora de fundo, você ofusca todos no palco. Estava me perguntando se você precisa de representação?

— Você é... empresário?

— Isso aí. Represento alguns artistas. Mas, como eu estava dizendo, acho que podemos fazer alguma coisa especial. Sei que você é leal ao Korey, mas, aqui, fica com o meu cartão. Quando terminar a turnê, me liga. A gente conversa e você pensa se faz sentido.

Siga as regras.

O cartão é um farol de luz na mão dele. Talvez seja algo bom! Faltam apenas duas canções para eu completar meu EP, e cedo ou tarde precisarei de um empresário. Olho por cima do ombro até ver Korey, do lado de fora do camarim, falando com alguém, mas prestando atenção em mim. Ele sorri, mas seus olhos não. Korey enviou Louie até mim como uma armadilha? Ou ele queria mesmo que eu conhecesse esse cara? Talvez este seja um tipo diferente de teste, para ver se eu consigo me virar nos negócios.

— Hum, claro, tudo bem — murmuro.

— Ótimo! Não vejo a hora.

No momento em que pego o cartão e olho de volta para Korey, sei que fiz a escolha errada.

Capítulo 52
DOIS MINUTOS

Os salva-vidas da praia conseguem prender a respiração por dois minutos inteiros. Faz parte do teste de aptidão. Então é o que faço. Prendo a respiração, um segundo antes de ele me bater.

— Por que você fez isso, hein? Por que me desrespeita? Depois de tudo que fiz por você? Eu te dei uma carreira e é assim que você me retribui?

Da primeira vez que ele me atinge, o céu fica branco, como se eu tivesse disparado entre as nuvens.

Da segunda vez, meus ouvidos retinem como sinos.

O raio não cai duas vezes no mesmo lugar. Mas o trovão? O trovão é omnidirecional. Dá para ouvir por todos os lados.

— Eu te falei para não falar com outros homens, não falei? Você olhou na cara daquele homem!

O quarto gira e estou tonta por segurar a respiração enquanto me preparo para os golpes. Eu me encolho na cama e choro. Pensei que o monstro fosse a parte ruim de Korey, mas agora vejo que ele pode ser muito pior.

— Então é isso? Você quer me deixar? Vai ficar com Louie? Aquele merda. Cadê os artistas dele, hein? Você é tão burra, dá ouvidos para qualquer otário.

Korey anda de um lado para outro no quarto de hotel, bufando. Eu me levanto, lambendo o lábio, sentindo o gosto do sangue na boca.

— Korey... Korey, isto é demais pra mim.

Minhas palavras o deixam confuso.

— Como assim?

— Eu não posso... Eu não posso... mais fazer isso — falo entre soluços. — Eu... Eu acho que preciso ir para casa.

Com lágrimas se acumulando nos olhos, ele assente incessantemente.

— Primeiro minha avó, agora você. Porra, todo mundo sempre me abandona! — Ele agarra as orelhas, apertando as laterais da cabeça. — Não aguento mais. Juro, se você me deixar... eu vou me matar!

As palavras são outro golpe, outro raio e rugido estrondoso ao mesmo tempo.

— O quê? — arfo.

Korey assente, como se tentasse convencer a si mesmo.

— É! É o que vou fazer se você voltar. Prometo que é o que vou fazer se você me deixar.

— Não! Você, você não pode fazer isso! E a sua família?

Ele faz uma expressão de zombaria.

— Que família?

— E os seus amigos?

— *Pff!* Aqueles sanguessugas! Estão aqui só pelo meu dinheiro.

— E seus fãs? Eles precisam da sua música! Você... você é um herói para eles! Eles te amam!

Korey dá de ombros.

— Bem, então acho que você vai ter que viver com isso. Todos os corações partidos vão ser culpa sua, porque você fez eu me matar.

Capítulo 53
PAREDES FINAS

Grupo de conversas do W&W (sem as irmãs Jones)

Sean: **Tá. Vou contar um lance pra vocês, mas pqp.**
Creighton: **Ei, o que rolou?**
Malika: **Conta.**
Sean: **Meu pai falou com o sr. Jones. Ele disse que, assim que ficou sabendo do caso de estupro, foi de carro até lá para buscar a Enchanted.**
Creighton: **Caramba.**
Aisha: **EITA! O que aconteceu?**

O último show. Só tenho que sobreviver ao último show, prometo a mim mesma. Então, vou voltar para casa. Não para casa *casa*, mas para a casa de Korey, em Atlanta. Você vai gravar a última música do seu EP. Aí, quando pegar o avião de volta para Nova York, para o grande show dele em abril, você foge.

Duas da manhã e não consigo dormir, repassando minhas opções, preparando um plano. Mas eu precisava de alguém para pensar comigo. Em qualquer outro momento, essa pessoa seria Gab. Ela sempre foi a segunda voz na minha cabeça.

Se eu estivesse com meu celular, teria ligado para ela pela milionésima vez, ou pelo menos enviado um e-mail.

E-mail... Tem um espaço de co-working neste hotel. Com computadores.

Folheio os menus do hotel até encontrar um mapa na última página. O co-working fica no segundo andar, perto dos elevadores.

E se alguém me vir? E se Korey aparecer e descobrir que não estou no quarto?

Mas é a minha única chance. Quando eu voltar para aquela casa, não terei outra.

Pego meu cartão de acesso e o balde de gelo, olhando para o Linguado.

— Volto em dez minutos no máximo — digo, vestindo um roupão.

Linguado parece preocupado quando saio pela porta, correndo com os pés descalços para o elevador.

Os computadores do espaço de co-working são antigos, a internet, lenta, a grande porta de vidro um convite para me verem.

— Vai logo, vai logo — eu choramingo para o monitor enquanto liga.

Levo mais de seis minutos para entrar no meu Gmail. Mas, quando a página abre, clico no botão de escrever e digito rápido:

Oi, Gab.
Korey vai fazer um grande show no MSG mês que vem e eu preciso muito de você. Mas não conte a ninguém que você vem. Só espere na esquina da 33rd com a 7th. Sei que você ainda está com raiva porque menti pra você, e sinto muito. Mas preciso mesmo de você. Por favor. Você ainda é a minha melhor amiga.
Com amor,
Chanty

Enviar.

Faz mais de dez minutos. Não posso esperar a resposta; terei que confiar que Gab vai aparecer. Mas, antes que eu deslogue, um e-mail novo entra:

A mensagem que você enviou não pôde ser entregue. Erro permanente.

Eu enviei para o e-mail certo? Merda, não tenho tempo para verificar. Saio do Gmail, limpo o cachê, deletando qualquer evidência da minha existência, e corro de volta enquanto uma voz se esgueira na minha mente. Uma que diz: *E o Korey? Ele disse que precisa de você. Como você pode ir embora? Como você vai conseguir viver consigo mesma depois de tudo que ele fez por você? Como você pode usá-lo por músicas? Ele te ama.*

O amor é complicado...

De volta ao meu andar, saio do elevador e encontro a polícia na minha porta.

BLAM, BLAM, BLAM!

— POLÍCIA!

Merda.

— Eu... eu só estava buscando gelo — digo com a voz rouca ao me aproximar, mostrando o balde de gelo.

— Senhora, tem alguém no quarto com você? — pergunta o policial na soleira.

— Não. Só eu.

— Korey Fields está aí? — o outro pergunta. — Recebemos uma ligação para o 10-56A. Sobre algum tipo de pacto suicida.

O chão é arrancado de debaixo de mim, e levo a mão trêmula à boca. Korey.

— Ai, meu Deus — murmuro, deixando cair o balde.

Uma porta se abre atrás de mim.

— Ei, o que está acontecendo? — pergunta Tony.

— Senhorita! Para onde você vai? — o policial grita.

Entro no quarto voando, direto para a porta que conecta as suítes, pensamentos loucos me perseguindo.

É minha culpa, é tudo minha culpa! Ele se matou porque eu não dei ouvidos. Ele disse que ia se matar e eu não liguei.

— Ah, não, ah, não, ah, não. Por favor, por favor, por favor.

Entro de uma vez, correndo direto para a cama dele, escorregando em algo molhado e emborrachado, como uma água-viva.

— Korey! — grito, mergulhando em direção dos travesseiros, e acendo a luz.

— Mas que porra? — Korey ruge... enquanto a cabeça de Amber emerge debaixo dos cobertores.

Todo o ar some dos meus pulmões.

A polícia entra atrás de mim. Korey está com ódio. Algumas palavras são trocadas. Amber enrola um cobertor no corpo, uma cauda às suas costas enquanto ela entra no banheiro.

— Que porra você está fazendo? Você deixou eles entrarem aqui?

Não consigo sentir meus pés. Não sei o que fazer com os blocos de gelo que costumavam ser minhas mãos.

Vozes nadam ao meu redor.

— Pacto suicida? De jeito nenhum, não tem porra de pacto suicida nenhum, cacete. Do que você tá falando?

Eu me afasto, percebendo uma camisinha usada no chão ao lado da cama.

A mesma em que eu escorreguei com o pé descalço.

O cheiro de peixe frito, macarrão com queijo e bolonhesa ao forno na cozinha lá embaixo me faz querer subir pelas paredes.

Estou com tanta fome.

Jessica me traz duas refeições por dia, em geral, de fast-food, hambúrgueres com batatas fritas frias e Sprite sem gás, que só me fazem desejar minha bebida roxa. Jessica não fala nada, apesar de ser o único contato humano que tive na última semana desde que voltamos para Atlanta. Meu quarto é o menor dos aquários em que já vivi.

Mas consigo ouvir Korey. Ouço sua música vazando pela tubulação, vinda do porão. Ouço as festas que ele dá lá embaixo, com pelo menos cem pessoas, incluindo strippers. Ouço quando ele transa com Amber... no quarto ao lado.

As paredes do meu quarto são finas. Finas o suficiente para me dar a sensação de estar com eles.

Então me sento ao lado deles, observando o que ele faz com o corpo dela. Observando-o chamá-la de gatinha e ela chamá-lo de papai.

Vomito no balde, ansiando pela mesma atenção que ele costumava me dar, mas enjoada só de pensar.

Korey me serve um segundo copo da bebida roxa. Eu engulo, rápida e desesperadamente.

— Se não posso transar com você, tenho que transar com outra pessoa — diz ele, acariciando minha bochecha. — Esperar é uma decisão sua, e eu respeito isso. Mas sou um homem, amor. E homens têm necessidades.

Essa foi a explicação dele para toda a história com Amber. Ele me diz que seremos nosso próprio tipo de família e que estamos seguindo o desejo de Deus.

— Os homens na Bíblia tinham muitas esposas. Foi escrita por Jesus.

Eu escuto as palavras dele aos poucos permeando minha mente enquanto bebo mais.

— Sei que você está chateada por causa de Amber. Mas você precisa de mim e eu preciso de você. Seus pais não vão te querer, não depois de tudo isso. Eles nunca iam te deixar sair de casa. Você ia ficar presa, cuidando daquelas crianças, para sempre, quando você foi feita para cantar. Eu te salvei. Você não precisa mais deles. Você tem a mim. Você, Amber e eu somos nossa própria família. Só a gente. Ninguém mais. Família acima de tudo.

Assinto e estendo meu copo, minha voz arrastada.

— Posso beber mais?

Capítulo 54
IRMÃS

Tem uma festa acontecendo lá embaixo e eu não fui convidada. Nem Amber. É só por isso que sei que ela está no quarto dela agora, ouvindo a música e as risadas.

Ninguém tranca mais a porta. Sabem que não vou embora. Então não tenho problema em sair para o corredor e usar o banheiro enquanto eles estão distraídos.

É exatamente lá que a encontro.

— Amber — sussurro, minha voz grogue. — Amber?

Ela abaixa a cabeça, se apressando em direção ao quarto.

— Espera — cochicho, espiando lá embaixo e conferindo se a barra está limpa.

— A gente não pode se falar — ela sussurra.

— Eu sei, mas... você está bem?

Amber para de repente, então se vira para mim, o olho direito roxo-escuro.

— Estou bem — ela murmura.

— Eu sei das regras... mas Korey diz que somos irmãs. E se uma das minhas irmãs se machucasse, eu seria a primeira a perguntar como ela está se sentindo.

Os lábios de Amber tremem, as lágrimas acumuladas nos seus olhos rolam pelo rosto. Ambas olhamos para a escada. Seguras. Por enquanto.

— Quantas irmãs você tem? — Ela funga.

— Três. E um irmão.

— Caramba, são muitos filhos.

Dou uma risadinha.

— É. Eu sei.

Amber fica em silêncio por um tempo.

— Eu tenho um irmão mais novo. Que me enche o saco. Não entendo por que eu sinto tanta falta dele.

— É, não é irritante?

Amber e eu nos sentamos na porta de nossos respectivos quartos, conversando. Ao contrário de mim, Amber é uma cantora profissional com treinamento clássico. Participa de competições desde os quatro anos. Ela conheceu Korey na mesma noite que eu, só que através de Richie.

— Caramba, parece que faz uma eternidade desde que falei normalmente com... qualquer um — comento.

— É. Eu também. Minha escola é enorme, então tem tipo um zilhão de pessoas com quem eu falava todo dia.

Escola? A palavra dispara um sinal na minha cabeça e me lembra de algo.

— Ei, quantos anos você tem?

Ela faz uma pausa, seu rosto ficando sério.

— Dezoito.

Grudo a língua no céu da boca. Amber está mentindo.

— É, eu também — murmuro.

— É, dã.

Ela dá uma risadinha. Até a voz dela soa jovem.

Continuamos a conversar sobre qualquer besteira. Livros, cabelo, roupas e músicas que amamos cantar.

— Ah, conheço essa — digo, e enfio a pergunta no meio. — Acho que saiu no ano em que a gente nasceu, né?

Ela me diz o ano e faço a conta rápido, de cabeça.

— Você tem quinze anos — solto, sem acreditar.

A expressão de Amber se quebra, os olhos escurecendo. Nós nos encaramos por um breve momento, aí ela se levanta e fecha a porta atrás de si.

Hoje, Korey permitiu que viéssemos ouvir a sessão no estúdio dele, sumindo debaixo dos moletons gigantes. Tem um monte de bebidas, então bebo até não ser mais eu mesma, ansiando pelas partes de mim que sobraram.

— O lean derrubou a Enchanted legal — alguém brinca.

As risada ecoam na sala. Vejo Richie no meio deles. Amber está sentada do outro lado, bem longe de mim e da lembrança de quem ela costumava ser.

Minha boca saliva, desejando mais da bebida roxa, mas Korey tira o copo da minha mão e sussurra no meu ouvido:

— Você já bebeu demais. Vai pro seu quarto.

Não tem sentido discutir. Só vai me causar mais dor.

Ignorando as risadas às minhas costas, saio do estúdio e subo para o primeiro andar, desejando deitar, mas desejando comer na mesma intensidade. Com todo mundo lá embaixo, talvez eu possa pegar um pouco do macarrão que sobrou.

Entro na cozinha nas pontas dos pés e vejo a câmera, apontada direto para a geladeira.

Droga.

Perdendo a esperança, me viro e vou de encontro ao peito dele.

Derrick.

— Merda — digo.

— Ei. Você está bem? — pergunta ele, e eu não me lembrava que ele era tão alto... e tão bonito.

Mais por hábito que por instinto, encaro o chão.

— Aham. Mas... hum, preciso ir.

A cozinha se inclina e eu cambaleio. Derrick me segura.

— Opa, cuidado.

— Para. Não encosta em mim!

Eu me afasto, agarrando a bancada. Ou pelo menos pensei que tinha feito isso. Alguém tirou a bancada do lugar, e eu caio no chão.

Em segundos, Derrick está do meu lado.

— Estou bem — falo com a voz arrastada, tentando me livrar de mãos que parecem vir de toda parte.

— Não está, não — diz ele, e então sussurra: — Enchanted. Sei que você não tem dezoito anos.

A cozinha para de girar por tempo suficiente para eu olhar diretamente para ele.

— O quê?

— Você tem dezessete. Só faz aniversário daqui a algumas semanas. Dezoito de abril, certo?

Minha boca fica seca.

— Como você...

— Um amigo meu da Will & Willow do Brooklyn conhece Creighton. Creighton. O nome me faz querer vomitar.

— Ele, claro. — Eu me irrito e empurro o peito dele.

— Espera, Enchanted. Conversei com o pessoal de lá. Está todo mundo preocupado. Estão tentando entrar em contato com você desde toda aquela merda que rolou com seu pai.

— Meu pai?

— Isso. Ele tentou te buscar, mas os caras do Korey deram uma surra nele. — Derrick faz uma pausa. — Você não estava sabendo?

Meu coração é uma bateria na minha cabeça, afogando a música de Korey que retumba ao nosso redor.

— Não — gemo, passando a língua no meu lábio seco. — Me deixa em paz.

Derrick olha por cima do ombro antes de me ajudar a ficar de pé.

— Escuta, você tem que sair daqui. O Korey, ele... ele é doente.

— Não sei do que você tá falando. Eu não...

— Tem outros, Enchanted.

— Outros o quê?

— Outros processos e acordos. Candy não foi a primeira. Tem outras garotas. Todas de quinze, dezesseis anos e tal. Uma garota até tentou se matar depois de ficar com o Korey.

A cozinha e eu giramos.

— Outras garotas estão contando suas histórias. E tudo o que elas dizem... Olha, você precisa sair. Não sei se você quer fazer uma mala ou não, mas vai embora. Esse cara é perigoso.

Meus joelhos cedem de novo e me apoio na bancada.

— Não. Não... não posso...

— Aqui, anota meu celular. Me liga e eu...

Sem os sapatos, os passos dele são silenciosos. É por isso que eu não o ouço chegar. Mas, assim que o vejo, meu estômago revira e fico sem ar.

Derrick se vira, permanecendo estoico, se colocando diante de mim.

— E aí, Korey? Foi mal. Me perdi e comecei a falar com a minha AMIGA, Enchanted.

Korey olha direto para mim, como se Derrick não existisse, os olhos já no meu futuro próximo. Um futuro sombrio e doloroso.

— Vai pro seu quarto. Vou lidar contigo depois.

Capítulo 55
FUJA

Observando o sol subir acima das árvores, as lágrimas se acumulam nos meus olhos. São cinco da manhã. Amanhecer. Minha bebida roxa acabou. Eu não dormi. Sequer me sentei. Só fiquei de pé no meio do quarto... esperando. Esperando que Korey viesse "lidar" comigo, como disse. O terror dá vários nós ao redor da minha garganta. Respiro ofegante, tentando não imaginar a dor.

Fuja.

A voz é tão alta, tão familiar e límpida, que eu me viro para ver quem está no quarto comigo.

— Vovó?

Silêncio. Estou sozinha. E, quando Korey entrar... pode ser que ele me mate.

Fuja.

A porta do quarto brilha dourada. Testo a maçaneta. Está destrancada.

Fuja.

Meus pés descalços tocam os degraus acarpetados. Gentilmente, um por um, eu desço, desequilibrada. Não tem ninguém por perto. A música grita; os alto-falantes vibram com os tons graves. Calço os tênis em silêncio, espiando a câmera acima de mim. Ele está acordado? Ele está me vendo?

Fuja.

Minha mão toca a fechadura gelada da porta da frente. Eu inspiro, mordo o lábio com força, e devagar giro para a direita. Atravesso o portão correndo, o canto machucando meu ombro.

Fuja.

O sol forte no céu me desarma. Onde estou?

Fuja.

Sinto o cheiro de pinheiros, grama molhada e exaustor de um carro. Uma entrada de garagem. Uma rua. Uma placa de "Pare". O que eu faço? O que eu faço?

Fuja.

Não posso ligar para a mamãe. Ela está tão brava. Ela pode desligar na minha cara. Ela pode me deixar aqui.

Não posso ligar para o papai. Ele vai fazer a mesma coisa.

Fuja.

E se ele acordar? E se ele descobrir que não estou lá? E as câmeras? Ele sabe! Ele está vindo, ele está vindo.

Fuja.

Derrapa, corre, abaixa. Estou correndo outra vez. Meu All-Star bate no asfalto. Cadarços desamarrados. Corra, mais rápido, com mais intensidade. Nada parece familiar. O que faço? O que faço? O que faço?

Fuja.

Para dentro da floresta. Estou segura na floresta. Ele não pode me encontrar aqui.

Fuja.

Linhas telefônicas formam partituras no céu.

Linhas mais grossas levam a uma rodovia. A rodovia. Uma placa amarela. Letras amarelas de palavras cruzadas. Uma lanchonete. Viatura no estacionamento.

Fuja.

A porta é pesada. Meus braços estão fracos.

Dois policiais sentados na bancada. Café, preto. Pratos, vazios.

Me perguntem se estou bem. Me perguntem. Me perguntem. Me perguntem...

— Sente-se em qualquer lugar, querida — diz a garçonete, passando com pratos e ovos e bacon fumegantes. — Já volto.

Manco e tropeço até a bancada, em frente aos policiais, batendo o queixo. Está tão frio. Deixei meu casaco, meu caderno de canções, meu tudo.

Os policiais riem, fazendo piada de algo que viram no celular. Eu tinha um celular. Mas o perdi. Perdi tudo.

Minha perna sangra de uma queda, o sangue misturado com terra. Um cliente percebe e para de comer.

Abra a boca e cante. Cante! Cante!

Mas minha garganta está cheia de areia e pedaços de coral. Não consigo cantar. Não consigo falar. Como vou explicar que sou um peixe preso na rede que precisa ser jogado de volta ao mar?

— Finalmente te encontrei! Se perdeu?

Tony. Não posso ver os olhos dele por trás dos óculos de sol, mas a testa está úmida de suor. Agarrando meu braço, respirando com dificuldade, ele se inclina para sussurrar:

— Uma palavra e você nunca mais vai falar com Gab.

O céu inteiro desaba e a terra treme.

Cante!

— Não posso — digo à voz. Ele sabe da Gab.

— Vamos. Vamos para casa — diz ele, um braço ao redor dos meus ombros.

Encaro com a boca escancarada os policiais que observam nossa conversa.

— Ei. Está tudo bem? — um dos policiais pergunta.

— Ah, sim! Estamos bem — Tony diz com um sorriso e assente. — Tenham um ótimo dia.

Eles assentem de volta enquanto sou levada para o carro.

Capítulo 56
ARRANJAR AJUDA

Não me reconheço no banheiro do Terminal T.

Melissa está colada na minha cabeça, e mesmo assim se soltando com o uso. Minha maquiagem é forte, o batom intenso. Mas não reconheço a garota me olhando de volta em seu aniversário de dezoito anos.

Ela tem braços fracos, olheiras fundas como crateras, uma barriga mole e consegue adormecer de pé. Ao mesmo tempo, está malnutrida, sobrevivendo à base de McDonald's e da bebida roxa que entornou antes de sair para o aeroporto.

Minhas feridas estão visíveis, chorando sangue invisível. Alguém consegue ver as marcas roxas no meu coração?

E se for isso? E se eu for invisível? É por isso que ninguém tentou me salvar. É por isso que ninguém consegue ouvir meus gritos, por dentro e por fora.

Lavo as mãos na pia, a torneira é automática. E, bem no canto inferior direito do espelho, tem um adesivo:

Se você for vítima de tráfico humano, ligue para este número.

A palavra "vítima" brilha em vermelho. Ou... pelo menos, eu acho que sim. Enfio a mão na bolsa, me esquecendo de que não tenho mais um celular.

Só meu caderno de músicas.

* * *

Korey odeia andar de avião. Especialmente voos comerciais.

Depois de uma grande tempestade, voos foram cancelados, aviões particulares estão proibidos de decolar e a única maneira de chegar a tempo da passagem de som é se voarmos de Delta.

Mas, enquanto o avião sacoleja ao subir a seis mil metros de altura, tudo que Korey quer é ignorar a turnê.

— Merda — ele murmura, virando uma dose de vodca.

Pairamos acima de nuvens raivosas na primeira classe — eu na janela, Korey no corredor. Amber, Tony, Richie e o resto da equipe estão espalhados na econômica, os únicos assentos disponíveis.

Korey agarra o descanso para o braço, balançando a cabeça. Ele estende a mão, apertando minha coxa. Antes, o toque dele costumava ser emocionante; agora, só me encolho de terror.

Espio pela janelinha as nuvens gigantescas, de um cinza escuro e em forma de montanhas cheias de raios, o avião manobrando ao redor delas.

— Olá. Aqui é o capitão. Desculpem pela decolagem difícil! Acabamos de alcançar a altitude de cruzeiro. A previsão é de clima ruim perto da aterrissagem, então o aviso de atar cintos ficará ligado por enquanto, e antecipo uma chegada pontual. Então relaxem e aproveitem o voo.

O avião se endireita, encontrando estabilidade, mas Korey não solta a minha perna.

Uma comissária negra para ao nosso lado, sorrindo.

— Senhor, gostaria de outra bebida? — ela pergunta com um sorriso esticado.

Korey abre um olho.

— Sim. E uma para ela também.

A comissária olha para mim, franzindo a testa para a mão na minha coxa. Leio o nome dela na plaquinha dourada: Nicole.

— Hum, claro. Posso ver sua identidade, senhorita?

Korey revira os olhos, girando o pulso.

— Só a minha, então.

Há uma breve pausa em que o avião se fecha ao meu redor. Quase posso ouvir o metal contrair.

Nicole semicerra os olhos, se afasta e murmura algo para outra comissária. Elas espiam por cima do ombro, nos encarando. A cabine fica pegajosa e úmida.

Korey continua a beber, ouvindo música no seu iPhone. Olho pela janela, o céu, uma pintura a óleo, o mar lá embaixo me chamando para casa.

— Ei, eu tava pensando — sussurra Korey, vodca em seu hálito. — Não vamos começar com uma carreira solo pra você.

O avião treme. Ou pelo menos acho que sim.

Pisco, sem entender.

— O quê?

— Você precisa estar em uma girl band primeiro. Já temos Amber. Precisamos de mais duas meninas.

— Mais duas?

— É. Quando chegarmos em Nova York, você deveria convidar sua amiga Gabriela para passar lá no estúdio.

Algo bate e arranha a lateral do avião.

— Gab?

— Isso — diz ele, agarrando o apoio do braço e engolindo em seco, esperando que o avião caia a qualquer momento. — Você disse que ela sabe cantar, né?

Não me lembro de ter dito isso pra ele.

— Hum, é.

Ele tira um celular do capuz.

— Aqui. Manda mensagem pra ela. Diz pra ela aparecer lá amanhã.

Pego o celular, os pensamentos revirando.

— Eu... eu não acho que ela seria... É difícil trabalhar com ela. Você ficaria irritado, e não quero que fique chateado.

Sem paciência, ele cede.

— Tá. E a sua irmã?

Em um instante, me transformo em um filé de peixe sem espinhas, deslizando pelo assento.

— Shea? — eu solto, com a voz falhando.
— É. Ela canta?
— Não — respondo rápido, o coração disparado.
— Bem, vou mandar uma mensagem pra ela e dar uma olhada.
— V-v-você tem o telefone dela?
Korey sorri.
— Tenho todos os telefones que estão no seu celular.

Minha boca fica seca. A ideia dele no telefone de Shea como ficava no meu... Estou fora da janela, na asa, pronta para pular. Mas não posso. Porque, se eu pular, não haverá ninguém para proteger Gab, Shea, minha mãe, meu pai ou os Pequenos desse monstro.

Ele é um monstro: o pensamento se afia, inundado pela determinação.

— Deixa ela em paz — murmuro.

O avião ronca. Mais alto agora. A bebida de Korey quase cai da bandeja.

— Hã? — diz ele, erguendo o olhar como se esperasse que as máscaras de oxigênio descessem.

Eu me viro para ele.

— Eu falei para deixar ela em paz.

O rosto de Korey se transforma devagar, do médico para o monstro. Sinto um frio na barriga, a sensação de descer uma montanha-russa, quando o avião se inclina. Ele salta para cima de mim, e me afasto, batendo a cabeça na janela com um grito.

— Senhorita, você está bem?

Nicole aparece ao nosso lado. Korey se acerta na cadeira, lembrando que estamos em público.

— Quê? Ah, não, ela tá de boa — diz ele com uma risada leve. — Essa turbulência toda deixou ela assustada.

Nicole olha para ele e então para mim, sem se convencer.

— Senhorita, você precisa ir ao banheiro?

Korey inclina a cabeça para o lado, e temo por Nicole.

— Eu disse que ela está bem.

— Senhor, estou perguntando para *ela*.

O avião se inclina para cima, a pressão apertando meus tímpanos. Nicole se segura.

Korey percebe que sua tática de intimidação não está mais funcionando e tenta o charme.

— Ah, já sei qual é. Você andou lendo os posts sobre mim, certo? — Ele dá uma risadinha, se levantando. — Não viaja, querida. Não sou o monstro que disseram por aí. Sou um cavalheiro. Estou cuidando dela, sacou? Ela tá tranquila.

Nicole ergue uma sobrancelha, desconfiada.

— Senhor, se você não tirar a mão do meu ombro e se sentar, o capitão fará um pouso de emergência e a polícia estará esperando pelo senhor no portão.

Uma comoção se agita na cabine atrás de nós.

— Ei, chefe, o que está acontecendo aí? — grita Tony, e depois para a comissária: — Você sabe quem ele é?

Logo, todo mundo está falando ao mesmo tempo. Os comissários gritam sobre regulamentações federais. Tony late sobre as necessidades do chefe. Korey reclama sobre como o mundo está tentando atacá-lo.

As asas balançam. Korey cai no assento, e eu me encolho junto à janela, aumentando a distância entre nós. Ele se inclina para mim, a boca no meu pescoço.

— Se você me envergonhar na porra desse avião, você vai desejar estar morta, caralho — ele sussurra.

Lá fora, a tempestade se formando é um lindo espetáculo caótico.

— Senhorita! — Nicole, gritando agora. — Você precisa de ajuda?

— Eu... Eu...

— Viu? Ela disse que está bem! Por que você está assediando ela?

— Senhorita, você está bem? Você precisa de alguma ajuda?

— O que você está fazendo? — O comissário branco chama a atenção de Nicole e depois se vira para Tony. — Ei! Senhor, eu disse para se afastar. Você precisa voltar para o seu assento!

O avião balança. Gritinhos escapam dos outros passageiros. Um sino soa alto.

— Comissários, por favor, retornem aos seus assentos!

Nicole não se mexe.

— Senhorita, você precisa de ajuda?

Prendendo a respiração, olho para Korey, para o pânico nos olhos dele, os olhos que um dia amei, e então solto o ar com o diafragma antes de desistir dos meus sonhos.

— Sim. Sim... eu preciso.

Parte três

Capítulo 57
SUCO DE BETERRABA 3

AGORA

BLAM, BLAM, BLAM!

— Abra a porta!

Corro para dentro do banheiro e lavo o suco de beterraba do rosto e das mãos.

O sabão cria bolhas cor-de-rosa, a água colorindo a pia. Pego uma toalha para limpar o rosto, os braços e as mãos. Uso a mesma toalha para limpar a pia.

— Tudo bem, tudo bem, tudo bem — murmuro para mim mesma. — Respire fundo. Respire fundo, com o diafragma.

Aperto a barriga, percebendo que tem suco de beterraba misturado à bebida roxa na minha camisa, e enfio as unhas na palma da mão.

Pense.

Pense.

Pense.

Eles não têm mandado. Eles não podem entrar sem mandado. É o que Korey diria. Ele sabia de todas as brechas para nos manter seguros.

Só fique aqui dentro. Espere que eles voltem da maneira certa.

Estou andando pela sala, torcendo para que ele esteja mesmo morto, quando uma voz me faz parar.

— Enchanted? É o papai. Por favor, filhinha. Abre a porta. A gente precisa saber que você está bem.

Capítulo 58
BELA ADORMECIDA

ANTES

Sair da onda é igualzinho a morrer.

Primeiro, seu corpo pensa que está congelando, embora você viva dentro de um forno. Então você derrete de tanto suar no pijama e nos lençóis.

Depois, seu estômago dá nós em cima de nós em cima de nós.

Em seguida, você vomita. Tudo e qualquer coisa que tiver no corpo. Na maioria das vezes, você engasga na própria saliva branca e grossa.

Você se agarra ao vaso sanitário, encostada nos brinquedos de banho da sua irmãzinha, enquanto sua mãe te segura para impedir que você se engasgue no próprio vômito e te enche dos fluidos que roubou do hospital.

Então você dorme como se estivesse morta, desejando realmente estar.

Mas também desejando secretamente que um príncipe te beije e te acorde desse pesadelo terrível.

Apenas para fazer tudo isso de novo nos próximos quatro dias.

* * *

— Bem, aí está ela! Bela Adormecida! Estava imaginando quando você acordaria.

Minha mãe está na cozinha, o que tenho certeza de que a vizinhança inteira já sabe, considerando que o liquidificador está batendo há quase uma hora.

— Oi — resmungo e me sento.

Minha garganta está dolorida. É o que acontece quando se passa dias vomitando. Depois desta semana, me pergunto o que sobrou da minha voz.

— Aqui — diz ela, colocando um copo de algo grosso e vermelho na mesa.

— O que é isso?

— Suco de beterraba!

— Eca. Que nojo.

— Eu vi no Dr. Oz que teoricamente equilibra o oxigênio e aumenta a energia. E você precisa de toda a energia para lutar contra essa... gripe que te pegou.

Minha mãe se vira rápido para que eu não veja sua expressão falhar, mas eu nunca estive tão feliz em ver nosso sofá velho, os pinheiros e as ruas vazias. Nunca mais quero entrar em um hotel pelo resto da vida.

No sofá, os lençóis ainda estão espalhados.

— Shea dormiu aqui de novo?

— Sim — responde minha mãe. — Você tem, hum, tido pesadelos. Gritando e coisas do tipo.

O psiquiatra me avisou dos pesadelos. Avisou das lembranças, da dificuldade para dormir, da possibilidade de me assustar fácil e não confiar em ninguém. Tudo o que posso dizer é que não suporto mais portas fechadas. Nem para ir ao banheiro.

Minha mãe coloca uma bandeja na minha frente: sopa, biscoitos de água e sal, suco de laranja fresco e dois comprimidos de Zoloft.

— Cadê todo mundo?

— Os Pequenos estão na escola. Logo voltam para casa. E seu pai está no piquete. Ele vai buscar as crianças na volta.

Minha mãe indica a bandeja com a cabeça e pego os comprimidos obedientemente.

— Que dia é hoje?

— Terça.

— Eu... não sei por que te perguntei isso. — Suspiro. — Não importa.

— Importa. Tudo importa. — Minha mãe me dá um sorriso empático. — Você acha que está disposta a conversar hoje?

Ela está falando do terapeuta. Balanço minha cabeça tão violentamente que a casa treme.

— Tudo bem, tudo bem! Não tem problema! Não há pressa, mas você sabe que precisa fazer isso em algum momento. Então, que tal um pouco de ar fresco?

Minha mãe fala comigo como se eu fosse uma criatura alienígena. De olhos arregalados, hesitante, cuidadosa. Imagino que seja assim para pais de um filho recém-sequestrado que retornou. Depois de apenas alguns meses, sou uma estranha na minha própria casa.

— Mãe, você não está faltando demais o trabalho para cuidar de mim?

Com um sorriso torto, ela limpa a bancada que já limpou duas vezes.

— Pare de se preocupar. Tenho muitos dias de folga para tirar.

Não sei bem se isso é verdade, mas estou cansada demais para insistir.

— Então? E aquela caminhada? — ela pergunta de novo, outro sorriso falso.

Olho para o sofá e suspiro.

— Talvez mais tarde.

Destiny é a primeira a passar pela porta, voando até a mesa, seguida por Pearl e Phoenix, e então Shea, que fecha a porta atrás de si. Meu pai não entra atrás deles.

— Chanty! Chanty! Você está acordada.

— Ei, pequenininhos — digo sem energia. — Como foi a escola hoje?

Destiny assente.

— Foi legal. Você está melhor? Ainda está com a barriga doendo?

Shea revira os olhos e vai para o nosso quarto.

Tomo o suco de beterraba em um gole, desejando que fosse roxo.

Minha mãe me compra um celular de segunda mão. Nós o levamos para a operadora e descobrimos que não podemos recuperar as fotos, os contatos ou as mensagens do antigo.

No meu quarto, eu carrego o aparelho, e uma onda de mensagens invade a tela, o celular vibrando na minha mão. A mais recente é de Korey, enviada esta manhã. Um link para uma música. "Throwback", do Usher.

"You never miss a good thing till it leaves ya
Finally I realized that I need ya
I want ya back."

"Você nunca sabe o que tem até perder
Enfim percebi que preciso de você
Eu te quero de volta."

Tem quase cinquenta mensagens dele. Todas são músicas.

O cheiro do perfume dele faz o quarto mergulhar em névoa. O celular cai no chão como um tijolo e dou um pulo. Coração acelerado, pele arrepiada.

Sozinha. Estou sozinha. Mas podia jurar que ele estava logo atrás de mim.

— Mãe! Preciso de um número novo.

Mando mensagem para Gab algumas vezes do número novo, explicando que sou eu e que vou voltar para a escola semana que vem, mas ela não responde. Já deve ter visto as matérias a essa altura. A coluna de fofocas do *New York Post* chamou de "Pesadelo nas alturas".

Um bom título.

Korey não para de aparecer no noticiário, mas não pelo que você imaginaria. É por conta de seu próximo lançamento, um álbum gospel, com participação de alguns dos maiores nomes da indústria musical. Todas as celebridades estão postando sobre ele no Instagram, marcando-o em fotos. O clipe estreia amanhã. O documentário produzido por Richie foi anunciado...

Ele está por toda a parte, como água, se espalhando rápido e inundando.

Meus músculos... não são o que costumavam ser. Em grande parte pela falta de exercício e de comida nutritiva. Fiquei surpresa quando o médico na emergência não encontrou nenhum hematoma, osso quebrado ou músculo estirado. Só desidratação e vício em codeína.

Luto para prender os novos cachos sob a touca de natação. Minha mãe e a treinadora estão sentadas nas arquibancadas, conversando aos sussurros.

Entro na água fresca, me viro de costas e encaro o teto, inspirando fundo, esperando o alívio.

Água pode curar tudo, vovó me disse uma vez. Mas cura corações?

Não é o mesmo que flutuar no oceano. Nada mais parece igual. Me deixo afundar, o mundo enfim silenciando.

— O que eu te falei sobre ficar pelada assim?!

Korey!

Bolhas preenchidas pelos meus berros chegam à superfície antes de mim.

Grito, me agitando, girando a cabeça para olhar ao redor.

Ele está aqui? Está?

Ninguém além da minha mãe e da treinadora, agora de pé.

— Chanty? — chama minha mãe. — Você está bem?

Nado até a beira da piscina e apoio a cabeça no cimento.

Tentar recuperar sua vida se parece muito com afogar. Você tenta ficar acima da água enquanto ondas de novas informações atingem seu corpo, te carregando cada vez mais para dentro do desconhecido. Pessoas jogam botes salva-vidas, mas as cordas não chegam tão longe. E quando uma corrente te pega pelo tornozelo, tudo o que você pode fazer é se perguntar por que pensou que seria tranquilo pular na parte funda quando mal consegue lidar com a rasa.

Capítulo 59
CONVERSA NO BARBEIRO

Meu pai está me evitando.

Pensei que eu estava imaginando isso. Todo mundo tem me dado espaço. Mas meu pai... A ausência dele é óbvia. Quando entro em um cômodo, ele logo sai. Quando digo "oi", ele só murmura alguma resposta. Olhar sempre baixo, sempre fugindo do meu, e mesmo quando me encara, os olhos dele parecem tristes e distantes.

Minha mãe e Shea cortam legumes para a sopa enquanto os Pequenos estão reunidos ao redor do meu pai na sala assistindo *Bambi*.

— Hum, pai?

A casa inteira se assusta com o eco da minha voz.

— Sim?

Mostro a máquina de barbear.

— Você pode cortar pra mim?

Meu pai olha para a minha mãe, algo não dito passando entre eles. Ela olha feio para ele, e meu pai se levanta rápido.

— Claro.

Me sento de pernas abertas na tampa do vaso, como sempre fiz, o avental abotoado no pescoço, enquanto meu pai organiza tudo o que vai precisar. Minha mãe finge não prestar atenção da cozinha enquanto descasca inhame. Shea distrai os Pequenos.

O banheiro está... mais apertado do que eu me lembro. Enfio as unhas na palma das mãos, inspirando pelo nariz, expirando pela boca. É o meu pai, repito sem parar comigo mesma. Estou segura com ele. Estou em casa e estou segura.

Segura. Segura. Segura...

Meu pai usa a tesoura no topo para cortar os fios o mais baixo que consegue. Os cachos caem, quicando dos meus ombros.

— Faz um tempo que não faço isso — diz meu pai, incerteza na voz.
— É bom ter o chão limpo, para variar.

A voz dele é tão sem emoção que não sei ao certo se está brincando.

— O preço mudou?

Ele dá de ombros.

— Ficamos muito populares desde que você... saiu. Agora é setenta e cinco.

Suspiro de alívio.

— Pode colocar na minha conta.

O banheiro parece se abrir, só um pouco.

— Então. Escola na segunda. Você está se sentindo, hum, animada?
— Aham. Só quero que tudo volte ao normal, sabe?

A gente se olha pelo espelho, sabendo que nunca vai ser normal outra vez. Ele abaixa a tesoura e ergue a máquina. O zumbido me faz encolher.

— Você está bem? Quer que eu pare?
— Não — choramingo, agarrando a camisa dele. — Não, por favor, fica aqui.

Meu pai inspira fundo.

— Fique parada, filhinha. Não quero, sabe, te beliscar.

Meu pai envelheceu desde que fui embora. As rugas no rosto dele estão profundas; sua respiração está mais pesada, como se os pulmões estivessem ruins. Digo a mim mesma que é a greve, as contas acumulando, e o piquete no frio. Mas sei de onde veio tudo isso.

De mim. Eu fiz isso com ele. Eu o estressei. Todo o trauma pelo qual passei... Meus pais provavelmente passaram por muito pior, preocupados com uma filha que sequer atendia o telefone.

As lágrimas que segurei por Deus sabe quanto tempo emergem, e deixo sair o choro escondido bem no fundo de mim. Choro e choro até meu corpo tremer.

Meu pai desliga a máquina e me abraça. Enterro o rosto no ombro dele.

— Está tudo bem, querida.

— Eu sinto muito, pai.

— Nada disso é culpa sua. Nem uma parte. Criança nenhuma deve levar a culpa pelas ações de um homem adulto.

Fungo na camisa dele, desmoronando.

— Vai ficar tudo bem. Prometo.

Capítulo 60
ATORDOAMENTO ESCOLAR

Os corredores da Parkwood High School não são muito diferentes de estar em um palco. Todos os olhos me acompanham. Esperando que eu abra a boca e cante.

Mas fico quieta, mantenho a cabeça baixa, ando rápido para a sala, esperando encontrar Gab antes da aula. É difícil se reconectar com qualquer um por mensagem. Mas, talvez se nos virmos, isso faça diferença. Me pergunto se ela está almoçando no refeitório ou se ainda come no nosso lugar de sempre.

Mackenzie e Hannah me dão um aceno rápido, mas não me encaram. A treinadora não me deixou voltar ao time por enquanto, mas diz que posso treinar, que será bom para a minha terapia.

Pessoas abrem caminho como o Mar Vermelho e retornam no momento em que passo. Vozes atingem minhas costas como pedrinhas.

Entro na sala de biologia, nossa única aula juntas. Só que o assento de Gab está vazio. E continua assim.

Quando a aula termina, ligo para Gab de novo.

E de novo.

E de novo.

Ela não está no refeitório quando pego minhas batatas fritas e salada. Não está no nosso lugar de sempre, perto dos troféus.

Pego meu caderno de música, a única coisa que consegui salvar do meu tempo com Korey, tentando abrandar a dor da solidão. Porque a maior perda que sofri com tudo isso foi a perda de uma melhor amiga.

Espero minha mãe do lado de fora, fingindo não notar o jeito com que todos estão me encarando enquanto reviro os bilhetes dos meus professores, todos falando a mesma coisa: estou reprovando. Não consegui fazer os deveres enquanto estava fora e não consegui justificar. Tudo o que eles viram, ou imaginaram, é que eu estava aproveitando a vida de celebridade e não me dei ao trabalho de resolver questões de matemática ou fazer redações. Quero contar para todo mundo o que aconteceu... mas por onde começo? Como explico o que odeio encarar sobre mim mesma e como fui burra?

Shea desce um degrau pisando duro, franzindo a testa, mas os olhos têm um toque de tristeza. Lágrimas secas mancham suas bochechas.

— Como foi a aula? — pergunto quando ela se joga ao meu lado.

Shea bufa.

— Uma bagunça. Mas não tão bagunçada quanto a sua vida.

Primeiro dia de volta e as facas estão afiadas.

— Qual é o seu problema? Acha que eu queria que as coisas estivessem assim?

Ela examina as unhas, fungando.

— Acho que você conseguiu exatamente o que queria, não importa quem tenha se ferrado. As coisas só não aconteceram como você esperava.

Boca seca, meu estômago revira.

— Mas... eu arrisquei tudo por você.

— Por mim? — Shea ri. — Ah, por favor.

— Foi. Eu garanti que você continuasse na escola. Korey pagou por ela!

Shea me dá um olhar duro.

— Eu preferia ter largado — rosna ela. — Tipo, você acha que eu queria isso? Já é difícil ser a única garota negra no nono ano, mas ter uma irmã mais velha que ficou com um cara adulto... Só sei que não tenho permissão para visitar a casa dos meus amigos por sua causa. Quando as pessoas falam de você, elas falam de mim, se perguntando se eu gosto de homens mais velhos também. Quando falam de você, estão falando da mamãe e do papai, se perguntando que tipo de família doente largaria a filha com um homem qualquer. Você queria ficar com ele, não importava o que aconteceria *com a gente*.

Shea me dá as costas. Não consigo encontrar palavras para descrever direito o que sinto. Choque. Culpa. Vergonha. Pensei que, se eu contasse a ela tudo o que fiz, como desisti do meu sonho para protegê-la, ela teria que me perdoar.

Mas não parece justo esfregar na cara dela. Isso é algo que Korey faria.

— Como você nos encontrou?

A voz da minha mãe está afiada, mas Louie parece não perceber. Ele está ocupado bebendo a limonada que a minha mãe preparou, apreciando as fotos de família na parede. Ele é um artefato estranho do meu passado recente sentado no sofá do agora.

— Tenho contatos — diz Louie. — Você está bonita, Enchanted! Curti o corte de cabelo.

Meu pai se põe de pé, gritando:

— Chega, é hora de você ir embora!

— Ei, ei! Calma! Tô de brincadeira com vocês! Chanty, aquele seu amigo, o Derrick? Foi ele que me passou seu contato.

Meus pais viram a cabeça para mim e concordo com a cabeça, aprovando.

— Tudo bem. Derrick... é um amigo.

Louie dá um suspiro aliviado, agarrando o peito com um sorriso inocente.

— Foi mal. Achei que um pouco de humor aliviaria o clima. Principalmente depois de tudo pelo que você passou.

Eu me ajeito, desconfortável.

— Você sabe?

Ele dá de ombros.

— O mercado musical é pequeno. A gente fica sabendo das coisas.

— Então todo mundo já sabe?

Ele tira os óculos.

— Quer dizer, eu não sei exatamente o que aconteceu com Korey. Eu já tinha ouvido falar desse... gosto dele antes. Todo mundo sabia.

— E vocês permitiram que acontecesse? — diz minha mãe, com as mãos no quadril.

— Ele faz milhões para a RCA. É fácil para a gravadora ignorar e enterrar as histórias que aparecem. Pelo amor de Deus, o cara é uma *estrela*! Conhecido no mundo inteiro!

Enojada, minha mãe balança a cabeça.

— Só um bando de homens adultos deixando outro homem adulto perseguir meninas! Covardes!

— Concordo plenamente — diz Louie.

— Bem, estamos esperando até que ela decida ir à polícia — diz minha mãe. — Não queremos que Chanty passe pelo estresse desnecessário por enquanto. Talvez a gente deva ir agora.

— Eu esperaria. Pelo menos por enquanto.

— Por quê? — Meu pai se irrita. — Quero o cara atrás das grades, assim não fico tentado a matar ele.

— Vou ser sincero com vocês. O sonho da sua filha é ser uma cantora famosa. Se vocês forem à polícia agora, ela vai ficar com o nome sujo com as gravadoras. Não vai ter chance. Será a palavra de uma garotinha desconhecia contra Korey Fields. Mas, se a gente construir o nome dela, será a palavra de *Enchanted* contra a dele no futuro. Isso tem muito mais peso.

Eu me recosto ao me dar conta.

— Você ainda quer ser meu empresário?

Ele sorri.

— Bem, eu não vim até aqui pela limonada, que está deliciosa, aliás.

— Mesmo depois de tudo?

Louie dá de ombros.

— Você pode me chamar de maluco, mas só sei que tenho uma filha da sua idade. Eu mataria um homem se... bem... Se minha filha tivesse o seu talento, eu moveria mundos e fundos tentando garantir que o mundo inteiro soubesse disso.

Mordisco o interior da minha bochecha, refletindo sobre as palavras dele. A ideia de cantar de novo é ao mesmo tempo assustadora e revigorante.

Louie se inclina para a frente, a expressão séria.

— Enchanted. Não deixe aquele babaca destruir seus sonhos. O sucesso é a melhor vingança. — Ele olha para os meus pais. — Vamos pegar esse filho da puta. Não vai ser fácil, mas vocês têm minha palavra.

Capítulo 61
BRILHE MUITO

— Está bem, você é a próxima — Louie segura meus ombros. — Pronta?

Assinto no espelho do camarim, admirando a maquiagem que fiz. Eu pareço... comigo mesma. Cabeça recém-raspada, gloss, um pouco de rímel e brincos de argola. Minha mãe me emprestou um de seus vestidos justos, botas de cano curto e uma jaqueta de couro.

A música ecoa do palco lá fora. O camarim apertado do Apollo Theater tem cheiro de perfume e alvejante.

Mas estou mais feliz aqui que em qualquer outro lugar.

— Eu... não acho que é uma boa ideia — minha mãe gagueja atrás de mim, quase histérica. — Talvez seja melhor esperar. A gente não devia estar fazendo isso!

Louie fica boquiaberto.

Eu me levanto e seguro as mãos dela.

— Mãe, você prometeu! Você prometeu que não vamos deixar o que aconteceu me impedir de continuar.

— Sim, mas eu quis dizer que você ainda pode entrar na faculdade.

— Esse é o seu sonho, não o meu.

Minha mãe passa o peso de um pé ao outro, os olhos arregalados e distantes.

— Tudo isso... parece muito precipitado — diz ela, o lábio inferior tremendo. — Você mal voltou, e já estamos te jogando sob os holofotes.

— Mas é onde quero estar — imploro.

— É uma pequena apresentação — Louie insiste. — Só para molhar os pés. Levá-la de volta à água. Alguns poucos artistas. Nada grande.

— Ela não está pronta!

— Estou bem. De verdade!

Minha mãe me pega nos braços, as lágrimas descendo pela minha jaqueta. Posso senti-la perdendo o equilíbrio e tento abraçá-la com força.

— Eu falhei com você, filhinha. Se eu fosse mais como uma daquelas mães do show business... Se eu tivesse prestado atenção no que você realmente queria, se eu estivesse lá, com você... nada disso teria acontecido. Se eu não trabalhasse tanto e fosse uma mãe melhor. Então talvez... talvez...

Eu a abraço e sussurro:

— Você estava exatamente onde eu precisava que estivesse. Estou bem, mãe. Eu juro.

Ela olha para o meu rosto e então concorda com a cabeça e me dá um beijo na testa.

— Tá bom. Vou estar bem aqui, te esperando.

As luzes são ofuscantes. Faz semanas que não subo no palco, mas assim que encosto no microfone, ele me traz à vida, o caminhão de duas toneladas sobre o meu peito desaparece.

Estalo os dedos com o ritmo e dou um sorriso estonteante.

"Ba ba bada. Ba ba bada..."

Quando Louie sugeriu Beyoncé, eu recusei de imediato. Mas ele explicou o que estava pensando. Era necessário mostrar ao público que sou versátil, cheia de juventude e tenho alcance vocal. Então escolhi uma canção que tem uma vibe tradicional, mas ainda tem um ritmo moderno — "Love on Top".

Giro, dançando pelo palco, a audiência batendo palmas comigo. Apesar de tudo que aconteceu, me sinto livre. Como se voasse de novo. Senti falta do palco. Senti falta da onda de adrenalina que vem com ele. Um tipo diferente de onda... até que o vejo.

Korey.

Pisco, minha visão borrando, e rezo para estar vendo coisas. Giro de novo, olhando para a banda atrás de mim, e lá está ele. Tocando bateria. Mesmo de óculos escuros e capuz, eu reconheceria esse sorriso em qualquer lugar.

Ele está aqui. No palco comigo. De novo.

Eu me viro para a multidão, e de alguma forma, continuo a canção, enquanto tudo dentro de mim grita por socorro.

Ele está aqui ele está aqui ele está aqui ele está aqui ele está aqui.

Meu olho treme, as luzes queimando, e estou aterrorizada demais para piscar. Quase esqueço da modulação no final da música e subo uma oitava.

"Baby, 'cause you're the one I love
Baby, you're the one that I need."

O medo me mantém em movimento. Giro mais uma vez para roubar outra olhada atrás de mim. Korey está sorrindo, se divertindo. Ele parece... orgulhoso.

Não olhe para ele. Não. Fuja!

Subo a próxima oitava. E a próxima. E a próxima. Minha voz quase falha no final.

Como ele chegou aqui? Louie o convidou? Foi tudo uma armadilha desde o início? E se ele me levar? E se ele... ele...

"Love on TOP!"

Aplausos estrondosos interrompem a canção e saio correndo do palco, para a escuridão, para a porta dos fundos. Alguém me agarra, e eu grito.

— Enchanted! Puta merda! Foi incrível! — Louie comemora, me erguendo do chão. — Você ouviu a plateia? Olha só.

Batendo os dentes, balanço a cabeça. Não posso voltar. Ele está aqui, ele está aqui, ele está aqui... *Fuja!* Preciso contar para alguém, mas as palavras estão presas. Minha boca se mexe, mas som nenhum sai.

— Olha, Enchanted! Olha! Estão te aplaudindo de pé.

Espio por cima do ombro, apenas para olhar para o palco. A banda se foi. Korey também. Mas o público... aplaude. Uma bolha de esperança infla. Talvez eu possa mesmo ser algo sem ele.

— Ei? Tudo bem? — pergunta Louie, de repente sério. — Parece que você viu um fantasma. Quer que eu vá buscar a sua mãe?

Meu sangue congela, as veias latejando. Será que eu deveria contar a eles? Não. Minha mãe não pode saber. Ela nunca mais vai me sair da vista dela pelo resto da vida.

E então... jamais cantarei de novo.

Capítulo 62
JURIDIQUÊS

— Korey Fields te enviou uma cópia do seu contrato.

No restaurante Sylvia's, no Harlem, minha mãe e eu nos encontramos com Louie para nossa reunião semanal de planejamento. Minha mãe quer estar mais envolvida nos meus planos de carreira. Mas essa notícia surpreende a nós duas.

— Contrato? Que contrato? — minha mãe pergunta.

Louie suspira, revirando a bolsa-carteiro.

— Foi o que pensei. Pedi para o meu advogado dar uma olhada. Aparentemente, você assinou com a gravadora do Korey.

Minha mãe e eu trocamos um olhar confuso.

— Que gravadora? Do que você está falando?

— Você não se lembra de ter assinado nenhum documento dele?

Minha mãe dá de ombros.

— Só a papelada de procuração que aquela garota Jessica me deu.

— Algo como isto?

Louie passa uma pilha de papéis para ela. No momento em que vejo a grossura, sei que estamos ferradas. Minha mãe passa as páginas, assentindo devagar.

— Bem, sim. Ela me disse que era tudo padrão. Tipo uma longa permissão para ir a uma excursão de escola.

Louie esfrega o rosto, franzindo a testa.

— Korey te enganou para assinar com a gravadora dele, Field of Dreams Records.

— Ele tem a própria gravadora? — pergunto. — Desde quando?

— Está registada sob a RCA, é relativamente nova. Ele ia anunciá-la no outono, com vários artistas novatos.

— Então a RCA te enviou isto? — pergunta minha mãe. — A essa altura eles já devem saber o que o Korey fez com ela!

— Eles sabem. Esta é a primeira maneira de te silenciar. — Ele cutuca os papéis na mão de minha mãe com força. — De acordo com o contrato, ele é basicamente dono de qualquer música que você produzir pelos próximos três anos.

Parece o golpe final. O último corte na minha cauda de sereia. Ele sabia onde me atingir para que doesse mais.

— Mas minhas canções... Trabalhei nelas por anos. São minhas.

Louie balança a cabeça.

— Sinto muito, Enchanted. A não ser que a gente consiga sair deste contrato, não há muito que a gente possa fazer.

Capítulo 63
VIAGEM DE CARRO

— Olha quem chegou em casa a tempo da Conferência Adolescente — resmunga Malika, revirando os olhos. — Não é bastante conveniente?

Malika Evens tem uma mansão em um condomínio fechado na esquina da nossa casa. Sempre me surpreende como podemos estar tão perto e ao mesmo tempo tão longe uma da outra, de todas as maneiras imagináveis.

Nosso grupo do W&W se reúne na entrada, enchendo a van para a nossa viagem de fim de semana para a Conferência Nacional Adolescente. As mães de Malika e Aisha se ofereceram para nos acompanhar. Elas lançam olhares desconfiados e sorrisos contidos para mim e Shea.

— Olá, meninas. Bem a tempo — diz a sra. Evens.

— E aí, estrela? — cumprimenta Sean, dando uma piscadela. — Que bom que você pode andar com a ralé que nem a gente! Acho que agora já tem grana para nos comprar umas bebidas, hein?

As veias se apertam no meu pescoço e forço um sorriso. Malika revira os olhos. Shea agarra meu braço antes que eu possa colocar nossa mala no carro.

— Tem certeza de que isso é uma boa ideia? — ela sussurra.

— Já pagamos — respondo. — Faz meses que mamãe está pagando essa viagem. Nós vamos.

— É, mas talvez o papai precise...

— O que ele precisa é vigiar os Pequenos enquanto a mamãe trabalha. E, com a situação toda da greve, talvez a gente nem consiga participar do Will & Willow no ano que vem.

Shea paralisa, a ideia a atingindo como um soco no estômago.

— Mas... você vai ficar bem?

— Estou ótima — insisto. — De verdade. Além disso, estou segura... com você.

Ela sorri um pouco, seu olhar suavizando. Como se sentisse pena de mim. O que não posso suportar, mas é melhor que ela estar com raiva.

— Tá bom — Shea cede.

— Que bom ter você de volta — diz Aisha, sorrindo enquanto subimos na van. — Vamos ser os mais fodas com uma celebridade participando da nossa divisão.

Creighton me dá um sorriso envergonhado e um "oi" antes de sentar no banco da frente.

— Ei, Creighton — eu chamo. — Como está o clube de ações?

Ele se vira para mim com um sorriso tímido.

— Hum, tranquilo. Fizemos cinco mil no último trimestre.

Decidi perdoar Creighton. O que ele fez foi burrice. Mas nem de perto tão horrendo quanto o que Korey fez comigo. Além disso, ele me salvou, mandando Derrick me procurar. Eu poderia ainda estar presa naquela casa.

— Cara, ela pagou o que devia. Quem se importa se não apareceu na reunião nos últimos meses? — Sean grita. Todos na van se viram para ver que ele e Malika estão discutindo na calçada. — Supera. Ela vai participar!

A Conferência Nacional da Will & Willow é tipo uma Reunião dos Grupos de Adolescentes gigante. Uma vez por ano, divisões de todo o país se reúnem em uma cidade. Um grande evento antes das férias de verão. Nossa divisão está hospedada no Renaissance Hotel, perto do porto de

Boston, a mais ou menos três quarteirões do centro de convenções, onde acontecem as sessões, painéis e palestras. É esperado que a gente se vista estilo business casual, como futuros grandes profissionais. Terninhos, blazers, gravatas, saltos e sapatos sociais.

Mas... eu não pareço exatamente elegante me arrastando de quatro no nosso quarto de hotel no meu terno cinza-carvão.

— O que você está fazendo? — reclama Shea.

— Perdi a tarraxa do meu brinco. Deixei cair em algum lugar.

Uso a lanterna do celular para procurar debaixo da cama.

— Era pra gente já estar lá embaixo dez minutos atrás!

— Sim, mas não posso ir sem brincos. As pessoas vão dizer que pareço um menino!

O telefone do quarto toca.

— Argh, provavelmente é a sra. Evens se perguntando onde nós estamos — choraminga Shea, cruzando o quarto.

— Não atende — grito, agarrando o pulso dela antes que possa alcançar o aparelho. — Ela vai saber que ainda estamos aqui. Só... vai para os elevadores, diz que estou no banheiro ou qualquer coisa assim. Eu te encontro lá!

Ela solta um gemido de reclamação, joga as mãos para o alto e sai.

De volta ao chão, procuro por toda a parte. O telefone toca outra vez enquanto tateio o espaço apertado entre a mesa de cabeceira e a cama. Um reflexo dourado chama minha atenção.

— Achei! — comemoro.

O telefone toca de novo, bem na minha orelha. Com um grunhido, pego o aparelho.

— Sim, já vou!

— Vem aqui pra fora.

Minha garganta fecha com o som da voz dele.

Korey.

Fico de pé com um pulo, os músculos retesando, e me viro para a porta, a quilômetros de distância.

— Sei que você está aí, Bright Eyes. Vem aqui pra fora.

* * *

Dura como uma tábua, atravesso o saguão quase vazio do hotel devagar, mordendo a bochecha e sentindo o gosto do sangue. Todo mundo já está indo em direção ao centro de convenções para o evento da noite.

Mesmo que eu ligasse, ninguém chegaria aqui rápido o suficiente para me salvar.

Sou cuspida para fora pelas portas giratórias e sinto o cheiro de água salgada vindo da baía, o centro de convenções a poucos quarteirões de distância. Talvez eu possa correr. Pular na água e nadar até em casa.

— Enchanted.

Outra voz familiar. Tony.

Penso em chamar por Shea, mas não quero nenhum deles perto da minha irmã. Eu me mataria primeiro.

— Por aqui — diz ele, me conduzindo pelo quarteirão até uma caminhonete preta. Ele vira a esquina até um estacionamento subterrâneo, então descemos três níveis.

Lá, um carro que não reconheço está estacionado no canto mais distante, o motor ligado.

Tony abre a porta e me enfia para dentro do veículo. Em um instante, estou nos braços de Korey, e meu corpo vira pedra.

— Bright Eyes — ele diz. — Caramba, senti tanto a sua falta.

Eu me afasto, deslizando pelos assentos de couro vermelho e me encolhendo contra a porta.

Korey está com um capuz preto. Mas, mesmo na escuridão do banco de trás, vejo que ele se magoa com o meu gesto.

— O que... você está fazendo aqui?

— E-eu pensei que você ficaria feliz em me ver. Estou aqui agora, vim te salvar de novo.

Estou tão chocada que fico quieta. Korey parece magoado, acabado... velho. E a parte do meu coração que o amou bate um pouco mais forte, apesar de eu ordenar que não.

Ele abaixa a cabeça.

— Você me abandonou — murmura. — Você prometeu jamais me abandonar.

— Korey, por favor — imploro, trêmula. — Você precisa me deixar ir embora.

— Nós fomos feitos um para o outro, lembra? Quem nem a Tammi e o Marvin.

— Tammi morreu.

— Marvin também. É isso o que você quer que eu faça? Morra?

Por um breve momento, quase digo que sim.

— Só... por favor, você não pode estar aqui.

— Tá, só mais uma pergunta, e aí... vou te deixar em paz.

Engulo em seco.

— Está bem.

— Você chegou a me amar?

É a mesma pergunta que faço a mim mesma há semanas. *Ele* me amou um dia? Porque eu o amei. Nosso amor parecia mais profundo que o oceano, infinito e lindo.

— Sim. Mas... não posso mais ficar com você.

Korey me puxa outra vez.

— Sinto muito, amor. Nós... nós podemos tentar de novo. Vou ser uma pessoa melhor desta vez. Eu mudei. Eu te vi cantar outro dia desses. Você estava tão linda.

Ele estava lá. Eu sabia!

— Eu... preciso ir.

— Bright Eyes, você tem dezoito anos agora. Podemos ficar juntos que nem a gente conversou.

— Por favor, Korey... — Eu soluço, agarrando a maçaneta. — Eu não posso.

O rosto dele fica sombrio.

— Se você me deixar outra vez, vai se arrepender. Você precisa voltar para o seu lugar.

Uma pequena chama se acende na minha barriga. Algo com o qual não estou acostumada. Água e fogo não se misturam. Mas agora, sou feita de ambos. Pensando rápido, pego meu celular, abrindo o Maps.

— O que você...

Seguro meu celular na cara dele.

— Tem um localizador no meu celular que mostra exatamente onde estou. Eu deveria ter chegado no jantar faz dez minutos. Se você não me deixar sair, as pessoas vão vir me procurar. Bem aqui.

Korey olha para a porta e então de volta para mim.

Shea, de braços cruzados, está no saguão do centro de convenções quando chego.

— Onde é que você estava? Eu estava te ligando!

— Foi mal — murmuro, ainda chocada por meu blefe ter funcionado.

Ela franze a testa.

— Você está bem?

— Aham — eu guincho. — Pronta para o jantar?

Três saídas, nenhuma janela. Banheiros à esquerda.

A festa de boas-vindas do evento acontece no salão do centro de convenções. Outro baile com um DJ ruim e luzes estroboscópicas. Só que tem mais de mil adolescentes negros ricos aqui, juntos nas sombras. Shea se diverte com Aisha, tirando selfies para o Snapchat. Sean dança com uma garota da divisão de Miami no canto. Creighton não sai de seu lugar nos fundos do salão.

Três saídas, nenhuma janela. Banheiros à esquerda.

Como eu posso estar tão entorpecida e ao mesmo tempo sentir cada átomo flutuando no meu corpo?

Pior, tudo que quero é a bebida roxa. Quero demais.

Alguns outros membros do Will & Willow me reconhecem, ou ouviram falar de mim, mas, com a cabeça raspada, eu não me pareço mais com a garota que estava com Korey. Estou de volta ao meu antigo eu que, de alguma forma, é totalmente novo.

Três saídas, nenhuma janela. Banheiros à esquerda.

Não aguento encarar uma direção por muito tempo; preciso ficar de olho em todas as portas. E se ele aparecer, em outra apresentação surpresa? E se ele já estiver aqui? E se encontrar Shea primeiro?

— Shea — arfo, me virando para procurá-la na multidão. Do outro lado do salão, meus olhos tornam a focar um rosto familiar, meu peito apertando.

Derrick me dá um breve aceno, e eu solto uma risada aliviada, abrindo caminho na multidão. Nos encontramos no centro.

— Aí está você! Tipo, você DE VERDADE. Não aquela garota que conheci na estrada.

— Ei, aquela garota que você conheceu ainda tem um gosto péssimo para programas de TV — devolvo com um sorrisinho.

Derrick assente.

— É bom te ver.

— Surpreso por eu estar aqui?

— Não, na verdade, fico feliz! Como está... tudo?

— Tudo está bem. Por enquanto.

— Se quer saber, estou muito orgulhoso de você. Sei que... aquilo foi difícil.

Pressiono meus lábios com força para evitar que tremam.

— Obrigada — respondo, minha voz falhando.

— Ei, o tal do Creighton — diz ele, assentindo na direção do garoto. — Ele se desculpou pelo que fez com você?

— O quê? Como é que você sabe disso?!

Derrick revira os olhos.

— Cara, o idiota confessou para um dos meus amigos, dizendo como se sentia culpado, mas estava com medo de ser expulso do W&W. Foi por isso que ele quis te ajudar.

— Ah. Bem, não importa. E ele me ajudou a sair de perto de Korey, enviando você até mim.

O rosto de Derrick se transforma com um rosnado, a voz séria.

— Ei, você não pode continuar escondendo o que aconteceu com você, achando que vai se resolver sozinho. Sua voz não é só para cantar, sabe? Você precisa usar sua voz. Se não por você, então pela próxima garota, porque ela vai existir se deixar as pessoas pensarem que podem te machucar e sair impunes.

A culpa dispara no meu corpo. Balanço a cabeça.

— Você está certo.

Derrick inspira fundo e seus olhos ficam leves.

— Ei! Você viu o episódio da semana passada?

Dentro de minutos, o clima muda e voltamos a falar de besteiras, debatendo do que gostamos mais, *Love and Hip Hop* de Nova York ou Atlanta. Sempre fui fã da versão NY, mas a de Atlanta tem algumas pérolas. Dou uma risada, uma risada de verdade, com o meu peito todo, pela primeira vez em meses. É bom. Quase normal.

De canto de olho, vejo Malika — difícil não ver a única pessoa no meio do salão que não está dançando, uma tela de celular brilhante iluminando seu rosto. Com a mão cobrindo a boca, ela fica pasma de horror antes de erguer a cabeça, olhando diretamente para mim.

Uma sensação de enjoo toma conta de mim.

Malika corre pelo salão até Sean, enfiando o celular na cara dele.

Derrick continua conversando comigo enquanto eu observo os dois. O celular dele vibra. Ele dá uma olhada e se encolhe.

— Ah, merda — ele murmura, arregalando os olhos.

— O que é?

Celulares tocam e vibram ao nosso redor, como naquele dia em que o mundo viu nosso vídeo no YouTube. Só que eu sei que não é nada tão inocente quanto nós cantando. Pelas expressões chocadas de todos, sei que é algo... pior.

— Eu... Eu... caralho — diz Derrick, agarrando a minha mão. — Vem, a gente tem que dar o fora.

Por meio segundo, me pergunto se Korey se matou como disse que faria. Talvez lá fora, no estacionamento. Seria tudo minha culpa.

No saguão, não aguento o suspense e me solto dele.

— Me diz o que está acontecendo — exijo.

Derrick morde o nó dos dedos, parecendo dividido.

— Tá, tem um vídeo... uma *sex tape*. Com Korey.

Meu estômago revira. Pisco devagar.

— Uma... uma o quê?

Ele para ao meu lado e dá play no celular. É um vídeo embaçado de Korey pelado... com uma garota na casa dele... a casa dele de Atlanta... no meu antigo quarto... pelada.

Derrick me observa, a tristeza dominando seu rosto enquanto, enfim, me dou conta. E deixo escapar uma risada profunda e delirante.

— Ah, você acha que sou eu? Não, não sou eu.

Derrick retesa o maxilar, sustentando um olhar sério.

Balanço cabeça.

— Essa não sou eu, Derrick. Não sou eu!

Capítulo 64
CONVERSA EM GRUPO

Grupo de conversas do W&W (sem as irmãs Jones)
Malika: Bem, essa foi uma convenção memorável.
Sean: Gente. GENTE. Sério. PQP!
Aisha: Uma garota de Danbury disse que a nossa divisão agora é conhecida como a Divisão Porn Hub.
Malika: Isso é nojento.
Sean: Tá, mas falando sério... é a Enchanted ou não?
Malika: Sério?
Aisha: Para!
Creigton: KKKKKK
Aisha: Não é nem um pouco engraçado!
Sean: Quer dizer, eu vi o vídeo. Bem, as partes que consegui encontrar. E não vou mentir, a garota se parece demais com ela.
Aisha: Sério?
Malika: Claro que é ela! Tá todo mundo cego aqui? Mesmo com aquela qualidade de merda e eles de costas, dá para ver que é ela.
Creighton: Mas a menina tinha cabelo.
Aisha: Era uma peruca.

Sean: Impressionante ter ficado no lugar considerando como ele estava girando ela.
Creighton: KKKKK Caramba, cara, você tá sacaneando agora!
Sean: Mano, não finge que não viu.
Malika: Você viu?
Creighton: Um cara no meu time de futebol tava mostrando no vestiário.
Malika: E você deixou?
Sean: Quer ver? Tenho o link.
Creighton: Não, não faz isso. Ela já passou por muita coisa.
Aisha: Ei, seus pais receberam aquele e-mail da Nacional?
Malika: Aham. Eles estão se perguntando em que tipo de merda do gueto a gente se meteu deixando as irmãs Jones entrarem na nossa divisão.

Capítulo 65
SEX TAPE

Na TV, o relações-públicas de Korey dá uma coletiva na frente do condomínio dele.

— Meu cliente está extremamente incomodado que alguém tenha roubado sua propriedade pessoal e privada. No entanto, estamos confiantes de que os indivíduos, quem quer que sejam, serão encontrados e sofrerão consequências de acordo.

Shea fica em casa para evitar o massacre. Não sei por que, pois não sou eu no vídeo.

Louie nos diz para ficar quietas e de cabeça baixa. Deixar o circo da mídia passar. Ele acha que sou eu. Mas não sou eu.

Minha mãe está no celular, conversando com um advogado. Não sei por que, pois não sou eu.

Meu pai viu partes dos vídeos... e agora nem consegue olhar para mim. Ele também acha que sou eu. Mas não sou eu.

Não sou eu.

Não sou eu.

Eu repito isso de novo e de novo para mim mesma até que as palavras se tornem um mantra no meu ouvido.

* * *

Me sinto como o outono.

Sou uma pilha de folhas mortas, escuras, úmidas, com cheiro de mofo. Maçãs apodrecendo, grama moribunda, a escuridão espantando o sol cada vez mais cedo.

Alguém tirou um print de parte do vídeo e colou a imagem no meu armário. Até o zelador me lança olhares questionadores vez ou outra.

O sr. Walker ficou vermelho quando entrei na aula de inglês. Ele viu o vídeo. Inglês costumava ser minha aula favorita. Escrevi algumas das minhas melhores canções ali. Agora não consigo pensar numa palavra sequer para escrever.

Só que *não sou eu*. Escrevo isso mil vezes no meu caderno de música.

Não sou eu.

Não sou eu.

Não sou eu.

Perseguir esse sonho se tornou um terrível pesadelo.

Lá fora, além da colina gramada, o vento balança as bandeiras tremulando alto em mastros brancos. A aula do sr. Walker fica no lado norte do campus, perto do estacionamento dos estudantes. Me esforço para encontrar o carro de Gab entre as BMWs e Audis. Carros de gente rica, Gab brincava. Ela tinha orgulho do seu Toyota Corolla. Tremo ao pensar em Gab vendo o vídeo, talvez com Jay, no dormitório dele no campus, com todos os outros alunos.

Perguntei a algumas pessoas da sala sobre Gab, mas ninguém parecia saber de quem eu estava falando. Ela era a única veterana na nossa aula de biologia — como é que eles não sabem quem ela é?

Bem no fundo do estacionamento, o sol brilha na janela escura de uma Mercedes preta familiar, estacionada perto da saída. É perto o suficiente para que eu note, mas longe o bastante para que ninguém estranhe. A opulência preta como nanquim é inconfundível.

Korey.

Não posso ver por causa do vidro escuro, mas sei que é ele. Sentado lá, com o motor ligado, observando e esperando. Esperando para me levar, esperando para me capturar.

Esperando para me matar.

Fuja!

Um tremor atravessa meu corpo e eu levanto. O sr. Walker diz algo às minhas costas enquanto eu disparo para o corredor. Continuo correndo, embora minhas pernas doam e meu corpo esteja preenchido de coisas mortas. Eu corro. Direto para o vestiário.

O que vou fazer? Será que um dia vou conseguir me livrar dele?

E... e se for mesmo minha culpa, como Shea disse? Eu... mandei aquela canção da Aretha Franklin para ele. Eu o segui nas redes sociais. Eu liguei para ele em Jersey. Usei o top sexy no estúdio. Eu o beijei...

— Chant?

Um grito escapa, e cubro a boca com as mãos, a voz ecoando no vestiário vazio.

Shea está de pé na pia e dá um passo incerto para trás.

— O que você está fazendo aqui? Te vi passando correndo pela minha sala.

Ela foi seguida? Ela trancou a porta?

— Ele está aqui — sussurro. — Korey. Lá fora, no carro.

Shea franze a testa.

— Você viu? Tem certeza de que era ele?

Eu assinto, tremendo. Tenho que contar a alguém, caso eu não escape com vida.

— Ele está vindo me pegar.

Shea arregala os olhos.

— Enchanted. Você está me assustando — diz ela com irritação, como se não acreditasse em mim.

— Ele estava na Conferência Adolescente também. Eu o vi antes do baile.

— O quê? Por que você não contou pra mamãe?

— Eu... pensei que eu pudesse lidar com isso. Pensei que pudesse controlar a situação...

— Como você acha que vai lidar com alguém que nem ele? Ele é Korey Fields. Um cara muito famoso! Você é só... você. Precisamos contar pra mamãe.

Shea tem razão. Korey tem todo o dinheiro. Todo o poder. Eu sou... só eu.

Capítulo 66
SUCO DE BETERRABA 4

AGORA

— Chanty? Filha? Você está bem?

— Pai? — sussurro.

O que ele está fazendo aqui?

Ouço mais vozes. Olho para a direita, descendo o corredor, onde algo está destacado da parede. Uma porta escondida, abrindo como um livro. Dou uma espiada, vendo a curta escada de metal que leva a uma porta de vidro. Deve ser o estúdio, no andar debaixo. Nunca vi essa porta antes.

A gente trabalhou ontem à noite? Talvez.

Pense.

Pense.

Ao lado do meu pé tem uma faca de carne. Do tipo que faz parte daquele conjunto do bloco de madeira que fica guardada no balcão da cozinha. Só que agora está no chão, coberta de suco de beterraba.

Nem sei onde fica a cozinha, mas eu deveria limpar isso antes que alguém entre aqui. Ele vai ficar tão irritado.

Enquanto me abaixo, a porta da frente estala e abre com força.

— PARADA!

Capítulo 67
INTERROGATÓRIO Nº 1

ANTES

Transcrição — 13 de maio

Detetive Fletcher: Olá, sra. Jones, Enchanted. Sou o detetive Fletcher. Você já conhece meu parceiro, detetive Silverman. Prazer conhecer vocês duas.

Enchanted Jones: Olá.

LaToya Jones: Oi.

Fletcher: O detetive Silverman me pediu para estar presente, mas, antes de começar, eu queria dizer que estive naquele show que você fez recentemente. No Apollo.

E. Jones: Sério?

Fletcher: É, minha filha também é aspirante a cantora. Você tem uma voz incrível!

E. Jones: Obrigada.

Detetive Silverman: Só para confirmar, você quer abrir um boletim de ocorrência contra Korey Fields por ameaça, agressão, estupro e… perseguição. É isso?

E. Jones: Hum, sim.

LaToya Jones: Queríamos ter vindo antes, mas pensamos que seria melhor esperar até que Enchanted estivesse mais forte. Mas agora Korey está perseguindo minha filha e precisa parar.

Silverman: E isso aconteceu mais ou menos na época em que a *sex tape* foi divulgada?

E. Jones: Não sou eu naquele vídeo. Nós nunca transamos.

Silverman: Tem certeza? Você mencionou antes que ele costumava te drogar, não foi?

E. Jones: Nós... ficamos, acho que dá para chamar assim. Mas sexo mesmo, não.

Fletcher: Sexo oral ainda é considerado sexo, segundo a lei.

Silverman: Então você admite que vocês tiveram relações sexuais?

E. Jones: Hum, é.

Silverman: Você praticou sexo oral no sr. Fields?

E. Jones: Hum, sim.

Silverman: E você fez isso por livre e espontânea vontade?

L. Jones: Olha, ela já respondeu tudo isso. Ela disse que não é ela. Não entendo o que isso tem a ver com o fato de Korey estar perseguindo minha filha!

Fletcher: Precisamos dos detalhes para a investigação. Sra. Jones, você disse que deu permissão para Enchanted sair em turnê com Korey Fields.

L. Jones: Sim. Assinamos uma procuração. Bem, foi como eles chamaram, algo que garantia que ela teria a supervisão de um guardião adulto, contratado pela gravadora, para ficar de olho nela o tempo todo e garantir que ela estudasse. Foram sob essas condições que permitimos que ela fosse. Mas Jessica era tão podre quanto Korey, não atendia as ligações nem respondia às mensagens. Tentamos entrar em contato com a gravadora, mas era um labirinto. Eles só transferiam a gente de uma pessoa para a outra!

Silverman: Mas agora você está dizendo que um relacionamento aconteceu antes de você sair para a turnê?

E. Jones: Sim.

Silverman: E do que consistia esse relacionamento? Vocês foram a encontros?

E. Jones: Hum, não. A gente ficava no estúdio dele, gravando. E ele me mandava mensagens. Muitas.

Silverman: Você tem essas mensagens?

E. Jones: Não. Ele tomou meu celular. Tenho um novo, mas... elas devem estar no celular com ele. A gente mandava canções um para o outro.

Silverman: Você sabia que Enchanted se comunicava com ele?

L. Jones: Não. Eu não sabia.

Fletcher: Fale sobre a perseguição. Pode nos dar mais detalhes?

E. Jones: Hum, sim. Primeiro, ele me seguiu até a conferência do grupo Will & Willow em Boston. Me levou para um estacionamento ali perto. Ele também estava do lado de fora da minha escola outro dia. Vi o carro dele.

Silverman: E ele sabia que você não queria mais estar em um relacionamento? Isso foi deixado claro?

L. Jones: Você fica dizendo relacionamento. Ela tinha dezessete anos. Não existe relacionamento entre um homem adulto e uma *criança*.

Silverman: Claro, claro. Mas, nestas circunstâncias, achamos melhor...

L. Jones: Eu não me importo com o que você acha melhor! Aquele *homem* sequestrou a minha filha.

Silverman: Bem, não podemos falar de sequestro. Você permitiu que sua filha fosse com ele.

L. Jones: Sim. E ele a manteve presa contra a vontade dela!

Silverman: Aquelas visitas policiais à casa dele em Atlanta... Enchanted, por que você não foi embora com os oficiais?

E. Jones: Eu... eu estava com medo! Não sabia o que aconteceria se eu fosse com eles.

Fletcher: Enchanted, algum desses incidentes que você mencionou, ele te seguindo, poderiam ser considerados... coincidências? Por exemplo, poderia ser um acaso ele estar em Boston ao mesmo tempo que você?

E. Jones: Não. De jeito nenhum. Ele estava até no show! No palco comigo.

Fletcher: No palco com você?

E. Jones: Sim, na banda.

Fletcher: Na banda?

E. Jones: Sim.

Fletcher: Não tinha banda nenhuma naquele show.

E. Jones: Hã? Tinha, sim.

Fletcher: Hum. Está bem. Vamos conferir.

Silverman: Alguém pode confirmar o relacionamento de vocês antes da turnê?

E. Jones: Sim, minha amiga Gab.

L. Jones: Filha, quem?

E. Jones: Gabriela Garcia. Da escola. Ela sabia. Ela me ajudou quando matei aula para sair com ele. Vocês podem conversar com ela.

Capítulo 68
LIMITE DO CAMPUS

Gab mencionou que Jay trabalhava no laboratório de informática do campus. É fácil de encontrar quando chego no campus Fordham, perto da estação de trem.

Eu me lembro do rosto dele, gravado como papel de parede no celular dela.

Ele anda pelo laboratório, conferindo computadores, endireitando cadeiras, sorrindo, é tão fofo quanto Gab jurou que era.

— Você é o Jay?

— Aham. E aí, como posso te ajudar?

— Eu... sou amiga da Gabriela.

Ele para, não bruscamente, mas com um encarar lento e questionador.

— Quem?

— Gabriela. A Gab? Sua namorada.

Ele bufa e então ri.

— Namorada? *Pffff*. Gatinha, você tá falando com o cara errado.

Olho para o cabelo cacheado e castanho dele, as feições suaves, a altura. É assombroso. Não pode ser, tem que ser ele.

— Gabriela. Tem certeza de que não a conhece? Sou a amiga dela, Enchanted.

Eu a descrevo o melhor que posso, desejando ter pelo menos uma foto impressa.

— Desculpe, não sei de quem você está falando.

Semicerro os olhos.

— Você está mentindo pra mim.

Ele me encara.

— O quê? Ei, você estuda aqui? A segurança conferiu sua identidade?

Eu me afasto, correndo porta afora, direto para o trem.

Assim que estou no vagão de volta para casa, recebo uma mensagem de um número desconhecido:

Me dê uma noite com você e tudo isso acaba.

Uma pilha de tijolos se acumula no meu peito. Ele nunca vai me deixar em paz. Nunca.

Capítulo 69
MINUTA DA REUNIÃO DO W&W

Minuta da reunião de emergência das mães do W&W

Dra. Marcia Patrick (Mãe de Sean): Acho que todas sabemos bem o motivo desta reunião.

LaToya Jones: Eu não, por que você não explica?

Dra. Patrick: Recentemente nossa divisão recebeu muita atenção devido a essa controvérsia com Korey Fields. A diretoria nacional está preocupada e acha que é melhor… suspender a adesão da sua família por enquanto.

Sra. Jones: Uau. Simples assim?

Karen Evens (Mãe de Malika): Ter ligação com esse assunto neste momento não é bom para as crianças.

Sra. Jones: Espera aí! Quando nos mudamos para cá, vocês nos convenceram de que fazíamos parte dessa família. E nos momentos de crise, uma família deve se apoiar.

Sra. Evens: Isso… é diferente.

Nicole Woods (Mãe de Aisha): Concordo com LaToya. Isso é bobagem, gente! A intenção disso aqui era ser um grupo que se importa e cuida dos nossos filhos. É preciso um batalhão para criar uma criança — esse é o lema.

Sra. Jones: Nossa filha foi perseguida, abusada e agredida por um homem adulto. É nessa situação que mais precisamos do batalhão.

Sra. Evens: Bem... não tenho certeza disso.

Sra. Jones: Como é que é?

Sra. Woods: Ah, Deus.

Sra. Evens: Ela não estava exatamente sendo perseguida, estava? Ela entrou na casa dele porque quis.

Sra. Jones: Ela sofreu uma lavagem cerebral.

Sra. Evens: Garotas são espertas. Sabem exatamente o que estão fazendo.

Sra. Jones: Elas podem PENSAR que sabem o que estão fazendo, mas ele é que é o adulto. Ele sabia.

Dra. Patrick: Concordo. Decisões que parecem adultas não tornam essas meninas adultas.

Tonia Stevens (Mãe do Creighton): Então, posso perguntar por que você deixou sua filha acompanhar ele?

Sra. Jones: Ele nos fez promessas. Nenhuma delas foi cumprida. Mas ela não é adulta. Ela é só uma criança. Minha filha.

Sra. Evens: Ela tem dezoito anos agora.

Sra. Jones: E tinha dezessete quando ele começou a persegui-la. E, sinceramente, vocês consideram seus filhos de dezoito anos espertos o suficiente para tomar decisões sem que vocês estejam por perto?

Sra. Evens: O que você está querendo dizer?

Sra. Woods: Ah, Deus.

Sra. Jones: Só estou perguntando, você deixaria sua filha sair com um homem de vinte e nove anos?

Sra. Evens: Não, não. Minha filha jamais faria algo assim. Eu conheço minha menina.

Sra. Jones: Eu também conheço a minha. Mas mesmo assim eles têm opiniões próprias. Vão testar os limites, e não estamos por perto vinte e quatro horas por dia.

Sra. Evens: Desculpe, mas minha filha não faria algo assim. Não sei como os outros criam os próprios filhos, mas eu conheço os meus.

Sra. Jones: Você quer dizer que sua mãe sabia tudo o que você fazia quando era jovem?

Sra. Evens: Isso… é diferente.

Sra. Stevens: Tem certeza de que ela não disse a ele que tinha dezoito?

Sra. Jones: Você está dizendo que somos mentirosos agora?

Sra. Stevens: Não! Eu… Bem, todas nós passamos por isso. Ora, eu mesma tive um namorado mais velho quando estava na escola. E eu não tinha exatamente o corpo de uma garota de dezesseis. Então, eu entenderia se, sabe, ela contasse uma mentirinha.

Sra. Woods: Uau, sra. Stevens, que escândalo! Bem, já que estamos compartilhando, eu também tive um lance assim no passado. Foi… emocionante! Me lembro como se fosse ontem.

Sra. Stevens: É… eu estava com medo de contar a verdade, mas vivia apavorada pensando no dia em que minha mãe descobrisse.

Dra. Patrick: Estamos mesmo tendo essa conversa agora?

Sra. Jones: Mas vejam, tem uma diferença. Vocês tiveram namorados e, sim, eles eram mais velhos. E, sim, vocês podem ter mentido sobre a idade que tinham. Mas me deixem perguntar o seguinte… Algum deles bateu em vocês? Sequestrou vocês? Prendeu vocês? Fez vocês passarem fome? Manteve vocês longe das suas mães? Obrigou vocês a fazer xixi na droga de um balde?!

Dra. Patrick: LaToya, eu acho que...

Sra. Jones: O que aconteceu não foi um namorico escandaloso! Ele usou o dinheiro e o poder para esconder nossa filha de nós! Ele abusou do poder porque podia. Se não fosse uma celebridade, ele estaria na cadeia agora!

Sra. Evens: Inocente até que se prove o contrário.

Sra. Woods: É, e quantas vezes essa regrazinha funcionou a favor de mulheres negras?

Sra. Jones: A questão é: *ele é* o adulto. *Nós* somos adultas. Não ligo se nossos filhos são espertos ou se quebramos as regras antes — agora nós sabemos o que importa.

Dra. Patrick: Está bem. Entendi. Então, do que você precisa?

Capítulo 70
INTERROGATÓRIO Nº 2

Transcrição — 18 de maio

Fletcher: Obrigado por virem tão rápido. Conversamos com Korey Fields.

L. Jones: Certo. E aí? Ele vai ser preso? Vocês falaram com a gravadora dele?

Fletcher: Primeiro, temos algumas perguntas para você... pra colocar os pingos nos i's, sabe como é. Korey foi muito aberto. Está levando as alegações a sério. E nós também.

Silverman: Korey sugeriu que você pode ter vazado o vídeo de sexo.

E. Jones: O quê?

L. Jones: Por que a minha filha faria isso?

Silverman: Para ficar famosa. Destruir a reputação dele. Extorquir dinheiro.

E. Jones: Eu não faria isso. Quem faria isso?

Silverman: Ele mencionou que você tinha acesso completo à casa dele. Que você sabia onde ele tinha as câmeras.

E. Jones: Não! Eu... nunca saía do meu quarto. Nem para ir ao banheiro! Eu fazia xixi num balde.

L. Jones: Inacreditável. Ela está dizendo que teve que fazer xixi em um balde enquanto estava trancada em um quarto, e vocês estão preocupados com as *sex tapes* horríveis dele?

E. Jones: Ele está me seguindo! Me perseguindo!

Fletcher: Vamos falar sobre isso. Você mencionou que ele estava do lado de fora da sua escola, certo?

E. Jones: Sim!

Silverman: Entramos em contato com a sua escola, e, de acordo com as câmeras de segurança, Korey só foi ao campus uma vez, para o baile em outubro. Aquele para o qual Korey diz que você o convidou.

E. Jones: Não! Não convidei! Juro que não convidei!

L. Jones: E em Boston?

Silverman: Estamos esperando pelas imagens, mas não há registro de Korey estar em Massachusetts naquela época. Nenhuma passagem de trem ou avião. Nenhum registro em pedágios ou hotéis. Nem uma multa por estacionar em lugar proibido.

E. Jones: [chorando] Mas Tony estava lá também.

Fletcher: Ele também nos deu acesso total ao celular dele. Nenhuma ligação ou mensagem. Vimos muitas com você, sra. Jones.

L. Jones: Você está falando de quando eu estava procurando a minha filha? Claro, liguei pra ele um monte de vezes.

E. Jones: Ele... ele deve ter usado outro número. Outro celular.

L. Jones: Então vocês acham que ela está inventando tudo isso? Que tipo de...

E. Jones: O show! Ele estava na banda!

Fletcher: Korey não estava no show de talentos. Não havia baterista nenhum. Só o DJ.

E. Jones: O quê?

Fletcher: Ele não estava no show de forma alguma. Korey estava em Las Vegas com a esposa.

E. Jones: Com a... esposa? Do que você está falando?

Fletcher: Sim. Tem um vídeo dele com a esposa em uma boate, no mesmo dia e hora da sua performance.

E. Jones: [chorando]

Fletcher: Senhora Jones, você se lembra de ver uma banda no palco?

L. Jones: Bem, não... Pensei que ela estava falando que fosse nos bastidores ou algo assim. Eu estava no camarim. Eu não... Quero dizer, não acho...

E. Jones: Não estou mentindo! Juro! Gabriela viu meu celular! Ela viu as mensagens que ele mandava para mim!

Silverman: E, por fim, conferimos com a escola. Não há nenhuma estudante com o nome Gabriela Garcia.

E. Jones: O quê?

Silverman: Eles não têm registros de nenhuma Gabriela Garcia. E o número que você nos forneceu pertence a um Martin Anderson, de White Plains. Idade: 35 anos.

E. Jones: Não. Isso... isso é impossível.

Fletcher: Sra. Jones, você conheceu Gabriela?

L. Jones: [pausa] Não. Não. Eu... eu nunca a conheci.

Fletcher: Sra. Jones... sua mãe sofre de doenças mentais, não é?

L. Jones: C-como vocês sabem disso? E o que isso tem a ver com Enchanted?

Fletcher: Sua filha já passou por alguma avaliação psiquiátrica?

E. Jones: Mãe?

L. Jones: Não diga mais nenhuma palavra, Chanted! Acabamos por aqui.

Capítulo 71
QUEM É GABRIELA?

— Shea, quero que você seja sincera comigo. Você conhece alguém chamada Gab ou Gabriela?

Meus pais estão sentados à mesa da cozinha com Shea enquanto eu finjo dormir no meu quarto. Mas as paredes são finas.

— Pela última vez, não sei de quem vocês estão falando.

— Shea, isso é sério — diz meu pai, sem paciência.

— Eu sei, mas não muda o fato de que eu não conheço essa garota!

— Gabriela — minha mãe se repete. — Uma garota latina? Não pode ter muitas assim na escola.

— É, uma garota latina que parece branca. E do último ano? Isso é uma agulha no palheiro. Mal conheço os alunos na minha turma.

Mando uma mensagem:

**GABRIELA! PARA DE ME IGNORAR!
ISSO É SÉRIO!**

— Você pode perguntar entre os seus amigos?

— Nenhum dos meus amigos estão falando comigo, então sinto muito, mas não posso ajudar — ela diz amargamente.

— Podemos ir à escola, perguntar por ela? — meu pai sugere.

— Eu não acho que a escola vai dar informações sobre outros estudantes — minha mãe responde. — Por favor, Shea. Você deve ter visto sua irmã andando com alguém.

— Não! Não vi, tá bem? Ela estava sempre sozinha. Ela nem comia no refeitório. Eu não quero dizer que ela era uma perdedora, mas...

Gabriela, por favor!

— Sua irmã está com problemas, amor — minha mãe diz gentilmente. — Precisamos fazer o possível para ajudá-la.

Shea suspira.

— Vou perguntar. Posso ir dormir agora? Está tarde.

— Claro, filha.

Shea entra no quarto e eu mantenho a cabeça virada para a parede, apertando os olhos para esconder as lágrimas.

Uma mensagem chega. De Gabriela.

Cara, pela última vez. NÚMERO ERRADO!!!

— Você nunca ouviu ela mencionar... ninguém? — meu pai sussurra.

— Não me lembro. — Minha mãe suspira. — Mas também mal consigo me lembrar do que aconteceu ontem, que dirá seis meses atrás. Estávamos tão ocupados no trabalho e eu... só me lembro dos colegas da equipe de natação. Merda, sou a pior mãe do mundo. Primeiro não queria que ela cantasse, depois não pude ir na turnê com ela, agora não conheço os amigos dela. É só que... eu nunca pensei que ia ter que me preocupar com ela. Ela sempre pareceu tão normal.

— Não é culpa sua — meu pai diz com cuidado. — Mas você acha...?

— Não sei, mas, por favor, não... não vamos falar disso agora.

Capítulo 72
COMO COMPRAR SUA VIDA DE VOLTA

O número ainda está escrito na lousa da cozinha em letras grandes e vermelhas. Minha mãe diz que ligou de quatro a seis vezes por dia quando estava me procurando. As evidências do seu esforço estão espalhadas por toda a casa. Recibos, datas da turnê, artigos, ingressos, fotos dos shows... Agora ela está no telefone com um novo advogado, um recomendado pelas mães do W&W.

Não há como escapar de Korey. Ele está por toda a parte. Estou de volta àquela casa, porta trancada, presa. E, desta vez, eu trouxe minha família e amigos comigo.

Disco o número e entro no banheiro, ligando o chuveiro para abafar o som.

— Jessica. É a Enchanted.

Há uma breve pausa do outro lado da linha.

— Ah. Sim — diz ela, a voz irritada. — O que VOCÊ quer?

— Preciso falar com Korey.

Outra longa pausa. Murmúrios. Ela está falando com alguém.

— Bem... eu não estou com ele. Estou em Nova York.

O telefone está no viva-voz agora. Korey deve estar junto com ela.

— Eu sei. Ele está me seguindo — me irrito, esperando que as palavras o irritem.

— *Rá*. Mais alucinações, né?

— Como assim?

— Nada. Então, por que você está me ligando?

— Porque você sabe como entrar em contato com ele.

— E daí?

— E daí que eu quero que você diga a ele... que darei a ele o que ele quer.

Silêncio. Seja lá em qual carro ela esteja, parece que está dirigindo por uma rodovia.

— Eu vou... repassar a mensagem.

Clique.

Três passos que você precisa dar antes de comprar sua vida de volta:

Primeiro, você precisa fugir de casa.

Segundo, você precisa gastar o pouco dinheiro que tem em um táxi da estação de trem até o Upper West Side.

Então você precisa encontrar o demônio em sua cobertura, logo acima do estúdio.

Por fim, você precisa preparar seu corpo para o que vier.

O lugar é igual à casa dele em Atlanta, o creme que cobre o café preto. Estou usando a roupa que ele mais gosta: regata, jeans e a Melissa na cabeça. Talvez me ver desse jeito o amoleça. Eu estarei de joelhos implorando por minha vida em breve. Só de pensar já tenho ânsia de vômito.

— Fiz o seu favorito — diz ele, balançando o copo de isopor na minha direção.

O cheiro doce da bebida roxa faz minha garganta queimar, como se eu nunca tivesse sentido tanta sede na vida. Sem hesitar, pego o copo, precisando da coragem líquida.

Um gole. Então outro. É tão... mais forte do que me lembro. Na televisão gigante, um jogo de videogame está pausado.

— Amor, estou tão feliz que você está aqui. Você está linda. Deixa eu te mostrar o apartamento.

Acabou rápido. Uma voltinha da sala de estar para o quarto gigante. Creme do chão ao teto. Iluminação baixa. Outra TV ligada na Netflix. Na cômoda, o Linguado.

— Você guardou ele — digo, surpresa.

— Bem... claro que sim. Aquele foi um dos melhores dias da minha vida.

Olho para ele, sentindo meu coração suavizar, contra a minha vontade.

— Então, o que você quer assistir? — ele pergunta, se jogando na cama. — *Família Robinson? Os Super Patos?* Que tal *Pocahontas*?

Bebo mais um gole.

— Posso... te fazer uma pergunta?

— Qualquer coisa.

— Você me ouviu falar da Gab, não foi?

Ele sorri.

— É. Você disse que ela é seu exato oposto.

Viu, gente? Não sou louca. Engulo o choro com outro gole ao ver a cama dele... sabendo o que preciso fazer, as lágrimas emergem.

Korey me pega nos braços.

— Se você tivesse me ouvido... — ele sussurra em Melissa, acariciando-a.

Um anzol perfura minhas costas e me afasto. Korey cambaleia. Acho que nunca o vi bêbado assim. Mas meus olhos não conseguem focar muito bem.

— Loucura tudo que aconteceu, né? — Ele dá uma risadinha. — Você viu o vídeo? Aqui, vamos assistir juntos.

Ele dá play na enorme TV de tela plana. O vídeo é mais nítido do que os que vi em blogs. É o original. Eu me aproximo, inclinando a cabeça para o lado.

Sem a distorção, é nítido que aquela não sou eu. Mas é alguém... familiar.

Eu o encaro, revoltada com seu sorrisinho.

— Você é doente — eu digo com a voz arrastada, o quarto ficando embaçado.

Korey está em cima de mim, suas mãos por toda a parte.

— Me deixa em paz.

— Shhhh... só relaxa.

— Nãããão — eu gemo, meus braços pesados.

— Eu ainda estou pagando a hipoteca da sua casa — ele sussurra... de algum lugar. — Ainda estou pagando sua escola. Você quer que a Shea estude em uma boa escola, não é?

O nome da minha irmã na boca dele faz meu estômago revirar.

— Sai de cima de mim — grito, empurrando ele.

Ou pensei ter gritado. Porque, quando me dou conta, meu copo cai. Minha camiseta está molhada. Ele me bate, e bate de novo, e aí o carpete atinge meu rosto e o quarto fica escuro.

Parte quatro

Capítulo 73
SUCO DE BETERRABA 5

AGORA

— Temos que levar ela para um hospital... Isso pode esperar. Ela está com medo. Espera aí! Não precisa ser tão bruto!

As algemas estão geladas. É a primeira coisa que percebo. Estilhaços afiados de gelo beliscam meus pulsos. Mãos tateando os bolsos da minha calça. O gosto da parede contra a qual sou pressionada.

— Você não precisa ser tão bruto! Ela é só uma criança! Você não precisa agir assim!

Estou vagamente consciente da presença do meu pai. Tudo em que consigo me concentrar é nos meus pés descalços, agora calçando chinelos. Chinelos que não são meus. Serão da esposa de Korey? Tinha me esquecido dela.

Alguém grita:

— Múltiplos ferimentos à faca.

Bem que eu imaginei. Apenas aquela quantidade toda de sangue poderia pintar um quarto de vermelho.

* * *

Transcrição com LaToya Jones — 21 de maio

Detetive Arnold: Detetive Arnold. Homicídios. Por favor, sente-se.

LaToya Jones: Quando vou poder ver minha filha?

Arnold: Você percebe que sua filha foi a única pessoa encontrada na cena do crime?

L. Jones: Ela disse que não fez isso. Você viu os olhos dela quando foi trazida para cá? Ela claramente estava drogada. Alguma coisa aconteceu.

Arnold: Onde você estava noite passada?

L. Jones: Você está falando sério? Eu estava no trabalho!

Arnold: Existem registros do seu turno?

L. Jones: Eu não bati ponto. Assim que entrei no hospital, tinham vítimas de um incêndio chegando.

Arnold: Alguém viu a senhora?

L. Jones: Claro, as outras enfermeiras do plantão.

Arnold: Suas amigas.

L. Jones: Minhas colegas.

Arnold: Estas mensagens são suas?

L. Jones: [longa pausa] Sim.

Arnold: Para o registro, a sra. Jones está olhando para cópias de mensagens de texto enviadas para o sr. Korey Fields. Abre aspas: "Se você não me devolver minha filha, vou te dar um tiro na bunda." Fecha aspas. Essas mensagens são muito violentas.

L. Jones: Eu estava nervosa! Ele sequestrou minha filha.

Arnold: Mas, de acordo com as entrevistas que você fez com o detetive Fletcher, você deu permissão para a sua filha morar com ele.

L. Jones: Eu dei permissão para eles fazerem uma turnê juntos, e promessas foram feitas. Ele quebrou essas promessas e perdeu a nossa confiança!

Arnold: Você fez vários pedidos de visitas com a polícia do condado de Dekalb, na Georgia, certo?

L. Jones: Sim. Era tudo o que eu podia fazer.

Arnold: E, quando não conseguiu o resultado esperado...

L. Jones: Eu fiquei ligando sem parar. Você não está me escutando. É a minha FILHA. Eu atravessaria o mar para trazer minha filha de volta.

Arnold: Mas durante todas essas visitas da polícia, Enchanted indicou que estava bem. Que queria continuar com Korey.

L. Jones: Ela sofreu lavagem cerebral. Você pode falar com o psiquiatra dela. Ela não sabia o que estava fazendo.

Arnold: Tem certeza de que tudo isso não se trata do dinheiro que vocês estavam esperando receber?

L. Jones: *Rá!* Por favor! Quero ver os recibos do dinheiro que ele nos pagou. Porque aquele homem não nos deu um centavo sequer!

Arnold: Não tem nada de engraçado nisso. Um homem foi assassinado! Você deveria mostrar algum respeito.

L. Jones: E quando vocês vão começar a mostrar respeito com a gente? Nós fomos à polícia registrar um boletim de ocorrência contra ele, e os detetives interrogaram minha filha como se ela tivesse feito alguma coisa de errado, e não aquele monstro!

Arnold: Sra. Jones, de acordo com registros da rodovia, seu carro passou pelo pedágio da Henry Hudson Parkway em direção ao sul por volta das 23h14, aproximadamente uma hora antes de Korey Fields ser assassinado. Você pode explicar?

L. Jones: O quê? Eu não... não fui eu.

Arnold: Não? Então quem foi?

L. Jones: [longa pausa] Meu... marido estava com o carro naquela noite. Ele ia buscar as crianças.

Arnold: Por que ele teria que ir para a cidade?

L. Jones: Acho... que ele estava procurando Enchanted.

Capítulo 74
PETER PAN

As mães do Will & Willow me arrumaram um advogado bem sério chamado Seth Pulley. Ele tem cabelo ondulado preto-azulado, olhos azuis afiados e língua presa. Ele organiza papéis e arquivos na mesa enquanto eu gentilmente balanço as algemas que me prendem na cadeira. As luzes fluorescentes queimam minhas pálpebras.

— O que está acontecendo? — pergunto. — Lá fora? Ninguém me conta.

O sr. Pulley suspira.

— Lá fora o mundo está bem chateado. O músico favorito deles foi morto. Os fãs estão de luto. Mas eu não me preocuparia com isso agora.

Imagino o memorial de Korey na televisão. As colagens de fotos no Instagram, o *trending topic* no Twitter.

— Então todo mundo me odeia — afirmo, soltando meu peso na cadeira. — Ninguém faz ideia de quem ele é. Era.

O sr. Pulley pega uma caneta esferográfica.

— Não vou mentir para você, Enchanted — diz ele, indo direto ao assunto. — Você é a inimiga pública número um agora.

Fecho os olhos e tento flutuar para fora da sala. Quando abro, ainda estou em uma gaiola, cercada por barras de metal. Uma gaiola, não muito diferente do meu quarto em Atlanta, em um uniforme tão largo quanto os moletons que ele nos obrigava usar. O pânico devora meus ossos. Presa de novo.

Isso está mesmo acontecendo.

— A boa notícia: já se passaram quase quarenta e oito horas — o sr. Pulley diz enquanto lê a papelada. — O que significa que eles não têm provas para solicitar um mandado de prisão formal e que vão te soltar em algum momento ainda esta tarde. Mas a evidência que está sendo coletada é mais do que circunstancial. Presença na cena do crime, impressões parciais na arma, e, pelo número de ferimentos, você teria segurado a faca com bastante firmeza. Também existem pegadas que estão tentando identificar. A polícia acha que você não agiu sozinha. Eles podem ter o bastante para pedir o indiciamento na semana que vem.

Minha língua está seca demais para conseguir umedecer meus lábios partidos e trêmulos.

— Eu não matei ele. Juro que não matei! Eu não faria isso.

O sr. Pulley dá tapinhas na minha mão.

— Eu sei, querida. Mas não vamos nos preocupar com isso agora. Que tal você me contar tudo o que lembra?

O filme desta noite: *Peter Pan*.

Os Pequenos se sentam do outro lado do sofá, agarrados a Shea, roubando olhares na minha direção a cada poucos minutos. Eles estão trancados em casa desde que a imprensa descobriu onde moramos, tomando conta da nossa rua antes calma, nos cercando como tubarões.

Na cozinha, meus pais despejaram uma papelada sobre a mesa, de costas para nós, minha mãe chorando baixinho.

— "Tudo o que você precisa é de fé, confiança, e um pouco de pó de fada."

Peter Pan me lembra um pouco de Korey. Voando alto em pensamentos alegres, ele não se importava de nunca crescer, queria permanecer criança para sempre. Ele também era negligente, autocentrado e convencido o suficiente para se colocar em perigo, passeando por aí sem sofrer consequências inúmeras vezes.

Enquanto isso, tudo o que eu queria era crescer rápido, amá-lo com todas as minhas forças e cantar. Mas o mundo adulto me forçou a caminhar na prancha e me jogou aos crocodilos.

Talvez Korey estivesse certo o tempo todo.

Meu celular vibra. Um número desconhecido.

Gab?

— Alô?

— Você está morta, sua piranha!

— O-o-o quê?

— Você está morta, caralho! Se eu olhar pra sua cara de novo, vou cortar a porra da sua garganta, putinha.

A ligação cai, e eu olho para Shea. O som estava alto o suficiente para ela ouvir.

Shea me encara de volta e então suspira, voltando a assistir ao filme.

Capítulo 75
IMAGENS VALEM MAIS QUE MIL PALAVRAS

Tem tantas fotos de Korey quando era novo. Todos os canais de notícias mostram isso sem parar.

— Você sabia que Korey Fields não sabia ler partitura? Ele podia tocar qualquer instrumento que você colocasse diante dele, só de ouvido, como um homem cego.

Passo por vários feeds de notícia. Minha mãe falou para ficar longe do noticiário, mas não consigo evitar. Ver o jovem Korey me faz sentir falta do Korey que conheci. A criançona presa no corpo de um homem.

Passo para outra foto de Korey, ao lado de Richie. Na época, ele mal chegava ao peito dele, o cabelo preso em trancinhas bem-feitas, roupas largas. A legenda diz: "Festa do Grammy. Te amo para sempre, KF!" Essa foi a festa em que, segundo me contou, ele perdeu a virgindade. Passo para a próxima imagem e meu queixo cai ao ver a mulher ao seu lado, o braço magro dele ao redor da cintura fina dela, a cabeça dele encostando nos seios dela. O cabelo da mulher está diferente, arrumado em ondas loiras. O rosto dela está diferente também. Mas eu a reconheço.

Jessica.

Para qualquer outra pessoa, a foto poderia parecer inocente. Mas algo na forma como ela se inclina para os braços dele, os braços de criança, faz meu estômago revirar. Clico em outro link e sou levada a um post no Facebook com quase trezentos comentários.

Se você chorar por ele, estará chorando por um pedófilo!

Pedófilo? Ela era uma ADULTA.

Cara, DEZESSETE ANOS não é ADULTA.

Ela não parecia ter dezessete anos, sl.

Mas se você descobrisse que ela tinha 17, ia cair em cima dela mesmo assim?

Então a gente vai simplesmente acreditar nessa garota?

Ele abusou de outras mulheres também!

Isso não foi provado. Só fez um monte de acordos.

Crianças mentem quando são pegas fazendo algo que não deviam! Simples assim!

Um grupo de crianças que não se conhecem não pode estar TODO mentindo. Isso se chama padrão. Devia ser prova mais do que suficiente!

Você sabe que há três lados em cada história: o lado dela, o lado dele, e a verdade.

Também tem o FATO. E o FATO é que homem nenhum deveria transar com uma MENINA de dezessete anos! PONTO FINAL!

Você viu o corpo dela? Andando naqueles vestidos apertados. Ela estava provocando. Mais uma garota fácil.

Por que estamos culpando/envergonhando garotas/mulheres negras por serem "fáceis" quando elas estão apenas sendo elas mesmas? Só EXISTINDO.

O que uma mulher veste ou deixa de vestir não dá a ninguém o direito de tocá-la.

Bem, todo mundo sabe que ele teve uma infância difícil. Foi abandonado pela mãe, não conheceu o pai e foi criado pela avó que faleceu.

TODO MUNDO passou por coisas difíceis, isso não te dá o direito de abusar de garotas.

Você sabe como essas groupies são. Tavam todas querendo fama, não conseguiram o que queriam e agora estão atrás do cara. Elas só pensam na grana!

Dinheiro não dá a ninguém permissão para tratá-las como animais.

Com certeza essa garota vem de um lar desestruturado. Não tem um homem de verdade na vida para dar exemplo.

Vai passar essa vergonha no crédito ou no débito? Ela participava do Will & Willow e os pais dela são casados.

Só porque alguém vem de um lar desestruturado não significa que você pode ferrar com a vida dela. Qual é a PORRA do problema de vocês?

Então por que ninguém está com raiva dos pais que deram permissão e pegaram o dinheiro dele, é o que eu quero saber. Não é o trabalho deles proteger a filha? SI, acusem eles também, eles venderam ela.

Por que todo mundo está procurando QUALQUER OUTRA PESSOA para culpar em vez da pessoa que realmente cometeu um crime?

Todo mundo que trabalhava com ele sabia que aquelas meninas eram jovens demais, e deixaram isso acontecer.

Se fosse com a minha filha, esse cara já estaria a sete palmos.

> Onde estava toda essa revolta quando saiu a história do padre? Ou do Weinstein? Acordem, porra! A gente prefere falar merda do nosso próprio povo enquanto tem um cara branco na Casa Branca claramente doente da cabeça.

Não dá pra querer abraçar o mundo, cara.

Mesmo assim, quantos homens negros estão na prisão por causa de alguma coisa que uma mina qualquer falou?

Não tô nem aí. Preto branco careca cabeludo. PRENDAM TODOS ELES.

Ei, não vem com esse papo de todas as vidas importam por aqui. Não estamos dizendo que as outras merdas não estavam erradas também. Mas estamos falando de MULHERES NEGRAS agora. Simples assim. FOCO!

Se fossem garotas brancas, Korey seria cremado e jogado no esgoto.

> Conheci meu marido quando tinha 16 e ele 20. Não vejo problema nenhum em namorar um homem mais velho.

É, mas seu marido não abusou de você. Não te trancou no quarto só com um balde.

Vocês estão falando de uma masmorra do sexo imaginária que ninguém nunca nem viu.

Então a palavra da garota não é suficiente? Por que as pessoas NUNCA acreditam nas mulheres?

Por que ela não foi embora?

Ela sofreu lavagem cerebral.

Lavagem cerebral? Isso é besteira.

Você já ouviu falar de cultos? Você nasceu ontem?

FAKE NEWS!

> Cara, Malcolm X é que falou a real: "A pessoa mais desrespeitada na América é a mulher negra. A pessoa mais desprotegida na América é a mulher negra. A pessoa mais negligenciada na América é a mulher negra."

Capítulo 76
A OUTRA

A esposa do Korey... não é o que você esperaria que fosse.

Ela é baixa, miúda, magrinha. Tão baixa que o microfone do pódio precisa ser ajustado para ela durante a coletiva de imprensa televisionada. Tem pele clara, com olhos castanhos iluminados, vestindo calça preta e um suéter de tricô modesto. Nada disso é o que me surpreende de verdade. É o cabelo curtinho ruivo dela que me impressiona.

Penso em Melissa e em como fazia meu couro cabeludo coçar. Em como grudava no meu gloss quando eu virava a cabeça rápido. Em como eu a colava na testa e usava uma escova de dentes para moldar os cabelinhos da frente com gel. Um fio fora do lugar deixava Korey enfurecido.

Korey gostava de mulheres com cabelo comprido. Esta mulher não pode ser a esposa dele.

Mas, em meio às lágrimas, ela vai até o microfone, com a ajuda de Tony, e lê de um papel impresso.

— Eu geralmente não falo com a imprensa. Sempre deixei meu marido brilhar sozinho. Mas agora ele se foi. Alguém o tirou de mim em um ato de violência cruel e sem sentido.

Ela olha diretamente para mim pela TV, falando como uma atriz da Broadway, projetando a voz... exatamente como Korey me ensinou a fazer. Minha coluna enrijece, e eu passo os olhos pela sala de estar.

— Você sabia que ele era casado?

Louie encara a TV, franzindo a testa.

— Não. Pelo jeito, ninguém sabia. Só pessoas mais próximas dele mesmo. Nunca vi essa mulher na vida. Ei, será que não era melhor você não ver isso?

Balanço a cabeça. Eu precisava vê-la. Precisava ver a outra mulher.

Câmeras disparam, soando como uma floresta de insetos. Há uma pausa dramática quando ela ergue o queixo, piscando para evitar as lágrimas.

— Korey era um marido devotado, amoroso e fiel. Um compositor e cantor brilhante. Uma lenda viva e um filantropo. Essas... alegações nojentas contra ele são imperdoáveis, principalmente porque ele não pode mais se defender. Há pessoas tentando manchar a reputação intocável dele quando tudo o que ele fez foi amar seus fãs com todo o coração.

— Que alegações? — pergunto para Louie. — Do que ela está falando?

— Algumas mulheres estão aparecendo, alegando que foram abusadas pelo Korey. — Louie me olha. — Ou seja, você não é a única.

Isso não faz eu me sentir melhor. Só me dá mais raiva.

— Ansiamos pelo dia em que a justiça enfim será feita, e o verdadeiro monstro seja colocado atrás das grades de vez.

Ela acha que eu sou um monstro, mas conhece Korey. Intimamente. Moramos naquela casa por meses, fizemos uma turnê por semanas. Eu não a vi, nem uma vez sequer. Como é que ela poderia não saber?

Enquanto a esposa de Korey encerra a coletiva, percebo Jessica nas sombras. Bochechas encovadas, óculos escuros, terno preto, a boca torta em uma linha fina. Mesmo depois de tudo, me sinto mal por ela. Korey era a Terra e ela, um satélite girando ao seu redor diariamente. Agora, ele se foi, e ela está perdida no espaço profundo.

É o que sinto diariamente. Só que estou flutuando no oceano, cada vez mais longe da costa em que supostamente deveria me ancorar.

É aí que me dou conta — Korey realmente se foi. Um caroço duro da forma de um coral se aloja na minha garganta.

— Com licença — choramingo e corro para o banheiro, um buraco surgindo no meu peito.

Como ele pode estar mesmo morto? Era para a gente cantar juntos para sempre. Ele me amava, com um coração grande demais para o corpo, então vazava para seus pulmões, dando a ele uma voz embebida em mel. Que cantava com paixão e fazia todos acreditarem que podiam ser qualquer coisa. Agora, o mundo jamais ouvirá a voz dele de novo.

Eu não deveria estar feliz? Aliviada, em vez de dividida, e sem conseguir afastar a ideia de que o único amor que conheci também foi meu maior torturador?

O amor é complicado, ele diria. Mas o amor não deveria machucar. E, no fundo, sei que fui ao apartamento dele naquela noite esperando que ele mudasse por mim. Eu sempre esperei que ele mudasse. Mas não se pode esperar ou desejar que alguém seja quem não é.

Meu celular vibra. Outro número desconhecido, e estou tentada a atender, ouvindo aquela mesma mulher ameaçando me matar. Eu mereço.

Um jornalista invade meus pensamentos.

— Conseguimos imagens exclusivas do pai da suspeita, Terry Jones, visto do lado de fora do apartamento de Korey Fields na noite do assassinato.

Abro a porta de supetão.

— Como é que é?

Louie está de pé, aumentando o volume. O vídeo é embaçado, em preto e branco, filmado de longe, do lado de fora do prédio de Korey. Mas lá está meu pai, entrando no prédio, às 23h30.

— Eita — murmura Louie. — Que merda ele estava fazendo?

Capítulo 77
O VERDADEIRO HERÓI

Quanto mais o tempo passa, mais entendo o que meu pai passou enquanto eu estava fora e como seu sofrimento silencioso não foi tão silencioso assim, no fim das contas.

Tem um vídeo dele do lado de fora do nosso hotel em Charlotte.

Um vídeo do meu pai brigando e gritando enquanto Tony e seus seguranças o jogam como uma boneca de pano no estacionamento do hotel.

Um vídeo do meu pai no telefone no saguão do nosso hotel em Columbia, ligando para relatar o pacto suicida, torcendo para que aquilo me atraísse para fora.

Um vídeo do meu pai do lado de fora da mansão de Korey, esperando que a polícia fizesse outra visita.

A mídia está distorcendo tudo. As pessoas veem meu pai perseguindo Korey... Eu vejo meu pai tentando me salvar todo esse tempo.

Transcrição com Terry Jones — 26 de maio

Detetive Arnold: Soube que você está desempregado há cinco meses.

Terry Jones: Desempregado não. Nosso sindicato está em greve.

Arnold: Então você teve tempo suficiente para fazer viagens para o sul.

T. Jones: Pois é. E faria tudo de novo. O homem estava com a minha filha.

Arnold: O fato de não ter conseguido proteger sua filha te fez sentir menos homem?

T. Jones: Sério? É só isso que você acha relevante perguntar?

Arnold: Certo. Conte o que aconteceu na noite do assassinato.

T. Jones: A segurança do saguão não me deixou passar. Eu disse que minha filha estava lá em cima, mas não me deixaram entrar.

Arnold: E foi aí que você chamou a polícia?

T. Jones: Foi. Mas eles disseram que não podiam fazer nada, porque ela tem dezoito anos. Foi aí que aquela mulher apareceu. Jessica, ou sei lá o quê.

Arnold: Então você está dizendo que nunca entrou no apartamento?

T. Jones: Bem que eu queria… Eu não teria matado o filho da mãe, mas ele ficaria mancando pelo resto da vida.

Batidas

Fletcher: Ei! Desculpa interromper, mas vocês precisam ir pro Marriott. Agora!

Arnold: O que está acontecendo? Estamos no meio de um interrogatório!

T. Jones: O que aconteceu? Enchanted está bem?

Fletcher: Ela foi atacada.

Capítulo 78
COLETIVA DE IMPRENSA

O salão de festas do Marriott Hotel, na Times Square, está cheio de repórteres. Louie disse que haveria assentos limitados, mas já tem gente de pé para todos os lados.

Louie e o sr. Pulley decidiram organizar uma coletiva de imprensa para rebater toda a imprensa negativa e controlar os rumores.

— Normalmente eu não sugeriria isso — o sr. Pulley diz no nosso quarto de hotel. — Mas acho que vai ajudar. Além disso, precisamos de que as outras vítimas corroborem com a alegação de que ele te abusou. Eu preparei uma declaração. Você vai relembrá-los de que ainda é uma estudante, ativa no time de natação, que participa do Will & Willow, que é aspirante a cantora e compositora. Lembre a todos que você é uma vítima também.

Eles acham que me colocar diante da câmera, mostrando que sou apenas uma adolescente, vai ajudar a criar um pouco de simpatia, compreensão e talvez até parar com as ameaças de morte. A mesma mulher continua ligando. Eu sei que deveria contar para a minha mãe, mas pode ser que ela me faça mudar de número de novo e... ainda estou me agarrando à esperança de que, sabe-se lá como, Gab vai ligar.

— É ridículo pensar que o sr. Jones incriminaria a própria filha, a mesma que passou meses tentando trazer de volta depois do sequestro, pelo assassinato do sr. Fields — o sr. Pulley diz do pequeno pódio no tablado. Ficamos de lado, observando-o falar com os repórteres. Atrás de mim, minha mãe dá um aperto carinhoso no meu ombro. — Vou deixar Enchanted falar por si mesma sobre o tempo que passou com o sr. Fields.

Eu já deveria estar acostumada a subir no palco na frente de uma multidão, cheia de câmeras e olhos arregalados. Mas, desta vez, não há aplausos quando eu apareço. Não há gritos. Na verdade, a sala fica gelada. Todo mundo parece prender o fôlego ao mesmo tempo.

— Hum, olá — murmuro, agarrando meu discurso impresso.

Ninguém responde. Silêncio absoluto, uma sala cheia de estátuas congeladas. Exceto por uma pessoa. Uma mulher, se aproximando do palco. Por um momento fico confusa, pensando que é uma funcionária.

— Sua piranha de merda!

Ela lança algo na direção do palco, na direção da minha cabeça.

— ENCHANTED! — minha mãe grita antes que eu me abaixe. Um tijolo voa por cima de mim e se estilhaça às minhas costas. Eu me levanto bem quando a mulher me alcança, com uma faca na mão.

Todo o sangue vai para os meus pés enquanto tento fugir, mas tropeço no tijolo e caio de joelhos, e ela me dá um chute rápido na lateral do corpo.

— Piranha do caralho! — ela grita.

Minhas costelas estão pegando fogo. Vou morrer. Aqui, no palco, o único lugar onde já quis estar. Fecho os olhos, me preparando para a dor, enquanto pés se apressam ao meu redor, os seguranças correndo.

— Enchanted! — Minha mãe me agarra, me tirando do palco. — Filhinha, você está bem? Está ferida?

A sala explode em caos, câmeras disparando.

— Vou te matar, sua piranha! Ele nunca te amou, Bright Eyes!

Bright Eyes?

Eu me viro em um movimento rápido, os olhos enlouquecidos dela em mim enquanto é carregada para fora do salão aos gritos. Ela é doentiamente magra, alta... com uma peruca parecida com a Melissa. A voz dela não me é estranha, e não levo muito tempo para perceber que é a mulher das ligações anônimas.

Mas... como ela sabia que ele me chamava de Bright Eyes?

— Tirem ela daqui agora! — Louie grita de algum ponto enquanto entramos no corredor oposto.

Corpos esbarram em mim. Segurança. Pânico. Desordem. Uma mulher loira de uniforme. Ela me encara. Está tentando me matar também?

— O que...

— Pegue isto — ela sussurra, enfiando algo no meu bolso, e então segue em frente em passos rápidos. Rápido demais para minha mãe perceber, então sou enfiada em um elevador que sobe até o nosso quarto.

Minha mãe está no celular com meu pai, histérica, enquanto vou ao banheiro para pegar o pedaço de papel rasgado.

Encontro da KA na Broadway, 421. Sexta, 10h.
Há outras.
Você não está sozinha.

Capítulo 79
FUNERAL

A chuva ruge contra o teto, relâmpagos brilhando através da névoa cinzenta. Um alerta de enchente dispara em todos os celulares do restaurante.

Incluindo o de Derrick.

— Obrigada por arriscar sua vida para me encontrar.

Ele dá uma risadinha.

— Qualquer coisa é melhor do que estar em casa neste momento.

Derrick e eu estamos no reservado da lanchonete mais famosa da cidade tomando milk-shakes de chocolate. O lugar tem um estilo clássico com um balcão de bar, minijukeboxes nas mesas e uma decoração que não foi atualizada desde os anos 1980. Não venho aqui com frequência, mas os palitinhos de peixe e as fritas de batata-doce são muito bons. Eu vinha comer com Gab depois da escola. A mesma Gab que dizem ser fruto da minha imaginação.

Olho para a chuva caindo lá fora nas flores frescas da primavera, poças virando lagos.

O dia perfeito para um funeral.

— Pensei que você não ia querer ficar sozinha hoje — diz Derrick, indicando a TV ligada na CNN e presa à parede acima da ruiva no caixa. Não tem por que pedir para mudar de canal. Quase todos estão mostrando a mesma coisa.

O funeral de Korey Fields é um evento gigantesco e exclusivo no Madison Square Garden, o maior centro de convenções da cidade. As filas começaram a se formar antes das cinco da manhã.

— Ouvi dizer que o caixão dele é de ouro. Tipo o do Michael Jackson — comenta Derrick.

— Mais uma coisa que eles tinham em comum, né?

— Ai. Cedo demais.

Dou uma risadinha, jogando uma batata nele.

— Você não quis ir?

— Meu pai queria que eu fosse. Mas... prefiro enfiar caco de vidro nos olhos. De jeito nenhum vou celebrar a vida daquele babaca.

— Somos uma minoria.

Ele dá de ombros.

— Por mim, tudo bem.

— Então você não tem problemas em passar tempo com uma suspeita de homicídio?

— Cara, se você matou mesmo ele... não te culparia. Eu vi como você estava naquela casa. Ninguém mais viu. Mas eu vi.

Nos encaramos.

— Estou feliz que ele morreu — Derrick admite.

— Por quê?

— Ele te machucou. Ele machucou todas aquelas garotas. Ele machucou... gente demais.

Derrick morde um delicioso cheeseburger deluxe. Gab também amava os hambúrgueres daqui. Pensar nela me faz perder o apetite, nossas memórias vindo à tona. Quem poderia inventar uma risada como a dela? O sorriso dela? Quero me aproximar de todas as pessoas que conhecemos e perguntar: *Você não se lembra dela?* Mas não tenho nem uma foto para provar que Gab é real.

— Todo mundo acha que sou louca.

— Bem, e você é? — pergunta ele.

Mexo meu milk-shake.

— Fico tendo esses momentos... em que me lembro das coisas com tanta clareza e sei exatamente o que estou falando, mas as pessoas continuam insistindo que estou enganada.

Derrick me dá um sorriso fraco.

— Isso me lembra de uma foto que a minha mãe tem no escritório dela. Talvez eu te mostre um dia.

— Acho que seu pai não iria gostar se eu aparecesse na sua casa.

O rosto de Derrick se torna sombrio.

— Bem. Ele não está morando com a gente agora.

— Por quê?

— Ele não consegue manter o pau nas calças. Nunca.

— Ah. Que droga.

— Tanto faz. Ele ainda aparece pra pegar as merdas dele de vez em quando. Tenho que ser legal com ele, porque ainda é a minha única chance real de trabalhar com música depois da faculdade.

Isso me faz lembrar de Korey. De como eu sentia que jamais ia conseguir ficar famosa sem ele. Agora estou famosa, mas não como eu queria.

— Aposto que você consegue encontrar outro jeito — digo.

— Ele apareceu lá em casa depois que descobriu o que aconteceu, todo triste e assustado. Ele tinha encontrado com Korey naquele dia — diz Derrick, observando o hambúrguer antes de olhar para a TV. — Falando do diabo.

Na tela, Richie está no palco, usando um terno grafite e óculos escuros, fazendo um discurso. Não sei exatamente o que ele está falando porque a TV está no mudo. Eu quase dou as costas quando a luz atinge o pulso dele num certo ângulo...

— Meu Deus — arfo.

— O quê?

Fico de pé e me aproximo da TV, e estou certa. É o relógio dele. É o relógio do Korey.

— O que foi? — Derrick pergunta. — O que aconteceu?

Minha mente dispara, lembrando das palavras de Korey.

"Só tem um assim no mundo..."

Derrick está ao meu lado, preocupado. Mas não posso contar a ele. Por mais que esteja com raiva... não sei o quão leal ele é ao pai.

— Hum, não é nada, deixa pra lá.

Quando Richie sai do palco, ele se senta ao lado de Jessica. E algo estranho passa entre eles. Eles ficam de mãos dadas por um momento longo demais antes de soltar.

Olho para ver se Derrick percebeu.

— O que você sabe sobre a Jessica?

Ele dá de ombros enquanto paga a conta.

— Jessica é, provavelmente, quem estava com Korey há mais tempo. Ela costumava cantar. Meu pai a encontrou em um show de talentos no Texas e a apresentou para Korey. Sempre disse que faria qualquer coisa por ela.

Derrick não sabe.

Lá fora, a chuva para, mas as nuvens permanecem, escuras e ameaçadoras.

Capítulo 80
SÓ TEM UM ASSIM NO MUNDO

— Você tem muita cara de pau de me ligar depois do que você fez!

Jessica está furiosa. Estou surpresa por ela ter atendido a ligação. Então não dou a ela tempo de desligar antes de fazer a pergunta.

— Você viu a foto que eu te mandei? Do relógio? Você reconheceu?

— Eu não deveria estar falando com uma assassina — ela rosna.

Limpo o veneno do rosto. É a primeira vez que alguém me chama de assassina.

— O relógio. No print. É o relógio do Korey, não é? Korey estava com ele naquela noite. Ele nunca tirava esse relógio, você sabe disso. Tem os diamantes da avó dele no centro.

— Ele... contou isso para você — ela murmura, sem acreditar.

— Pois é. Então, como o Richie está com ele agora?

Silêncio.

— O quê?

— Richie está com o relógio do Korey. Ele estava usando no funeral.

Mais silêncio. Mais respirações.

— Jessica, por favor. Só me diga, como o Richie conseguiu esse relógio?

— Por que eu deveria te contar qualquer coisa? Tudo isso aconteceu por sua causa. Korey enlouqueceu depois que você o deixou. Ele não conseguia comer, dormir, nem gravar. Ele te amava. Mais do que qualquer outra pessoa. Você sabia disso? Ele movia céus e terra por você.

— Você acha que era certo ele amar uma criança?

— Você não era uma criança! Você sabia exatamente o que estava fazendo!

— Eu estava fazendo o que ele me mandou fazer — devolvo. — Mas isso não importa mais, Jessica. Ele está morto. Eu não o matei. Não me lembro de muita coisa, mas sei que ele estava usando o relógio naquela noite. Então, como o Richie conseguiu pegar?

Jessica inspira fundo, se acalmando.

— Não sei do que você está falando — ela diz numa voz impossivelmente calma. — Não me liga de novo, porra.

A ligação cai.

Capítulo 81
INDICIADA

— Eles encontraram evidências suficientes para solicitar um mandado de prisão — o sr. Pulley diz do outro lado da mesa, a expressão triste, como se já estivesse derrotado. — Agora que você já tem dezoito anos, pode ser indiciada como adulta.

O lábio inferior da minha mãe treme e as lágrimas caem. Meu pai massageia os ombros dela.

Um soluço me sobe pela garganta.

— Não fui eu, sr. Pulley. Juro que não fui eu.

— Eu sei, querida. Eu sei. Mas temos que elaborar uma estratégia. Falei com o gabinete do promotor e combinei que você se entregará na sexta de manhã.

O sr. Pulley continua a repassar nossas opções, sugerindo testemunhas especializadas e avaliações psiquiátricas, meu diagnóstico de estresse pós-traumático torna-se essencial para a nossa defesa. A pergunta flutua ao redor da minha cabeça até quase me afogar, e eu arfo por ar.

— Você tem um relatório do que foi encontrado com o Korey? — pergunto do nada.

O sr. Pulley ergue a sobrancelha.

— Como assim?

— Tipo, uma daquelas listas dos itens que encontraram no, hum... corpo dele?

— Por que você quer saber? — pergunta minha mãe, meu pai ainda segurando a mão dela.

O sr. Pulley me lança um olhar curioso, mas busca nos arquivos.

— Hum, sim. Aqui está.

Passo os olhos pela lista de itens. Nenhum relógio. Mas eu sei o que vi. Eu me lembro da luz refletindo nele antes que Korey me batesse.

Será que estou confundindo isso com Atlanta? É tudo um borrão...

— O que você está procurando?

Todos os adultos na sala me encaram. Agarro a pasta, pesando minhas opções. Se eu disser o que estou pensando, podem achar que estou mesmo louca. Nem sei se minha teoria faz sentido, e eu odeio deixar a minha mãe chateada. Se houvesse uma forma de provar que Korey estava usando o relógio...

— Hum, nada.

O sr. Pulley ergue a sobrancelha.

— Enchanted, tem alguma coisa que você queira contar?

Nego com a cabeça.

— Está bem... Você tem dois dias para se entregar. Eu sugiro que... você passe esse tempo com a sua família. Então se prepare para lutar pra caramba!

Capítulo 82
UMA VISITA

Enquanto pássaros cantam ao nascer do sol, ouço os sons inconfundíveis de um motor velho parando em frente à nossa casa. As portas batem rangendo. Então a voz estridente da minha mãe interrompe a paz da manhã.

— O que você está fazendo aqui? E a essa hora!

— Eu ainda vejo o jornal — a mulher responde, e meu peito aperta. O silêncio cai entre elas.

— Está bem, vamos lá então — minha mãe grita. — Pode falar!

— Falar o quê? — diz a mulher, achando graça.

— "Eu te avisei." Vai. Foi pra isso que você veio, não é?

— Não preciso dizer algo que você já sabe bem.

As palavras cortam fundo. Sempre cortaram.

— Agora, posso ver minha neta ou você vai me manter aqui fora o dia inteiro?

— Nós... temos que levá-la amanhã — minha mãe funga entre lágrimas.

— Então me deixe passar o dia com ela.

Ao longe, a água verde forma ondas, que vêm na minha direção. Me movo por um momento, então chuto com força na direção delas antes que fiquem perigosas demais e as parto em duas.

As ondas espumam, brancas, ao atingir a costa arenosa. Por perto, minha avó aparece saindo da água.

— Huuum... a água está danada hoje. A pele não esquenta.

De certa forma, vovó parece a Úrsula de *A pequena sereia*. O cabelo curto e branco como a neve, a pele escura com um tom de roxo, a barriga redonda e uma risada estrondosa, os tentáculos por toda a parte, o bastante para abraçar os Pequenos e eu.

Estamos em silêncio enquanto outra onda se forma ao longe. Nado em direção a ela, com minha avó atrás. Mesmo com a idade avançada, minha avó é uma nadadora excelente. Ela me ensinou tudo o que sei sobre o oceano imprevisível, sua propensão à violência. Essas lições se perderam na terra.

Há apenas alguns banhistas e surfistas dedicados aqui. No início de junho, a água ainda está um pouco gelada, não quentinha como no auge do verão. A água finca seus dentes gelados em nós, mas, por mim, tudo bem.

— Então, por quanto tempo vamos flutuar aqui? Está ficando tarde. Acha que devemos voltar, talvez comprar alguma coisinha no Popeye's no caminho para casa? Camarão crocante?

A água salgada arde no fundo da minha garganta. Ali perto, uma sacola plástica flutua, e eu penso na água-viva. Quase posso sentir os vestígios da dor, a força do ataque, a raiva nos olhos dele, o balde de gelo...

Eu me viro, esperando a próxima onda.

Ela dá uma risadinha.

— Acho que não.

— Só mais um minutinho — enfim digo.

Não sei quando vou poder fazer isso de novo.

O cheiro rançoso do apartamento da vovó torna comer impossível.

Enquanto ela prepara chocolate quente para nós duas na cozinha, procuro pelo culpado revirando caixas de jornais velhos, sacolas de garrafas plásticas vazias e engradados de discos empilhados até o teto, bloqueando o pôr do sol. Atrás de outra pilha de caixas, no canto, está um antigo aquário vazio. Espio o horror que é lá dentro.

— Hum, vó... acho que a tartaruga morreu.

Ela zomba.

— Não morreu não, querida. Ela só está sendo boba. Venha, antes que seu chocolate esfrie.

Inspiro fundo, tornando a cobrir o tanque e abrindo uma janela para que o fedor sufocante saia. A gente fica na sala de estar escura, assistindo à antiga TV de tubo com o controle remoto engraçado. Meu pai colocou o Fire Stick da Amazon para ela, mas vovó está comprometida com os canais básicos.

A casa dela encolheu, ou eu cresci. Sempre considerei o lugar um castelo, mas agora vejo como realmente é. A desordem, os objetos aleatórios que ela encontrou na praia com seu detector de metal. Garfos, colheres, joias meio quebradas. Ela é fascinada pelo lixo humano. Igual à Ariel. É a casa perfeita para o programa de acumuladores que Shea gosta de assistir.

Como todos nós cabíamos aqui antes?

— Vovó?

— Sim, querida?

— O que aconteceu quando você descobriu que estava doente?

Ela ri.

— Não estou doente, querida. Esse é o problema. Vejo as coisas claramente. São as outras pessoas que não enxergam o que está bem diante do nariz delas. Elas veem o que querem o tempo todo.

Assinto, esfriando meu copo.

Vovó dá uma olhadela para a cadeira ao seu lado.

— Ah, não, ela não ia querer fazer isso agora.

Olho para a cadeira vazia e então de volta para ela.

— Fazer o quê?

Minha avó dá uma risadinha.

— Ah, nada, você sabe que eles amam a sua voz, é só isso. Eles queriam que você cantasse.

A cadeira vazia não responde nada.

— Hum, claro, vovó. Por que não?

Vovó assente para a cadeira.

— Minha neta não é uma figura? Agradeçam a ela. Não é todo dia que temos uma estrela aqui.

Os engradados de vinis antigos estão cobertos por poeira de dois anos.

— Tá, vocês querem Whitney ou Aretha?

— Não, precisamos de um clássico! Acabamos de vir do mar! É isso que eles querem!

— *A pequena sereia?*

— Sim! Isso aí!

— Está bem, vovó — falo com uma risada.

Canto "Parte do seu mundo", que sempre é divertida, à capela, uma coisa que não faço há muito tempo. Minha voz está áspera; desequilibrada, até. Tem algo sobre estar aqui de novo, cantando no lugar em que encontrei minha voz, que é... diferente.

Vovó se balança enquanto ouve, olhando para o assento vazio, assentindo, então bate palmas quando termino.

— Você sabe por que eu gosto desse filme?

— Porque você gosta de me ouvir cantando e sabe que eu gosto de nadar?

— *Rá!* Bem, isso também, claro. Mas não. Eu gosto porque a princesa salva a si mesma.

— Não se salva, não. Eric salva ela, o príncipe. E o pai dela, o rei.

— Não, não. — Ela ri, a luz da TV refletindo em sua pele escura. — Ela se salvou do mar bem antes desse príncipe bobo aparecer. Ela tomou as rédeas da própria vida, não se importou com o que as outras pessoas diziam ou pensavam. Mesmo que tenham pensado que era louca, ela fez o que queria, e os outros tiveram que apenas lidar com isso. Como quando você raspou seu cabelo. Você não se importou — foi lá e fez! Você sempre foi corajosa. Herdou isso do meu lado da família.

Vovó toma seu chocolate quente, deixando o bigode de chocolate se formar acima do lábio superior. Olho para a sala de novo, mudando meu foco para o que este lugar costumava ser. Um tesouro cheio das coisas mais maravilhosas.

— Vovó... estou tendo problemas.

Ela assente.

— Sim, querida. Está mesmo.

— E não sei o que fazer.

— Bem, o que a Ariel faria?

— Talvez fugir? — Dou uma risadinha. — Trocar a voz por um par de pernas?

Vovó dá de ombros e passa alguns canais, cantarolando, parando no E! News. Richie está lá. Falando do documentário com Korey. Sem o relógio no pulso. Jessica deve ter avisado a ele. Duvido que ela ficaria com ele sabendo que pode comprometê-la. É mais esperta que Richie. Deve ter dito a ele para se livrar do relógio. Mas ele não o jogaria fora, e não vai ser burro o bastante para penhorá-lo. Então deve ainda estar com ele... em algum lugar.

— Vovó, preciso ir agora.

— Para onde?

Eu dou um sorrisinho, fechando o casaco de capuz.

— Me salvar.

Vovó sorri.

— Está bem, querida. Divirta-se.

Capítulo 83
FAMÍLIA ACIMA DE TUDO

— Ei! Fiquei surpreso por você ter ligado — diz Derrick, abrindo as portas francesas de seu apartamento no Upper West Side.

— Eu estava aqui perto — minto.

A viagem de mais de uma hora do Queens até Manhattan me deu tempo suficiente para inventar todas as mentiras que estou prestes a dizer a ele.

— Bem, que bom que você veio. Fiquei sabendo das acusações. Eu... sinto muito, Enchanted.

Ele esfrega meus ombros, e eu me inclino para suas mãos cálidas. É bom ser abraçada. Algo que sinto falta... vindo de Korey.

O pânico ribomba no meu peito, e eu me afasto, olhando para todos os lados.

Ele não está aqui, Enchanted. Korey não está aqui. Você está segura.

— Ei, você está bem? — Derrick pergunta enquanto eu esfrego as têmporas, tentando recuperar o controle.

— Hum, aham. Então, seu pai pode aparecer aqui alguma hora?

— Não. E minha mãe está numa viagem de negócios. Somos só nós dois aqui.

Ele parece me comer com os olhos, e isso me incomoda.

— Hum, você disse que queria me mostrar uma foto?

— Ah! Sim! Venha, está aqui.

A casa de Derrick é extravagante. Pés-direitos altos, lustres de cristal, luminárias douradas, móveis cor-de-rosa antigo e plantas suficientes para deixar uma estufa com inveja. Fotos de Richie com todos os tipos de realeza musical penduradas por cada canto.

Passamos por três quartos, um com uma porta dupla e uma pintura dourada de leão.

Deve ser o principal.

— Bem aqui — diz Derrick, virando à esquerda para um escritório decorado em cor-de-rosa e estampa de oncinha.

Na parede há uma gigantesca foto em preto e branco emoldurada, uma mulher negra, de costas, despejando água de um jarro de metal em uma mão, e na outra, de um galão de plástico.

Leio o texto escrito embaixo: Ela o viu desaparecer perto do rio. Pediram a ela que contasse o que aconteceu apenas para depois desconsiderar sua memória.

A simplicidade me agarra pelo pescoço. Tantas mensagens, tão arrebatador e tão... cirúrgico.

— Se chama *Waterbearer*, da Lorna Simpson. Acho que minha mãe estudou sobre ela na faculdade ou algo assim. Ela ama arte. Tem dessas coisas pela casa toda, mas esta é a minha favorita.

— Por quê?

Derrick dá de ombros.

— Quero dizer, não sou uma mulher negra nem nada, mas acho que entendo. Ninguém nunca acredita em vocês.

Um nervo é puxado como uma corda de violino, a nota ecoando no meu ouvido.

— Ei, você quer assistir um filme ou algo assim? — pergunto, saltitando.

— Claro! Podemos assistir *Love and Hip Hop*.

— Legal!

Entramos em um espaço gigante, estilo cinema doméstico, com uma grande tela de projetor e poltronas de couro reclináveis. Espero pelo menos quinze minutos se passarem antes de me levantar.

— Hã, onde fica o banheiro? Problemas de mulher.

Ele arregala os olhos.

— Ahhh, claro, descendo o corredor.

No banheiro, abro a torneira, abro a porta e passo pelo cinema pé ante pé, usando as plantas como proteção. Atravesso o corredor às pressas, entro no quarto principal e tropeço em um tapete de tigre, batendo o dedinho em uma banqueta.

— Merda — sussurro, mordendo a mão para engolir a dor, e então cambaleio até o closet. Preciso ser rápida.

Reviro gavetas, todos os bolsos das calças, blazers, sapatos, meias e então vou até o lado da esposa, as calças, os milhões de sapatos, a caixa de joias. Nada.

A voz de Derrick soa atrás de mim.

— Ei, Chant!

Me viro com um gritinho. O quarto está vazio, a porta fechada. Estou sozinha. Estou ouvindo coisas?

— Sistema de interfone na parede — diz ele, a voz abafada pela estática. — Pressione falar.

Interfone? Observo e corro pelo quarto, até uma caixa perto da porta, ainda segurando um dos suéteres da mãe dele. Prendendo a respiração, aperto o botão de falar e digo:

— Oi?

Silêncio. Mais momentos de silêncio. Espere, ele sabe que estou respondendo do quarto dos pais dele? Ele está vindo me procurar? Ah, meu Deus...

— Ei, foi mal — diz Derrick. — Meu pai acabou de mandar mensagem, tentando entrar em contato. Bom, vou pedir comida chinesa. Quer alguma coisa?

Meu cérebro volta a funcionar apesar das engrenagens congeladas.

— Hum, sim, camarão lo mein. Por favor?

— Você está bem? Precisa de algo?

— Tá tranquilo — guincho, coração acelerando. — Já volto.

Com os joelhos cedendo, minhas pernas cedem e caio na parede. A comida chinesa vai me dar pelo menos três minutos extras. O relógio tem que estar aqui.

Mas e se o pai dele aparecer aqui?

Rápido, reviro cestas, gavetas e malas. Quando estou prestes a desistir, vejo outro conjunto de gavetas perto da mesinha. Primeira, papéis. Segunda, cuecas. Eu as coloco de lado, o dedo roçando em alguma coisa dura. Abro a gaveta um pouco mais.

O relógio de Korey tiquetaqueia para mim.

Com um lenço de papel da mesinha, bem na hora em que pego o relógio, a porta abre.

— O que você está fazendo?

Derrick está boquiaberto, chocado e sem palavras, e, por um momento, fico aliviada por não ser Richie, e sim ele. Derrick encara o relógio na minha mão, e então para mim.

— Derrick... não é o que você está pensando...

Enquanto explico tudo, a cor some do rosto dele. Ele pisca duas vezes e balança a cabeça.

— Não. Meu pai e Korey... eles se conheciam há uma eternidade. Korey era como um irmão para ele! Meu pai não faria isso.

— Por Jessica ele faria. Ele faria qualquer coisa por ela. Você me disse.

Uma camada de compreensão derrete na pele dele, pesando sobre seu corpo. Derrick se apoia na porta.

— Olha — ele murmura. — Eu não quero chamar a polícia... então acho que você deveria deixar seja lá o que encontrou e ir embora.

— Mas Derrick, eu *preciso* desse relógio. Preciso para provar que não fui eu!

— Então você vai incriminar meu *pai*?

— Não, não. Não incriminar... Eu vi Korey usando o relógio.

O rosto dele fica sombrio.

— Ninguém vai acreditar em você.

Suor frio desce pelas minhas costas.

— Derrick, pensei que você fosse meu amigo.

— Larga isso, Enchanted — diz ele, a voz dura. — Mesmo que você leve o relógio, não seria suficiente para te salvar. Meu pai pode dizer que Korey deu o relógio para ele. Meu pai estava lá naquele dia, é um álibi muito fácil.

A chave para a liberdade tiquetaqueia na minha mão.

— Mas eu...

— Acabou, Enchanted. Não tenta derrubar meu pai com você.

Em um instante, eu entendo: não importa o que eu diga, Derrick sempre escolherá o pai e não a mim. Abro mão do relógio. Junto com as minhas esperanças.

— Ele ainda é o meu pai — Derrick diz, olhando para o chão enquanto eu passo por ele. — Você não faria qualquer coisa para salvar sua família?

Lanço um último olhar para ele antes de sair.

Derrick. Outro filho de peixe.

Capítulo 84
COMO VER O SOL NASCER

UMA CARTA ABERTA DA KA

O homem publicamente conhecido como Korey Fields vendeu vinte milhões de álbuns, fez turnês ao redor do mundo e acumulou milhões de reproduções no rádio e em serviços de streaming. Durante sua ascensão ao estrelato, também foi processado por pelo menos quatro mulheres por assédio sexual, estupro de vulnerável, agressão, cárcere privado e fornecimento ilegal de drogas a menores, tudo isso em pelo menos três estados diferentes.

Urge que as empresas ligadas aos detentores dos direitos da obra de Korey Fields protejam e apoiem as mulheres negras no proceder da investigação das ações ilegais de Fields. Juntos vamos acabar com a desvalorização de mulheres e meninas negras.

Apoiamos Enchanted Jones e todas as mulheres que foram abusadas por Korey Fields.

Se você foi vítima de abuso por Korey Fields, por favor, entre em contato com a nossa organização. Você não está sozinha.
— Korey Anônimos

Minha avó sempre me disse que o sol nasce no leste e se põe no oeste. Eu me sento em um banco perto do East River, pensando em ver o nascer do sol. Mas a direção no rio não é precisa. Mesmo assim, é um bom lugar para estar durante minha última noite/manhã de liberdade.

Minha mãe deve estar muito preocupada, e meu pai provavelmente está vasculhando as ruas me procurando, ligando sem parar. Mas eu preciso de um momento para pensar. Para ficar quieta. Para ler aquela carta aberta de novo e de novo. *Eu não estou sozinha*, diz ela. Há outras.

Mas sou a única que vai para a prisão. Por algo que não fiz, e não há nada que eu possa fazer a respeito. E como sequer é possível que haja tantas? Korey não poderia estar apaixonado por todas elas. Ele não poderia ter tratado todas nós da mesma forma.

Poderia?

Tiro o papel amassado da minha carteira.

Encontro da KA na Broadway, 421. Sexta, 10h.
Há outras.
Você não está sozinha.

Deixando o capuz na cabeça, entro em um prédio detonado no centro de Chinatown, entre barracas de frutas e açougues, e confiro a hora. Meu celular está só com cinco por cento de bateria.

Dez da manhã. O plano era estar na delegacia há duas horas. Mas se eu entrar lá, quem vai poder dizer se algum dia saberei a história completa. Preciso agarrar esta última chance. Talvez alguém tenha informação sobre Jessica ou Richie. Algo que possa me ajudar a me salvar.

O corredor está empoeirado e cheio de sacolas de lixo e móveis de escritório descartados. A porta para a sala 8M range quando eu empurro. A sala está úmida e fria, escura, as cortinas fechadas.

— Você veio!

A mulher que se aproximou de mim no dia da coletiva de imprensa está diferente. Ou talvez esteja só parecendo ela mesma — cabelo loiro longo com mechas, tatuagens nos braços e um piercing no lábio.

— Pois é. Mas não posso ficar muito — digo, cansada. — Eu... tenho que me entregar para a polícia hoje.

Ela assente.

— Ouvi dizer. Sou Cindy. Prazer em te conhecer oficialmente. Esta é Dawn, uma das nossas detetives particulares.

Dawn é uma mulher de pele cor de canela, com dreads finos castanho-acobreados e antebraços musculosos.

— É um prazer te conhecer, Enchanted.

Tem outras seis mulheres na sala de conferência, bebendo café, mordiscando rosquinhas. A conversa delas para assim que tiro o capuz.

— Ah, não está todo mundo aqui, se é o que você está pensando — diz Dawn. — Algumas não conseguiram vir para Nova York. Outras estavam muito assustadas.

— Ainda estão com medo do Korey?

— Não só do Korey. Do sistema que o protegia também. A maioria ainda está lidando com os efeitos do trauma. Depressão, ansiedade, paranoia, insônia, até alucinações. — Cindy me conduz à mesa de café. — Estamos trabalhando com as garotas há mais de um ano. Por favor, fique à vontade! Já vamos começar.

Os olhares que recebo são penetrantes.

Pego um pouco de chá para acalmar meus nervos, algo que vovó faria. Hortelã com mel.

— E aí.

Os passos dela são tão silenciosos, como na casa. Um ratinho silencioso.

— Amber?

Amber assente e então me abraça. Um abraço fraco, seus olhos sombrios e fundos. Ela perdeu peso, e seu cabelo, antes cheio, afinou, com falhas na frente.

— Você está bem? — ela pergunta.

— Hum, sim, acho que sim — murmuro, o copo quente na minha mão. — E você?

Ela dá de ombros.

— Eu... estou ficando na casa de uma amiga. Minha mãe ainda não me deixou voltar para casa. Disse que eu queria ser adulta, então é melhor eu continuar uma adulta.

— Quando você foi embora?

— Eu não fui — responde Amber, a voz sumindo. — Mas Jessica nunca me deixaria ficar.

— Obrigada por virem — Cindy anuncia, na cabeceira da mesa de conferência, de costas para a porta. — Sei que é um processo difícil e provoca gatilhos. Agradecemos sua coragem.

Os olhos disparam, uma reparando na outra, buscando o elo em comum.

— Só queremos reiterar: o que acontece nesta sala, fica nesta sala — Dawn avisa. — Escolhemos este lugar para manter todas vocês seguras.

Em seguida, nos revezamos nos apresentando, e Cindy nos atualiza da situação da investigação contra Korey. Uma investigação que começou bem antes de eu conhecê-lo.

— O que vai acontecer agora que ele morreu? — uma mulher chamada Lily pergunta.

Cindy suspira, tamborilando a caneta na mesa.

— Bem, não é o ideal. Nós preferiríamos que ele fosse condenado. Mesmo assim, temos nossas vozes para iluminar o caminho, para encorajar os promotores a continuar a investigação.

— Até parece. Ninguém vai acreditar na gente — uma mulher chamada Robyn diz. — Isso tudo é inútil agora!

— Usar sua voz nunca é inútil! Ainda podemos ir atrás dos herdeiros dele e da gravadora. Processar pelos danos e responsabilizá-los. Os funcionários não só sabiam o que estava acontecendo como ajudaram e instigaram. Isso não deve passar incólume.

— Você está dizendo que eles sabiam sobre a preferência dele por garotinhas — corrige Lily, o sarcasmo se misturando ao seu perfume.

— Olha, vou dizer logo de uma vez — anuncia uma mulher chamada Dione, se virando para mim. — Eu fiquei de queixo caído por ele ter escolhido VOCÊ. Em geral, ele gosta de garotas com cabelo comprido e bonito.

As outras mulheres assentem, o cabelo delas escorrendo na altura dos ombros. Não tem nenhum outro cabelo curto nessa sala.

— E você cantou com ele... tipo, no palco.

— Ela tem uma voz incrível — diz Amber, olhando para o chão.

— Ah, e eu não? — Lily se irrita.

— Calma, Lily — adverte Dawn. — Ninguém disse isso.

— Eles disseram que você teve um colapso mental — diz Dione. — Eu não te culpo. Não depois de morar naquela casa. Mas, tipo, você tinha mesmo que matar ele?

Meu sangue fica frio.

— Eu não matei ele.

A sala se enche de burburinho.

— É louco pensar que ele continuava fazendo isso — diz uma mulher chamada Tessa. — Continuava perseguindo garotinhas. Mesmo depois de todos os acordos.

— Por que você aceitou o acordo? — pergunta Amber.

Tessa dá de ombros.

— Os advogados disseram que ele não seria condenado de jeito nenhum. O melhor que eu podia fazer era cuidar de mim. Ele me boicotou. Nenhum empresário, agente ou produtor queria trabalhar comigo. Minha carreira acabou antes mesmo de começar.

— Também fiz um acordo — diz Dione. — Detetives tentaram dizer que eu era uma testemunha não cooperativa e largaram a investigação porque tive gripe e não pude ir prestar um depoimento. Sério, eu estava com medo. Todas aquelas ameaças de morte e ligações.

— Sinceramente pensei que o acordo significava que ele tinha aprendido a lição, sabe? — Tessa balança a cabeça. — Mas acho que só deu mais poder para ele. Tipo, ele percebeu que podia se safar e quis ainda mais.

— Minha mãe recebeu uma carta com umas... fotos que Korey tirou de mim — diz Robyn, piscando para espantar as lágrimas. — Disse que, se eu não ficasse quieta, ia divulgar as fotos.

— Ele estava te ameaçando — diz Cindy. — É uma tática de intimidação. Assustar as vítimas e silenciar sobreviventes para que elas não denunciem.

— Eu sei que fiquei com ele por mais tempo que todas vocês — Dione murmura. — Cinco anos.

— Quando foi o ponto final para você? — Lily pergunta.

Dione olha para o copo, o rosto pálido.

— Quando ele apertou meu pescoço até eu desmaiar.

Nenhuma delas fica surpresa. Só eu. É como se todas estivessem familiarizadas demais com o lado ruim dele, o que me faz perceber que... eu apenas tive contato com a superfície.

— E você não foi a que ficou com ele por mais tempo. Esse prêmio vai pra demônia da Jessica.

Todas assentem.

— Alguém sabe qual é a dela? — pergunto, tentando conseguir mais informações.

Dione dá de ombros.

— A piranha é uma fortaleza. Só sei que faz tempo que ela está nessa.

— Quantos anos ela tem?

As mulheres dão de ombros.

— Ela parece a porra de uma vampira.

A imagem de Korey e Jessica na festa do Grammys surge na minha cabeça. Meus nós dos dedos ficam brancos enquanto agarro a mesa.

— Ei, alguém reconhece a garota na *sex tape*? — Tessa pergunta.

— Parece com a Enchanted — ironiza Lily.

Balanço a cabeça.

— Não sou eu.

A sala se encara, algumas cruzando os braços.

— Juro que não sou eu — insisto.

— E importa? — diz Dione. — Poderia ser qualquer uma de nós. Aquele tarado estava sempre gravando a gente. Ele gravava enquanto a gente transava, me gravava no banheiro. Cara, estou surpresa que só um vídeo apareceu.

— Ele gravava quando transávamos com... outras mulheres também — diz Tessa, a voz tremendo de vergonha.

Lily dá uma risadinha.

— Ele me gravou usando uma babá eletrônica. Sabe, um daqueles ursinhos que as pessoas escondem no quarto do bebê? Não acreditei. Eu não fazia ideia!

Uma... babá eletrônica?

A caneca de chá cai da minha mão, quebrando no chão.

— Enchanted — chama Cindy. — Você está bem?

Eu me levanto, coração disparado.

— E-eu preciso ir.

Cindy franze a testa.

— Mas acabamos de começar a reunião.

— Eu... sinto muito.

Atrás de mim, ouço Lily murmurar a palavra *mentirosa*.

O sol me cega quando corro para fora do prédio, indo em direção ao trem cidade acima, usando meus últimos dois por cento de bateria para fazer uma ligação.

— Enchanted! — exclama o sr. Pulley, a voz um sussurro baixo. — Cadê você? Todo mundo está te procurando. Era para nos encontrarmos na delegacia três horas atrás.

— Sr. Pulley, alguém conferiu as imagens das câmeras de segurança? Korey tinha câmeras espalhadas pela casa de Atlanta inteira. Provavelmente no apartamento também.

Ele suspira, uma porta se fechando nos fundos.

— Sim, conferiram. Mas o sistema estava desligado. Em algum momento antes das dez.

Jessica. Ela é a única que saberia como e que teria acesso a isso. Também sabia quando eu estaria lá. Praticamente me enviou para a toca do leão.

— Eles recuperaram alguma das câmeras ou algo do tipo do quarto dele?

— Nada. Essa é a primeira coisa que eles teriam procurado.

Significa que ainda estaria lá...

— Enchanted, por que você não vem? — sugere o sr. Pulley, a voz suave. — Conversaremos sobre isso pessoalmente. Todos estão muito preocupados com você. Não é seguro você ficar sozinha.

De jeito nenhum posso ir agora. Não quando sei exatamente o que vai me salvar.

Alguém me agarra, me tirando do fluxo do tráfego de pessoas. Grito, mas fico paralisada.

— Enchanted! — o sr. Pulley exclama do outro lado da linha. — Você está bem? Me responde!

Não consigo falar. Mal consigo respirar.

O cabelo dela está em um coque malfeito, enfiado sob o capuz do casaco. Um casaco igual ao meu.

— Oi — ela diz numa voz inocente.

Gab.

Capítulo 85
REUNIDAS

Gab estaciona atrás de uma caçamba perto da KA. Ficamos sentadas no carro chorando até que as janelas fiquem embaçadas.

— Eu sinto muito! Eu sinto tanto, Chant!

Eu me agarro a ela, temendo que desapareça outra vez, perplexa pelo alívio que me inunda.

— Eu te liguei e mandei mensagem mil vezes — choramingo, limpando as lágrimas.

Gab olha para o retrovisor interno, mantendo o capuz bem firme na cabeça.

— Troquei de número — diz ela, olhando por cima do ombro duas vezes. — Eles estão atrás de mim.

— Quem?

— Korey Fields. E a equipe dele, ou sei lá.

— Quê?

Gab se encolhe no assento, olhando para trás outra vez.

— Fui ao seu show em Connecticut — diz ela, me encarando. — Quer dizer, sim, eu estava mesmo te ignorando, mas o Jay me convenceu a parar de ser teimosa. Ia ser uma surpresa.

— Você estava lá? Por que você...

Ela ergue a mão.

— Me deixa terminar. Cheguei tarde, entrei na área VIP com o passe que você deixou, mas, quando entrei... te vi desmaiada no sofá. Não conseguia te acordar de jeito nenhum. Seja lá o que você tinha tomado... Sei lá, mas eu não ia te deixar daquele jeito. Ia te arrastar de lá se fosse preciso. Mas aí o Korey apareceu. Disse que, se eu encostasse em você, ele ia me matar! Tentei chamar a polícia, mas um segurança gigante quebrou meu celular que nem um louco. Então fugi, e o grandalhão me seguiu até o carro. Disse que, se eu contasse o que vi naquela noite, me mataria.

Meus dedos agarram o peito com força.

— E depois?

— Foi tipo um pesadelo. Não sei como eles conseguiram meu telefone, mas ficaram me ligando, dizendo que se eu procurasse a polícia ou contasse para alguém o que vi, eles me matariam *e* matariam o Jay. Foi assustador demais, como se eles soubessem tudo sobre mim!

— Acho que foi minha culpa — confesso. — Contei a Korey sobre vocês dois.

Gab suspira.

— É, imaginei. Depois que encontraram o Jay, eles ligaram para o meu pai.

— AI, MEU DEUS! O que aconteceu?

— Disseram que eu estava mentindo e que ainda estava saindo com o Jay. Meu pai surtou e me tirou da Parkwood. Disse que não pagaria rios de dinheiro para a escola só para eu ser uma putinha de universitário.

Os olhos dela se enchem de lágrimas. Ela as seca no capuz.

— Gab, eu sinto tanto.

Ela balança a mão para me interromper.

— Tudo bem. Enfim, eu fiquei quieta porque não queria que aqueles filhos da puta fodessem com a minha vida mais ainda. Mudei de telefone e prometi ficar de boca fechada. Então te vi na TV. A forma como aquela moça te atacou... Senti que era tudo culpa minha. Se eu nunca tivesse te convencido a ir naquela apresentação... você nunca teria conhecido aquele monstro.

— Não é culpa sua. De jeito nenhum!

Ela inspira fundo.

— Mesmo assim, não podia te deixar pensar... que você estava sozinha.

— Obrigada.

Gab assente enquanto outra pergunta me ocorre.

— Ei, como você sabia onde me encontrar?

— A carta aberta! Entrei em contato com elas, contei tudo. Elas disseram que você talvez fosse aparecer, então me escondi do lado de fora para garantir que você não fosse seguida.

— Seguida?

— Eles sabem que fizeram besteira, Chant. Não estariam tentando tanto me calar se não tivessem errado feio. — Parece que Gabriela não dorme há dias. Talvez meses. Ela dá uma risada seca. — Jay me disse que você foi ao trabalho dele.

— É, e ele fingiu muito bem. — Dou uma risadinha.

— Ele estava tentando me proteger. Aquele cara, juro que ele me ama tanto que chega a ser burrice.

Uma pontada de inveja me atinge.

— Queria eu...

— Não diga isso. Ele não valia a pena. Ele tentou nos separar! Toda aquela merda de "Bright Eyes"...

Pisco.

— O que foi que você disse?

Ela inclina a cabeça para o lado.

— O quê?

Uma névoa se dissipa e a clareza me atinge como uma faca. Eu me encolho contra a porta.

— Você não é real.

— O quê?

— Ai, Deus — murmuro. — Ai, Deus!

Abro a porta e me afasto do carro.

— Chant! Aonde você vai?

Meus pensamentos giram em sentido anti-horário.

Gab não é real. Não existe Gab nenhuma. Estou imaginando tudo isso. Estou vendo coisas igual à vovó. Por que agora? Por quê?

Alguém agarra meu capuz, me puxando para trás.

— Não me encosta — eu grito, agitando os braços. — Tira as mãos de mim!

— Mas que maluquice é essa? O que deu em você?

Gab puxa a manga do meu casaco, os olhos avaliando a rua.

— Aonde você vai? Volta já pro carro! E se alguém vir você?

Mesmo desarrumada, Gab é linda. De alguma forma, minha mente inventou o exato oposto de mim. Tudo que temi não ser.

Eu a empurro, chorando.

— Você não é real!

— Do que você está falando? Claro que sou real!

— Ninguém sabia que o Korey me chamava de Bright Eyes. Nunca contei para ninguém! Nem mesmo para você.

Gab franze a testa, embasbacada, então deixa escapar uma risadinha nervosa antes de torcer o meu braço.

— Ai — grito. — Mas que porra?

— Sou real o suficiente para você?

Dói. Mas será que tem gente que consegue imaginar pessoas TOCANDO nelas?

Gab analisa meu silêncio, revirando os olhos.

— Meu Deus! Você tá de sacanagem? Korey chamava *todas* as garotas de Bright Eyes. Estava escrito naquele relatório da Candy. Você não leu?

Meus joelhos querem fugir, mas então me lembro da mulher que tentou me matar no palco. A peruca, a forma como ela me chamou de Bright Eyes... Ela era uma de nós, outra garota que sofreu nas mãos de Korey.

Caramba, alguma coisa do que tivemos foi real?

Ela balança a cabeça.

— O que deu em você?

— Os policiais me disseram... eles disseram...

— E você acreditou neles?

Meus ombros relaxam. Se Gab é real... isso significa que tudo que aconteceu foi real também. Ele me tirou da minha família e dos meus amigos, roubou minha liberdade, roubou meu coração, roubou minhas *músicas*! A raiva me domina.

— Eu não matei o Korey — digo, séria. — Você acredita em mim, né?

— Claro que sim!

— Tá. Eu tenho uma ideia. Mas vou precisar da sua ajuda. E do seu carro.

Ela dá um sorrisinho.

— Desde que não me matem, tô pronta pra tudo.

Capítulo 86
CONVERSA EM GRUPO

Grupo de conversas do W&W (sem as irmãs Jones)

Aisha: **Vocês viram aquela carta aberta? Assinada por todas as vítimas dele?**

Sean: **Então não foi só a Enchanted? Tinha outras garotas.**

Aisha: **Alguém tem notícias dela?**

Malika: **Não.**

Sean: **Nem eu.**

Aisha: **Os pais dela estão surtando. Não acredito que ela fugiu.**

Sean: **Não sei. E se ela não tiver fugido? Tem uns fãs leais por aí. Talvez ela tenha sido sequestrada.**

Aisha: **Me sinto péssima.**

Sean: **Eu também.**

Malika: **Eu não. Ela matou o Korey Fields. Temos uma assassina na droga da nossa divisão do Will & Willow! Todo mundo vai falar da gente agora.**

Sean: **Não se trata de NÓS nem de você. Você também mataria ele se tivesse sido abusada. Não?**

Aisha: **Você LEU a carta aberta? Precisamos ajudar ela.**

Sean: **Como?**

Aisha: Talvez a gente consiga fazer uma corrente com as outras divisões. Perguntar por aí. Provar que ele tinha, sei lá, o costume de fazer aquelas merdas.

Sean: Eu conheci uma garota da divisão de Atlanta que disse que o Korey costumava ficar perto da escola dela e pegar garotas.

Malika: O quê? Por que você não disse nada antes?

Sean: Sei lá, não pareceu importante antes!

Aisha: Meu Deus! Uma garota da divisão de Charlotte me disse a mesma coisa. Pensei que ela estava inventando para se aproximar da Enchanted!

Malika: Então ele ficava rodeando escolas? Isso é... bizarro.

Aisha: Temos que contar para alguém!

Sean: É, eu tô falando com o meu pai agora.

Aisha: A gente tem que procurar a Enchanted! Ela é da família!

Sean: Pode crer!

Aisha: Vou ligar pra Shea! Talvez a gente possa convencer as outras divisões a saírem e procurarem por ela se contarmos a história toda.

Malika: Estou me sentindo péssima.

Sean: Não é culpa sua. Todo mundo pensou a mesma coisa!

Creighton: E AÍ!

Sean: Ei, onde você esteve?

Creighton: Sabe como estavam dizendo que ela era doida e tal?

Aisha: Aham.

Creighton: Acho que descobri quem é a amiga dela.

Malika: Do que você está falando?

Creighton: Aquela amiga... Gabriela, sei lá. Acho que encontrei!

Aisha: Onde?!

Creighton: Na White Plains Galleria. Só que o nome dela não é Gabriela.

Capítulo 87
COMO EVISCERAR UM PEIXE

Do lado de fora do prédio, há uma montanha de flores, ursinhos de pelúcia, pôsteres e velas, ocupando, da porta até a esquina, um quarteirão inteiro. Barricadas da polícia cercam a entrada. Alguém colocou uma caixinha de som bluetooth para tocar músicas do Korey. Alguns fãs leais acampam na calçada, ainda chorosos.

Nas sombras do outro lado da rua, vejo três policiais patrulharem o quarteirão silencioso. Pelas portas de vidro, na recepção, dois porteiros estão sentados usando uniformes pretos e azuis. Eu os reconheço.

Me pergunto se eles vão me reconhecer.

Descendo o quarteirão, um carro vira a esquina, dando uma guinada, pneus cantando antes de invadir o memorial, esmagando os ursinhos na parede.

Fãs estão de pé, gritando e fazendo perguntas. Os policiais correm.

Gab abaixa o vidro, agitando os braços.

— Socorro! Socorro, por favor.

Um dos porteiros sai do prédio, abrindo a porta para espiar, enquanto o outro faz uma ligação.

É aí que saio correndo, atravesso a rua, pulo a cerca e deslizo, agarrando o cartão de acesso no cinto dele.

— Ei! Ei! Para!

Chocado, o outro porteiro demora a se levantar, mas já passei correndo por ele.

— Ei! Aqui! — o porteiro grita lá fora, tentando chamar a atenção dos policiais.

Disparando pelo corredor, passo pelos primeiros elevadores, enquanto o segundo porteiro me persegue.

— Pode parar!

A estática do walkie-talkie canta.

— Todas as unidades... A suspeita está no perímetro.

Escorrego no chão de mármore, meus joelhos batendo no chão, a dor como um soco que me tira o ar. Passo o cartão e entro na sala da piscina.

— Ei! Ei! — o porteiro número dois grita. Posso senti-lo atrás de mim enquanto manco.

Eu me abaixo, fazendo uma finta à direita e depois à esquerda, uma dança rápida.

— AHHHH!

Ele cai na piscina.

Passo pela próxima porta e entro no elevador perto da entrada dos fundos. Aquela pela qual Korey me levou durante nossas aulas de natação.

Passo o cartão. Subo para o vigésimo andar, o estúdio.

O elevador se abre e atravesso o corredor escuro até uma porta que leva à cobertura.

Trancada.

— Merda — murmuro, correndo para a recepção, e espio o indicador de andar do elevador. Ainda está no saguão. Mas, dentro de segundos, começa a subir.

Segundo andar.

A mesa tem mais de dez gavetas. A chave deve estar em algum lugar. Desesperada, eu reviro a área.

Quarto andar.

Meu joelho lateja. Nada de chave ainda. Desesperada para abrir a porta, agarro um par de tesouras.

Quinto andar.

A luz vermelha como sangue acendendo no quinto andar quase faz meu coração parar. Corro para o estúdio escuro, o lugar fedendo a nossas memórias. Mais gavetas. Nada além de papéis.

Sexto andar.

— Vai, vai — choramingo, passando por pilhas de partituras. Eu arranco as gavetas, jogando-as no chão.

Oitavo andar.

Presa no fundo da última gaveta está um chaveiro cinza.

Décimo andar.

Abro a porta.

Entro na cobertura, soltando o ar que estive prendendo quando as chaves tilintam na porta da frente. Mais estática de walkie-talkie.

— Merda... — Arfo, e passo pela fita da polícia, pulando por cima... Melissa ainda está no chão, onde a deixei.

A porta da frente abre de supetão.

— Parada!

— Ela tem uma faca!

Bato a porta do banheiro atrás de mim, agarrando a tesoura junto ao peito. Garganta queimando, pulmões ardendo.

— Todas as unidades, a suspeita se trancou no quarto!

O cômodo tem cheiro de ar estagnado. O sangue secou em rosa-claro nas paredes. A maior poça, perto da cama; baldes entornados de suco de beterraba.

Batidas fortes na porta. Mais vozes.

Linguado está na penteadeira, no exato lugar em que Korey o deixou, intocado e despreocupado.

Eu viro o peixe e enfio a faca na barriga dele, mas já tem um buraco. Um que nunca percebi antes.

A porta abre bem quando agarro um punhado do enchimento do Linguado.

— Pro chão! Pro chão agora!

— Largue a arma!

E, entre as vísceras de espuma do peixe... há uma câmera.

Capítulo 88
DIGA O SEU NOME PARA O REGISTRO

Transcrição — 10 de junho

Gabriela Garcia: Já posso ir?

Detetive Fletcher: Espera aí. Por que ninguém na sua escola se lembra de você?

Gabriela: Não sei. Você tem que perguntar pra eles.

Fletcher: E qual é a questão com o seu nome mesmo?

Gabriela: Tá, certo. Meu nome todo é Olivia Gabriela Garcia-Hill. Sempre usei Gabby Garcia. Mas, quando entrei na Parkwood, meu pai quis que eu usasse um nomezinho branco para a escola branca. Então fui matriculada como Olivia Hill... Era assim que todo mundo me conhecia, menos a Chanty.

Fletcher: E você nunca contou isso para Enchanted? Pensei que vocês fossem melhores amigas.

Gabriela: Sei lá, acho que eu estava... envergonhada por deixar meu pai, que mal ligava para mim, me convencer a ser algo que não sou, enquanto Enchanted era supertalentosa, tinha uma família incrível e não tinha medo de ser ela mesma.

Fletcher: Por que você não se manifestou antes?

Gabriela: Como as outras garotas, eu estava com medo. Não é como se vocês acreditassem na gente. Quando dizemos: "Ei, eu fui estuprada", vocês dizem: "Tem certeza?" É uma ótima maneira de fazer a gente se sentir segura, senhor policial.

Fletcher: Mas você não estava denunciando um estupro.

Gabriela: Da última vez que conferi, era ilegal seduzir uma menor de idade.

Fletcher: Não foi o que eu… quis dizer.

Gabriela: É interessante como vocês partem do princípio de que a garota é louca em vez de acreditar nela logo na primeira denúncia. Enchanted é, o que, a décima sexta vítima? Dezesseis garotas tiveram que denunciar isso para a polícia, e a Enchanted teve que arriscar a própria vida para provar que vocês idiotas estavam errados.

Fletcher: Ela teve várias oportunidades de denunciar os abusos. De fugir dos maus-tratos. Ela poderia ter nos procurado.

Gabriela: Tá, e se fosse eu? E se eu entrasse aqui, dissesse que meu nome é Olivia Hill e denunciasse o Korey? Vocês ouviriam meu nome, olhariam para a minha pele branca, sem imaginar que sou latina, e em poucas horas ele estaria atrás das grades. Mas uma garota negra que nem a Enchanted não tinha chance. Eu vejo isso agora, então aqui estou, usando meu privilégio branco para dizer que vocês são um bando de babacas.

Fletcher: Isso não tem a ver com raça. Tem a ver com a verdade!

Gabriela: A verdade? *Rá!* Chega a ser engraçado como vocês se esforçam para derrubar uma garota negra em vez de acreditar na palavra dela. Enchanted não merecia passar por isso. Vocês fizeram ela questionar a própria sanidade. Fizeram a família e os amigos dela questionarem a sanidade dela. Vocês são tão ruins quanto o Korey com essa merda de lavagem cerebral.

Fletcher: Que seja. Isso ainda não explica por que ela viu Korey no palco com ela no show de talentos.

Capítulo 89
PRINCESAS PRECISAM SALVAR A SI MESMAS

Linguado gravou setenta e cinco minutos de vídeo. Posicionado na direção da cama, teve uma visão perfeita de Korey me dando um soco na cara, e depois de Richie abrindo a porta da cobertura vindo do estúdio... usando a chave que Jessica deu a ele. A bateria do Linguado acabou exatamente quando Richie enfiou a faca no peito de Korey.

Richie foi preso. Jessica, de trinta e cinco anos, também.

Com a imprensa em cima de Korey e a obsessão dele comigo cada vez maior, Jessica, desprezada, viu a perfeita oportunidade para matar o homem que abandonou as promessas de estrelato feitas a ela, culpando a garota que roubou seu lugar. O assassinato também garantiria que o documentário de Richie fosse um sucesso instantâneo. Eles planejaram viver felizes para sempre em Hollywood Hills, gerenciando o patrimônio de Korey. Mas, quando foi pega, Jessica cantou como uma baleia.

O amor é complicado.

O Will & Willow reuniu nomes e histórias de várias garotas do país inteiro que alegaram ter estado com Korey Fields. Como, em sua maioria, os pais negros eram ricos e bem conectados, isso só aumentou a pressão em cima do caso já quente.

Uma caixa cheia de cartões de memória de Korey Fields foi encontrada na casa que ele compartilhava com a esposa. Havia dezenas deles. Dezenas de garotas que ele gravou durante toda a carreira dele.

Nem perto do número daquelas que se manifestaram.

Capítulo 90
A VERDADE

Embora seja verão, parece primavera.

Eu me sinto como uma planta renascida, florescendo e crescendo. O cheiro doce de flores, terra fresca e recomeços misturado com suco de limão e o amor poderoso de uma mãe e um pai.

Mais mulheres se manifestaram. A KA está tentando banir as músicas de Korey Fields de todas as plataformas possíveis. Rádios se recusam a tocar músicas dele e polêmicas continuam em todas as redes sociais. Ou foi o que me disseram.

O sr. Pulley não teve que brigar muito para cancelar meu contrato com a gravadora. Eles abriram mão dos direitos em silêncio, enviando um cheque considerável para cobrir quaisquer inconveniências. Ajuda a manter Shea na escola e no Will & Willow. Eu não vou voltar. Planejo me dedicar à música em tempo integral, já que estou livre, cheia e completa.

— Isso aí! Mais uma garota se manifestou — diz Gabriela, com o nariz no celular. — É a segunda nesta semana.

Gabriela e eu compartilhamos um prato de petiscos vegetarianos na minha varanda enquanto os Pequenos brincam no quintal. É a última vez que verei minha amiga nas próximas semanas. Planejo passar o verão com a vovó em Far Rockaway, para encontrar minha voz e voltar para o mar onde pertenço, antes que Louie lance meu EP no outono.

— Que bom. Talvez alguém apareça para todo mundo parar de pensar que sou eu naquela droga de vídeo.

Gab abaixa o celular.

— Garota.

— O quê?

Ela me dá uma encarada.

— Por que você ainda está mentindo? Você sabe que era você.

Nós nos encaramos, Gab confiante, e eu... resoluta. Porque, se continuar negando a memória, ela vai se tornar mentira alguma hora.

Funciona para a vovó.

— Não sou eu — digo, séria, e encaro meu copo de suco de beterraba. Eu me lembro do sangue...

Me lembro de acordar com o som de Korey gritando... os passos pesados enquanto um homem passava correndo perto da minha cabeça.

Me lembro de espiar do chão, o quarto enevoado, o gosto da bebida roxa ainda na língua... de ver Korey na cama, sangrando por toda a parte.

Me lembro de vê-lo tateando e tentando pegar a faca caída entre nós.

Me lembro do medo, pintado nas memórias, me invadindo... de saber que, se ele alcançasse a faca, me mataria.

Me lembro de ficar de pé aos tropeços, de agarrar a faca, de enfiá-la no peito dele.

Me lembro de cair no chão, coberta de suco de beterraba e, pela primeira vez desde quando o conheci, de me sentir realmente segura, antes que o mundo desaparecesse...

— Chanty, olha só! — diz Destiny, me chamando de volta enquanto tenta dar uma estrela.

— Muito bom! — comemoro, tomando um gole do suco de beterraba. É melhor do que imaginei.

CARTA DA AUTORA

Meu primeiro namorado tinha vinte e dois anos; eu tinha quinze. O maior segredo que eu já guardei. Era excitante e revigorante ser considerada tão bonita e adulta. Tudo o que uma adolescente sonha ser. Mas, no fim das contas, eu sabia que não era certo — os segredos, as mentiras. Ainda assim, naquela idade, eu não deveria ter sido a primeira a chegar a essa conclusão. Embora eu tenha frequentado uma escola de ensino médio predominantemente branca em Westchester e tenha participado do Jack & Jill, quero deixar claro: este livro é uma obra de ficção.

Se você leu *Allegedly* ou *Monday's Not Coming*, já sabe que este livro foi inspirado em um caso... mas esta história não é sobre R. Kelly nem é uma recontagem de suas alegações.

Este livro fala de abuso de poder. Fala do padrão de perdoar homens adultos por seu comportamento e culpar meninas por seus erros.

Das críticas descaradas às meninas que foram vítimas de manipulação. De responsabilizar a pessoa certa pelos crimes cometidos. Fala de corporações que tentam silenciar vítimas e continuar lucrando com o monstro que elas mesmas ajudaram a criar.

Fala dos indivíduos que deveriam proteger vítimas e que nunca acreditaram em seus momentos de bravura. De garotas tentando se defender do mundo e de situações semelhantes, que podem acontecer com qualquer um... mesmo com meninas de famílias bem estabelecidas.

Este livro não é sobre R. Kelly. É sobre adultos que sabem a diferença entre o certo e o errado. Porque a sua opinião sobre o assunto não importa... *Ele* sabia o que era certo.

É possível ter um relacionamento amoroso cheio de respeito mútuo e boas intenções, como o de Gabriela. Mas se você sentir que está em uma situação como a de Enchanted, em que está sendo usada, ameaçada, coagida sexualmente ou simplesmente se sentindo desconfortável, procure ajuda agora. Conte para seus pais, para os pais de algum amigo, para um professor de confiança ou um parente.

RECURSOS

Central de Atendimento à Mulher
Linha direta para denúncia de crimes contra a mulher. Funciona 24h por dia, todos os dias, em todo o território nacional. Ligação gratuita.
Ligue 180 ou envie um e-mail para ligue180@mdh.gov.br

Disque Direitos Humanos
Linha direta para denúncia de crimes contra os direitos humanos, inclusive contra crianças, idosos e pessoas LGBTQIA+. Funciona 24 horas por dia, todos os dias, em todo o território nacional. Ligação gratuita.
Ligue 100

Delegacias de Atendimento à Mulher (DEAM)
Órgão estadual criado para fornecer atendimento humanizado a crimes contra a mulher. Descubra onde fica a Delegacia de Atendimento à Mulher mais próxima em:
https://azmina.com.br/projetos/delegacia-da-mulher/

Conselho Nacional dos Direitos da Criança e do Adolescente
Órgão nacional responsável pelo Estatuto da Criança e do Adolescente (ECA), em Brasília.
Ligue para (61) 2027-3344 ou envie um e-mail para conanda@mdh.gov.br
Mais informações em:
https://www.gov.br/mdh/pt-br/navegue-por-temas/crianca-e-adolescente/publicacoes/eca-2023.pdf

Conselho Tutelar
Órgão municipal que defende os direitos de crianças e adolescentes. Descubra onde fica o Conselho Tutelar mais próximo em: https://www.mpap.mp.br/images/infancia/Cadastro_CT.pdf

Centro de Valorização da Vida
Associação sem fins lucrativos que realiza apoio emocional e prevenção do suicídio.
Ligue 188

Emergência policial
Linha direta para emergências e casos de risco à vida imediato. Funciona 24h por dia, todos os dias, em todo o território nacional. Ligação gratuita.
Ligue 190

AGRADECIMENTOS

Primeiro, quero pedir desculpas à minha família por descobrir sobre minha vida dupla do ensino médio junto ao resto do mundo. Risos! Obrigada pela compreensão e por continuar a ter tanto orgulho de mim. Para minha avó, eu gostaria que você ainda estivesse por aqui para que eu pudesse me desculpar outra vez. Para minha família Jack & Jill, eu dei trabalho, mas, falando sério, vocês me salvaram.

Mas, na verdade, este livro é responsabilidade de Stephanie Jones. Lá estava eu, cuidando da minha vida, e ela simplesmente teve que pular no meu texto e colocar a ideia na minha cabeça. Sra. Jones, sou muito grata pela nossa amizade e mal posso esperar para ver seus livros nas prateleiras um dia!

Para meus leitores beta, leitores sensíveis e resenhistas... Este não foi um livro fácil de escrever e definitivamente não foi fácil de ler. Eu tinha tantas dúvidas e inseguranças, me questionei durante todo o caminho. Mas cada um de vocês teve tempo para responder às minhas perguntas e me ajudar quando eu estava no meu estado mais vulnerável. Obrigada.

Para Rachelle Baker, esta capa é... ÉPICA! Obrigada um milhão de vezes.

Um grande abraço às equipes de assessoria, marketing, adesão escolar e design da HarperCollins. Todos vocês superaram as minhas expectativas para apoiar este livro, e estou animada para continuarmos trabalhando juntos.

Para Ben Rosenthal e Katherine Tegen, vocês continuam apoiando cada ideia de livro mais ambiciosa (leia-se: insana) que já tive, sem hesitar. Estou muito agradecida por vocês terem me dado uma chance quando outros não fariam isso. Formamos uma excelente equipe.

Tanu Srivastava, você foi a minha braço direito durante a pandemia do Covid, levando este livro até os últimos dias antes da impressão. Muito obrigada!

Natalie Lakosil, o fato de eu poder sentar na praia e fazer uma ligação em vídeo com você no meio da semana é o melhor exemplo de como você mudou a minha vida para melhor.

Sinto que devo agradecer à minha terapeuta... porque sem ela, eu não teria conseguido conciliar o que aconteceu comigo e ver que não sou meus erros. Então, obrigada por ser tão incrível.

Provérbios 3:5-6... Amém.

Por fim... CANCELEM O FILHO DA P*TA DO R. KELLY!!!!

www.muterkelly.org

Impressão e Acabamento:
BMF GRÁFICA E EDITORA